教育部人文社会科学研究规划基金项目资助（批准号：17YJA752022）
河北省社科基金项目资助（批准号：HB17WW002）

罗伯特·骚塞史诗人物的审美研究

An Aesthetic Study on the Characters in Robert Southey's Epics

赵丽娟 著

南京大学出版社

图书在版编目(CIP)数据

罗伯特·骚塞史诗人物的审美研究 / 赵丽娟著. —
南京：南京大学出版社，2020.11
 ISBN 978-7-305-23874-1

Ⅰ. ①罗… Ⅱ. ①赵… Ⅲ. ①骚塞(Southey, Robert 1774-1843)—史诗—诗歌美学—诗歌研究 Ⅳ. ①I561.072

中国版本图书馆 CIP 数据核字(2020)第 209111 号

出版发行　南京大学出版社
社　　址　南京市汉口路 22 号　　　邮　编　210093
出 版 人　金鑫荣

书　　名 罗伯特·骚塞史诗人物的审美研究
著　　者 赵丽娟
责任编辑 郭艳娟

照　　排　南京南琳图文制作有限公司
印　　刷　江苏扬中印刷有限公司
开　　本　880×1230　1/32　印张 9.75　字数 224 千
版　　次　2020 年 11 月第 1 版　2020 年 11 月第 1 次印刷
ISBN 978-7-305-23874-1
定　　价　36.00 元

网　　　址　http://www.njupco.com
官方微博　http://weibo.com/njupco
官方微信号　njupress
销售咨询热线　(025) 83594756

* 版权所有，侵权必究
* 凡购买南大版图书，如有印装质量问题，请与所购
　图书销售部门联系调换

序　言

　　两年前,得知赵丽娟教授获得教育部人文社会科学研究规划基金的支持,并着手撰写《罗伯特·骚塞史诗人物的审美研究》,我颇感欣慰。我鼓励她一定要坚持既定的研究方向,保持清晰的学术面貌,将这一课题的研究不断深化。目前国内关于骚塞的专题研究十分罕见,因而这一课题具有一定的学术意义。当我们阅读骚塞史诗的时候,其中的人物一个个或一群群,带着历史的印记,散发着浓郁的文化气息,踏着时代的节奏迎面走来,令人印象深刻。迄今为止,国内外还没有一部全面系统地研究骚塞史诗人物的描写艺术和审美价值的著作。尽管有些学者在评论他的史诗时会谈及人物,而且见解独到,但对其人物美学的深入和系统的研究还有待加强;因此,本书对拓宽浪漫主义诗歌批评的疆界,推进我国的英国"湖畔派"诗歌研究具有一定的学术意义和理论价值。

　　骚塞的史诗关注法国大革命背景下的国家和人民的命运。骚塞发挥艺术想象,以史诗人物来表达对理想的追求,抒发个人的情感。他的史诗在人物选择和时空布局上都有大胆的革新。他取材中世纪的历史和神话传说,将叙事空间从欧洲拓展到东方、美洲,甚至天堂、地狱等宇宙空间,辅以独特的诗歌音韵和节奏,表达人物复杂的思想和感受。长期以来,尽管评论界对骚塞的史诗众说纷纭,但他们似乎达成了这样一种共识:骚塞的史诗以高超的艺术生动反映了一个处于急剧演变之中的社会,以及诗人的创作意图和审美意识。因此,以骚塞史诗的人物美学为切入点,分析其史诗的人物特征和诗人的审美取向,是对其史诗人物美学的全面考察,也是对英国浪漫主义文学价值体系的深入探索。

我认为本书具有三个显著特点。首先,它从美学的视角审视了骚塞史诗中形态各异的人物形象。在五部史诗中,骚塞塑造了具有政治、文化、道德和神话等多元美学特征的人物形象。他们有典型的文化特征、道德观念和价值取向,塑造于思想和社会急剧变化的浪漫主义时代,既是骚塞智慧和才华的结晶,也是社会生活和国民意识的微型载体。

其次,本书探索了骚塞史诗创作的美学倾向,以心理学、哲学和现代文学批评理论为依据,对五部史诗进行文本解读,论证骚塞的人物观和创作思想。骚塞史诗人物大都身处极危险和极具挑战性的境地,身上折射出诗人认同的价值观念,也印证了诗人创作思想的变化。

最后,本书研究了骚塞史诗人物对浪漫主义文学的贡献。骚塞史诗人物,无论正面还是反面形象,无论具有悲剧还是喜剧特征,都体现了诗人极强的史诗创作能力,赋予了史诗鲜明的精神导向和思想内涵。他们的崇高精神具有跨越民族、逾越创伤、穿越时空和超越"自我"的特征,因而极大地发展了英国浪漫主义诗歌艺术。

我以为,这部著作从人物美学视角系统地研究了骚塞的史诗,具有一定的独创性,为解读骚塞史诗提供了新的视角,对我国的骚塞研究、英国"湖畔派"诗歌研究,乃至整个浪漫主义诗歌研究具有参考价值。

李维屏
2020 年 1 月 1 日
于上海外国语大学

自　序

　　罗伯特·骚塞（Robert Southey，1774—1843）是英国的"桂冠诗人"①，"湖畔派"诗人的代表，他的主要成就是史诗。英国小说家、诗人瓦尔特·司各特（Walter Scott，1771—1832）对骚塞的史诗给予高度评价，甚至英国浪漫主义诗人乔治·戈登·拜伦（George Gordon Byron，1788—1824）也曾赞誉骚塞的才能，称骚塞本身就是史诗，是唯一活着的真正的作家。骚塞史诗的地位之所以如此之高，是因为其人物的美学价值高。骚塞在史诗中潜心塑造了栩栩如生的人物形象，抒发了强烈的情感，传承和发展了史诗艺术，为英国浪漫主义文学添上了浓墨重彩的一笔。他的史诗创作与世界性的革命运动思潮息息相关。当时流行于整个欧洲的民主和空想社会主义思潮在骚塞的诗歌中得到反映，与"湖畔派"诗人试图在北美森林里建立人类大同的"平等邦"一脉相承。骚塞的史诗流露出复杂的民主和民族意识，渗透着强烈的情感和苦心孤诣的艺术匠心，是英国工业革命、法国大革命和英法文化交融的衍生品。骚塞史诗人物体现了文学创作和意识形态的关系。

　　骚塞的五部史诗[《圣女贞德》（Joan of Arc）、《毁灭者撒拉巴》（Thalaba the Destroyer）、《麦道克》（Madoc）、《克哈马的诅咒》（The Curse of Kehama）和《罗德里克，最后

---

　　①　这个称号起源于17世纪的英国，延续至今，用于表彰在诗歌创作上有显著成就的人。

的高斯人》(Roderick, the Last of the Goths)]突破时空局限,涉及民族、宗教、战争、自然等多个主题。骚塞借鉴中世纪和东方题材,塑造了形象鲜明、内涵丰富的人物,在大众读者、作家、执政者中影响深远。其史诗人物从诞生之时到今日都广受关注(主要在英国和美国)。总体来说,对其史诗人物的研究由最初以思想评论为主过渡到当今的多元化批评,可分为以下三个时期:(1) 十九世纪的评论集中于主题人物代表的思想导向。浪漫主义时期的人物研究主要是伴随作品评论的对主题人物的宽泛评议,例如莱昂内尔·马登(Lionel Madden)的《罗伯特·骚塞:批判的传承》(Robert Southey: The Critical Heritage)中收录的十九世纪的关于五部史诗中的人物的评论。当时一些有名的评论家在《每月评论》(Monthly Review)等期刊上称赞骚塞对法国女英雄贞德形象的塑造"令人鼓舞",威尔士王子麦道克的美洲冒险"失败者"的形象广受关注,拜伦曾因此期望每年春天有一部骚塞的史诗。值得一提的是,十九世纪末阿尔弗雷德·J. 丘奇(Alfred J. Church)为了加深骚塞的东方史诗对青年的影响,在《魔法师的故事》(Stories of the Magicians)中对《毁灭者撒拉巴》和《克哈马的诅咒》中的魔法师进行了专题研究,认为他们展示了令人钦佩的道德力量。(2) 二十世纪,尤其是其前半叶的学者大多关注骚塞人物塑造的审美倾向,他们在关于骚塞的传记或文章中都或多或少对主题人物进行过评论。当代骚塞研究学者恩内斯特·本哈德-卡必什(Ernest Bernhardt-Kabisch)的《罗伯特·骚塞》(Robert Southey)从结构、风格和主题方面深入分析了骚塞创作五部史诗中的人物的意图,同时剖析了骚塞的个性对人物塑造的影响。罗伊·马尔斯(Roy Mars)的论文对五部史诗的主题人物进行了阐释,并评述了骚塞在勾画这些形象鲜明的人物时的切身体会。杰克·

西蒙斯(Jack Simmons)认为,骚塞对主题人物的选择体现了他对法国大革命的态度的转变,麦道克和克哈马两个人物意味着他对祖国的同情代替了原来的敌意。(3)自二十世纪九十年代以来,骚塞史诗人物研究呈现多元化特点,学者们从不同理论视角聚焦人物的身份和文化等特征。当代重要的骚塞研究者之一,诺丁汉大学的琳达·普拉特(Lynda Pratt)在《罗伯特·骚塞和英国浪漫主义语境》(*Robert Southey and the Contexts of English Romanticism*)中指出,骚塞史诗人物使读者产生"兴趣",带来"有益的见解";萧娜·索普(Shawna Thop)在博士论文中探讨了骚塞塑造的麦道克不同于英国人的威尔士人身份,认为该人物形象对接触到这个"符号"的读者的行为和思想会产生重大的影响,因为它的影响是"更加潜在的";查得·A.B.威尔逊(Chad A. B. Wilson)依据后殖民主义理论分析了《麦道克》中的"自我"和"他者"形象,以及他们对十九世纪文学中出现的"混杂的民族"概念的影响;安德鲁·本杰明·瓦伦(Andrew Benjamin Warren)从东方主义视角分析了骚塞塑造的东方人物形象对其他作家的影响;卡罗尔·博尔顿(Carol Bolton)分析了复仇者撒拉巴的阿拉伯人形象,认为骚塞创作了一个东方神话;等等。

相对于英国卷帙浩繁的研究状况,国内的骚塞研究寥若晨星。少数学者如陈嘉、王佐良等在浪漫主义诗歌研究中进行过相关评论,李维屏在《英国文学通史》中首次对骚塞史诗进行了相对系统和细致的评介,至今少有关于骚塞史诗的权威专著问世。回溯我国一百七十多年的外国文学研究发现,骚塞研究受到历史和文化背景影响。它在晚清和民国时期受到冷遇,在新中国成立后十七年间先后受到苏联文艺和国家文艺政策的意识形态方面的影响,被视作消极浪漫主义文学,甚至是反动文学。二十世纪八十年代开始,逐渐有为数不多的学者主要从想象力、音韵、格律等角度对骚塞诗歌进行分析。近几年,骚塞史诗更多出现在人们的视野中,但关于骚塞史诗人物形象的研究仍未得到应有的关注。人物形象研究将对拓展骚塞史诗研究的视野和客观研究骚塞史诗产生积极作用。

为了促进我国的英国"湖畔诗人"研究,尤其是骚塞研究,本书开创性地聚焦国内研究相对薄弱的骚塞史诗。骚塞的史诗在同时代的读者和诗人中产生很大影响,推动了英语诗歌繁荣发展。其浪漫主义特性和现实主义色彩相得益彰,在当代英美两国也广受关注。因此,研究骚塞的诗歌具有很高的文学价值。人物是史诗的第一要素,是史诗中最可靠的实体之一,本身具有重要的研究价值。骚塞的五部史诗全部以人物命名,可见人物在骚塞史诗中的地位和作用。人物作为行为的执行者和情节的推动者,包含一定的价值取向和道德内涵,同时印证了骚塞史诗艺术的传承和发展,因此具有特定的文学研究价值。本书重点关注骚塞史诗文本,从美学的角度对骚塞史诗人物进行多重探索,为骚塞诗歌研究提供借鉴和资源。在人物美学研究的基础上,本书借鉴后殖民主义等方法论,从主题思想、诗歌技巧等方面对文本进行深入、细致的阐释,将为其他文学研究,尤其是诗歌研究的学者在文本研究方面提供新的思路和方法。本书通过探讨骚塞史诗人物,揭示工业革命时代英国人民的心声和意识。骚塞史诗具有特定的历史局限性,从最初强调自由、平等、博爱精神,抒发对当时制度和社会状况的不满,到对理想境界的追求失败以及对法国大革命的态度的转变,客观反映了处于社会急剧演变时期英国各阶层人民的生存状况和情感愿望,有助于国民意识研究和文化特征研究。

鉴于目前国内关于骚塞的介绍,尤其是与其史诗创作有关的背景介绍较少,本书卷首是骚塞的小传,以帮助读者更好地理解其史诗的内涵。

第一章研究《圣女贞德》人物的政治审美,分析以贞德为首的反抗侵略者的民族英雄的形象。历史上确有贞德。在这部在革命年代诞生的史诗中,骚塞提升了原型,塑造了从热爱自然的农家少女成长为激进的现代女英雄的贞德。骚塞的贞德是为自由和平等呐喊的贞德。革命的年代需要伟大的史诗人物代言时代精神,女主人公是自由、民主和博爱的代言人,而不是封建时代的等级制度和骑士精神的代表。她体现的精神不同于以往的史诗人物,与十八世纪的戏仿史诗(mock-epic)人物划清了界限。贞德体现的是传统史诗的崇高精神的复兴,并且这一崇高精神是跨越民族的。

第二章探讨《毁灭者撒拉巴》人物的悲剧审美。悲剧人物撒拉巴体现了极致"美"的内化表现形式——人格的崇高。撒拉巴肩负复仇使命,历尽千难万险,每一次是使命感支配他的行动,而不是自身的希望或恐惧。他以阿拉伯英雄悲情的力量展现了勇气和毅力的价值。骚塞揭示了撒拉巴的命运和苦行的关系,以及责任和毅力的回报,颂扬了不惧死亡的斗志。撒拉巴形象具有强大的逾越创伤的缺憾力量。撒拉巴在接连不断的矛盾和冲突中遭遇重大的、不应有的,但又是必然的失败,承受巨大的痛苦,激发读者悲痛、奋发向上的审美震撼,使史诗具有交响乐的效果,悲壮的旋律引发读者的共鸣。

第三章阐释《麦道克》人物的文化审美。欧洲白人与美洲土著形象代表了诗人眼中文明和野蛮的二元对立。该诗表现了欧洲殖民者的种族优越感,以及他们同化美洲土著的宗教和文化的倾向。本章借鉴爱德华·W. 赛义德(Edward W. Said)的东方学和克劳德·列维-斯特劳斯

(Claude Levi-Strauss)的人类学研究视角,进一步阐释骚塞的文化审美倾向,剖析其想象中的他者以及麦道克从威尔士王子到部落领主身份的转换。这一转换具有民族沙文主义的实质。骚塞异化的美洲土著和欧洲白人之间的文化冲突,为史诗创作开辟了立体化的时空,为读者带来文化冲突与融合的体验,赋予英国浪漫主义史诗明显的文化帝国主义特征。

第四章分析《克哈马的诅咒》人物的神话审美。作为骚塞塑造的唯一反面主题人物形象,克哈马具有独特的审美价值。人类的统治者克哈马具有美的对立面的特征,与善良美丽的少女凯雅尔形成对照。克哈马狰狞可畏、穷凶极恶,拥有主宰地狱和地球的极权,最终被打入地狱。骚塞运用神话传说中的形象,对主题人物进行超现实、超自然的丑化,凸显克哈马是邪恶的化身,把时代的教训塑造为永恒的原型。丑陋、凶残的克哈马形象解构了传统史诗主题人物;给世界带来巨大灾难的魔咒的破灭,突出了人民的正义力量,带来了崇高的审美体验,给予了骚塞史诗显著的复调特征。

第五章论证《罗德里克,最后的高斯人》人物的道德审美。西班牙国王罗德里克在不同情境下具有不同的形象:欲望炽盛的男人、光复民族的英雄、超脱的圣人。在罗曼诺的引导下,他忏悔、洗心革面,实现了内在道德的提升。本章借鉴心理分析理论,探讨骚塞描绘的民族英雄是在变化中成长的英雄,罗德里克的外界遭遇与内心状态是相互呼应的:为民族独立而战斗的过程,也是战胜内心黑暗的过程;在为民族赢得尊严的同时,自己在道德层面实现了由俗到圣的提升。罗德里克形象由罪恶到美德的转变,向读者展示了由本我到超我的人格升华,反映了浪漫主义史诗开始关注人物心理特征。

本书以美学理论作为主要理论参考,借助社会学、心理学、政治学和文化学的一些概念和观点,对骚塞史诗人物进行美学研究。研究方法主要包括以下两种:一、归纳演绎法。在阅读美学理论、文学批评理论文献的基础上,归纳总结出适合史诗文本分析的理论,据此建立史诗文本分析模式,并进一步应用于具体文本的分析。二、文本细读法。在对骚塞的浪漫主义史诗充分感知的基础上,进行细致的分析和阐释,进而提出对骚塞史诗人物的美学研究的新的理解和诠释。

目 录

诗人骚塞 …………………………………………… 1
    第一节　1774—1803 年　成名之前 ………… 1
    第二节　1803—1809 年　声望日隆 ………… 29
    第三节　1809—1843 年　成名之后 ………… 51

第一章　《圣女贞德》人物的政治审美研究 ……… 66
    第一节　贞德人物形象特征 ………………… 72
    第二节　骚塞在《圣女贞德》中的审美取向 … 82
    第三节　贞德形象的美学意义 ……………… 92

第二章　《毁灭者撒拉巴》人物的悲剧审美研究 … 104
    第一节　撒拉巴人物形象特征 ……………… 108
    第二节　骚塞在《毁灭者撒拉巴》中的审美取向
        …………………………………………… 124
    第三节　撒拉巴形象的美学意义 …………… 138

第三章　《麦道克》人物的文化审美研究 ………… 153
    第一节　麦道克人物形象特征 ……………… 158
    第二节　骚塞在《麦道克》中的审美取向 … 163
    第三节　麦道克形象的美学意义 …………… 169

第四章　《克哈马的诅咒》人物的神话审美研究 … 181
    第一节　克哈马的"极限性"特征 …………… 187

第二节 骚塞在《克哈马的诅咒》中的审美取向
.... 195

第三节 克哈马形象的美学意义................ 212

第五章 《罗德里克,最后的高斯人》人物的道德审美研究
.... 220

第一节 《罗德里克,最后的高斯人》人物形象特征
.... 226

第二节 骚塞在《罗德里克,最后的高斯人》中的审美取向.. 233

第三节 《罗德里克,最后的高斯人》人物形象的美学意义.. 243

结　　语.. 249

附录 The Original Prefaces of the Five Epics 252

The Preface of *Joan of Arc* 252

The Preface of *Thalaba the Destroyer* 267

The Preface of *Madoc* 272

The Preface of *The Curse of Kehama* 278

The Preface of *Roderick, the Last of the Goths*
.... 284

参考文献 291

后　　记 296

诗人骚塞

第一节　1774—1803 年　成名之前

童年和少年(1774—1788)

罗伯特·骚塞于 1774 年 8 月 12 日出生在英国布里斯托市的一个布商家庭,是这个家庭的第二个孩子。两岁时,姨母泰勒小姐(Miss Tyler)将他带到巴斯市一起生活。骚塞在姨母家生活了五年(1776—1780)。

泰勒小姐是个专断强横的人,这让骚塞感到很不舒服。成年后的骚塞在回顾这几年的生活时,认为姨母对待他的方式极其不当。他得睡在她的床上,早上六点醒来后,必须安静地躺到她起床的时候(九点、十点,甚至十一点),以免打扰她休息。这段时间他通常只能靠摆弄手指,或想象在窗帘的方格子图案里画画来消磨时光。然而,起床之后的时间似乎更加难熬。没有小伙伴和他一起玩耍;当泰勒小姐写信时,他必须安安静静地坐着,屋外有个花园,但他不能去里面玩耍,因为泰勒小姐喜欢干净,不能容忍他的衣服沾上泥土。骚塞的童年是枯燥的、孤独的。早年的经历对他性格的影响非常明显。他厌倦愚蠢的怪癖,极其具有耐心,乐意忍受在常人看来难以忍受的苦闷和无聊。

骚塞的童年生活也有乐趣。因为姨母泰勒的一个朋友是剧场经理,所以骚塞可以免费看戏。骚塞在四岁时看了人生中的第一场戏——亨利·菲尔丁(Henry Fielding)的喜剧《父亲》(The Fathers)。自那时起,他便经常去剧场看戏。他后来的词汇和想象力都深受戏剧语言和故事的影响。

骚塞最大的乐事是去贝德明斯特(Bedminster)乡村的奶奶家玩。在那里他可以尽情地在花园里嬉戏,不用担心弄脏衣服。骚塞六十多岁时回忆说,奶奶家是他童年的天堂。奶奶家的房子是乔治时代的建筑风格,由爷爷在1740年建造。门厅的里里外外种满了茉莉花,客厅的地面铺的是石板,厨房是世界上"最好的厨房",装有墙裙,摆设着樱桃木的桌椅,充满了欢声笑语……

骚塞六岁时在布里斯托市的一所学校读书。校长威廉·弗特(William Foot)是个浸礼会牧师,年老而粗野。骚塞总是惧怕他,在那里没有学到多少知识。校园里霸凌现象猖獗,好在骚塞是走读生,避免了一些很糟糕的事情发生。然而或许是受到校园里不良氛围的影响,他变得越来越好斗。虽然身材矮小,但是他"每天要打十几场架,当然也要遭受十几次的殴打"。(fight a dozen battles a day and of course get a dozen thrashings.①)

一年后,弗特去世,骚塞转入离布里斯托约14千米远的柯思顿(Corston)的一所学校。校长托马斯·弗劳尔(Thomas Flower)只对抽象的数学和天文学感兴趣。弗劳尔把写作课和算术课交给自己的儿子查利·弗劳尔(Charley Flower),但是后者未能胜任这份工作。该校一周两次的拉丁语课,由一位姓多普兰尼尔(Duplanier)的和蔼可亲的法国人教授。可是骚塞没有从这位法国老师那里学到多少语言知识,因为弗劳尔父子强迫这位老师只教那些个子高大但学习不如骚塞的男同学。

---

① Jack Simmons. *Southey*, London: Collins. 1945. p.13.

在柯思顿,骚塞的健康和卫生问题被忽略了。弗劳尔太太喜欢酗酒,做的饭菜难吃得令人反胃。但这所学校并非一无是处。它的管理制度严格,但并不野蛮,校园景色宜人:一条小溪蜿蜒而过,有个菜园。每个男生分到一小块地,在里面种萝卜、莴苣、芥菜、水芹等等,这让人觉得很美好。他们在校园里玩康克斯游戏①(Conkers)、射箭、放风筝。骚塞创作了一首名为《回想》("The Retrospect")的诗,在 1795 年发表,将近 300 行,描写了他于 1793 年重返柯思顿校园的情景,那时那里已不再是学校。骚塞在诗中描写童年时代的欢声笑语,表达了对过去生活的怀念,流露出淡淡的忧伤之情。

又过了一年,骚塞转入布里斯托的另一所学校,依然是走读生。骚塞在这里学习了四年多。校长威廉·威廉斯(William Williams)是威尔士人。骚塞认为威廉斯是他童年遇到的所有校长里最蔼然可亲的一位,课也教得很好。骚塞认为自己最愉快的读书时光就是在威廉斯的学校的那几年。威廉斯是个急性子。有趣的是,他心情不好时会戴上旧假发,心情好时戴上新的。对那些顽钝的学生他会发怒,会失去耐心。但他并不严厉,对骚塞很关爱。威廉斯经常带着学校的男孩子们造访他的老友,这让骚塞的读书时光更为有趣。

在威廉斯的学校的前两年,骚塞上学期间在自己家住,假期住在姨母泰勒家。1783 年,泰勒带骚塞到韦茅斯②(Weymouth)旅游。在那里骚塞第一次看到了大海。后来

---

① 一种儿童游戏,双方用系在绳上的七叶果轮流互击,击破对方七叶果的人获胜。当年骚塞和同学们用的是蜗牛壳。

② 韦茅斯,英格兰多塞特郡(Dorset)的一沿海城市,位于韦河(River Wey)河口,南临英吉利海峡。

每当回忆起这次旅行时，骚塞都非常愉快。1785年，姨母泰勒搬到布里斯托市居住。她的新住所比骚塞自己家离威廉斯的学校近，于是骚塞上学期间也住在姨母家。

在威廉斯的学校学习四年之后，家人决定把骚塞送到威斯敏斯特公学(Westminster School)读书。他的舅舅赫伯特·希尔(Herbert Hill)资助他。希尔希望外甥将来能获得"皇家奖学金"(King's Scholar)。顺利进入这所新学校需要好的学习成绩，因此骚塞每天到导师刘易斯(Lewis)先生家学习希腊语和拉丁语。他自己也开始大量阅读。童年时和姨母一起看戏的经历使他早早熟悉了戏剧。骚塞曾说自己是从读莎士比亚的戏剧开始读书的。八岁前他已读过博蒙特与弗莱彻①的作品。他的阅读范围很广，除了戏剧，他还阅读了埃德蒙·斯宾塞(Edmund Spencer)的诗歌、亚历山大·蒲伯(Alexander Pope)的译著《荷马史诗》(Homer)、《一千零一夜》②(The Arabian Nights)等等。他不知疲倦地读原创作品和译著，把大部分时间都用来读书。从阅读史诗到创作史诗，他只用了很短的时间。九岁时，他开始使用英雄双行体(heroic couplet)创作《奥兰多》(Orlando)。读了爱德华·比西(Edward Bysshe)的《诗歌艺术》(The Art of English Poetry)的第一卷后，他领悟到了无韵诗(blank verse)的长处。

威斯敏斯特公学(1788—1792)

骚塞于1788年进入威斯敏斯特公学。当时学校的外

---

① 弗朗西斯·博蒙特(Francis Beaumont, 1584—1616)，欧洲文艺复兴时期英国剧作家，与约翰·弗莱彻(John Fletcher, 1579—1625)一起创作了几十部传奇戏剧和喜剧，并联合署名"博蒙特与弗莱彻"。

② 一译《天方夜谭》。

观、教育方式等等与现在有诸多不同。在骚塞到来之前,学校的围墙拆除了;1789—1790年间,校园的南侧盖起了三座崭新的房屋,有两座至今还在。骚塞读书期间全校大约有260个学生,分为高、低两个年级。上课时学生们坐在教室三面的长凳上,教师坐在教室中间的椅子上。教室里没有供暖设施。学校开设的课程极其古典:拉丁语和希腊语不仅是主科,而且其他课程几乎都和这两科有关。后来这所学校在教育领域的地位逐渐下降。骚塞经常为此感到遗憾。威斯敏斯特公学与伊顿公学(Eton School)长期竞争英国中学的第一名。伊顿当时处于领先地位,其中部分是政治原因所致:威斯敏斯特是辉格党领导的学校,辉格党当时正日趋衰落,国王乔治三世把注意力转向伊顿并资助它。尽管如此,骚塞在威斯敏斯特公学所受的教育可能是他得到的最好的教育。

骚塞在威斯敏斯特时的校长威廉·文森特(William Vincent)是一位知识渊博的学者,在研究古代地理方面颇有建树。文森特不以严格的纪律约束学生。学生们可以冲着他掷纸镖却不受惩罚。骚塞在威斯敏斯特吃过苦头。有一个男生相当野蛮,趁骚塞睡觉往他的耳朵里灌水,还有一次在窗外抓住骚塞的腿想把他拽出来。后来骚塞回忆,要不是自己拼命挣扎,双手紧紧抓住窗框,自己的命早就没了。最终骚塞鼓足勇气向老师告发,烦恼才得以终止。骚塞从未忘记在威斯敏斯特遭受的凌虐;因此,他强烈反对寄宿制,并经常谴责这个制度。

威斯敏斯特公学有个传统:为每一名新来的同学指派一名学长引导他按学校的规矩行事,如果违反就处罚。这项工作通常用一到两周的时间完成。引导者被称作"实体"(substance),新生被称作"影子"(shadow)。骚塞的"实体"是乔治·斯特雷奇(George Strachey)。此人很快成为骚塞的好朋友。他邀请骚塞到家里玩,这对家在外地的骚塞来说是一件非常开心的事情。斯特雷奇后来就读于剑桥大学,毕业后去了印度,再后来成为政府秘书长。骚塞谈起斯特雷奇时总是充满深情。他认为斯特雷奇是他所认识的人当中最有爱心的一个。

  骚塞还结识了其他朋友。其中一个叫查尔斯·沃特金·威廉斯·韦恩(Charles Watkin Williams Wynn)。此人于1784年入校,比骚塞小一岁。他们合住一间寝室,友谊持续终生。在所有的朋友中,韦恩对骚塞的文学生涯影响最大。尽管在政见、性情方面有些不同,但二人之间没有重大的误解。韦恩是彻头彻尾的老式辉格党,为自己的出身极其自豪:他的父亲是温斯泰男爵,北威尔士的无冕之王;他的母亲是格伦维尔①派成员。韦恩拘谨、高尚、正直、慷慨,二十一岁成为下议院议员,后来顺理成章成为内阁部长。

  骚塞在此期间结识的另一位密友是格罗夫纳·查尔斯(Grosvenor Charles)。他们一直保持通信联系。1814年,骚塞告诉查尔斯,除了韦恩,他是自己最亲密的朋友。骚塞和查尔斯的联系从未中断过。

  骚塞在威斯敏斯特公学还结交了其他朋友。其中一个叫彼得·埃尔斯利(Peter Elmsley),后来成为杰出的古典学者。他曾慷慨、及时地帮助过骚塞。骚塞认为威斯敏斯特公学的生活赠予他的最重要的礼物是朋友和交友习惯。1818年,他写道,自己对威斯敏斯特公学的记忆太深刻了,几乎每周都会梦到它。他怀念它,尤其想念在那里结交的好友。

  骚塞假期时并不总是在家待着。他经常和姨母的朋友

---

① 乔治·格伦维尔(George Grenville,1712—1770),英国辉格党政治家,1763年至1765年任英国首相。

们在一起。其中一个是多利尼翁(Dolignon)夫人。她是骚塞在威斯敏斯特读书期间的监护人。骚塞从幼年起就有幸一直得到她的关爱。她把骚塞当作家人一样看待，因此骚塞总是以最大的敬意和爱心把多利尼翁夫人记在心中。

骚塞在课余时间广泛阅读。他通常读的书都不是校方赞成的那种。他读伯纳德·皮卡特(Bernard Picart)和让·弗里德里克·伯纳德(Jean Frederic Bernard)的《人类宗教仪式和习俗》(*The Religious Ceremonies and Customs of All the Peoples of the World*)，里面有许多无与伦比的精彩插图。这是他人生中的一段幸福时光。他对皮卡特和伯纳德的作品很熟悉，后来证明这本书对他的文学事业影响很大。他在离开学校之前已经形成了一个想法——以英雄诗(heroic poem)的形式展现已有的各类典型的、诗意的神话。事实上，骚塞在十几岁的时候就奠定了创作《克哈马的诅咒》的基础。他在读皮卡特和伯纳德的作品的同时，也读其他书，例如伏尔泰(Voltaire)、卢梭(Rousseau)、吉本(Gibbon)、马洛里(Malory)等人的著作。这些书颠覆了他原先对于《少年维特之烦恼》[①](*The Sorrows of Young Werther*)的看法。

骚塞早年曾表现出不守规矩的迹象。他参与过一场对另一所学校的偷袭，由于长着满头卷发事后差点儿被指认出来。他在1791年11月参加了一次打斗。当时有两个男

---

① 《少年维特之烦恼》发表于1774年，是歌德早年最重要的著作，是德国"狂飙突进运动"(Sturm und Drang)最丰硕的成果。这次运动由一批市民阶级出身的德国青年作家发起，他们受到启蒙时代影响，推崇天才和创造性的力量，并将其作为自己美学观点的核心。这部作品一出版即在整个欧洲掀起一股"维特热"，并很快成为第一部产生重大国际影响的文学作品。

生因为一条丝带打架,全校的学生都跑出去看热闹,校长叫他们回教室都叫不回去。后来校长宣布将鞭笞那个带头闹事的男生以儆效尤。这个处罚决定一经做出即遭到全校抗议,结果是暂时不做处理。最终那个带头闹事的男生接受了校长的处罚,公开认错。事过十年后,骚塞仍保留着当年作为打斗借口的一段丝带,1818 年他承认自己参与了那场闹事活动。

骚塞进入威斯敏斯特公学一年后,法国大革命爆发。与同时代的青年一样,骚塞以青春的狂热之情欢迎这场革命。1824 年,他说除了身在其中的人,很少有人能够想象或理解当时的人们对法国大革命的热情。旧事物仿佛一夜间消失了,人们期待对世界进行改造。很快,骚塞开始在学校宣传激进思想,这让他变得格外惹人注意。他的两个好友韦恩和查尔斯的思想比较保守,骚塞和他们之间产生了分歧。

伊顿公学的一群学生创办了校刊《微观世界》(*The Microcosm*),以诙谐的话语讽刺周围的世界。威斯敏斯特公学不可避免地要与之竞争。1788 年,《小玩意儿》(*The Trifler*)创刊,与《微观世界》相比,其文笔随性、幼稚。骚塞写了一首怀念夭折的妹妹的诗歌投稿,结果被拒绝。1792 年他和几个朋友模仿《小玩意儿》创办了《鞭笞者》(*The Flagellant*),由伦敦重要的书商艾格顿(Egerton)出版发行。骚塞并不是第一个撰稿人。他在当年 3 月 29 日的第五期上以笔名"瓜尔伯特斯"(Gualbertus)发表了一篇文章,对学校体罚学生进行抨击。文森特校长看到后非常生气。在学校闹事无论如何只是学校内部事务,但这次是对既定秩序的肆意攻击。文森特得知是骚塞撰稿后,向他的监护人多利尼翁夫人发函,最终骚塞被开除学籍。

本来骚塞打算在 1792 年秋季入学牛津,事实上直到当年11月3日,他才被牛津大学的贝利奥尔学院(Balliol College)录取。

牛津大学(1793—1794)

1793年1月21日,骚塞在牛津大学贝利奥尔学院注册入学。同一天,法国国王路易十六被推上断头台。11天后,法国宣布对英国开战。无论骚塞对法国国王遭到处决持何种想法,毫无疑问的是他对法国持同情的态度。

牛津大学和威斯敏斯特公学有诸多相似之处:教得不好,课程古板过时,校纪松懈,等等。但在骚塞在校期间,两校的发展趋势是不同的:牛津大学逐渐复兴,威斯敏斯特公学日趋没落。骚塞对牛津大学校纪的第一反应是蔑视,他觉得英国大学的缔造者们禁止学生穿靴子是一件不可思议的事。

骚塞在牛津依然怀有革命理想,并和一些同学建立了深厚的友谊。入学不到两周,他就和年长他三岁、于1789年入学的埃德蒙·西沃德(Edmund Seward)成了朋友。西沃德有些自命清高,但很有魅力,心地善良。西沃德约束骚塞当时危险的革命浪漫主义思想,极力说服骚塞接纳自己信奉的基督教斯多葛主义(Christian Stoicism)。骚塞在西沃德的影响下开始阅读爱比克泰德①(Epictetus)的作品,该学派思想的影响在骚塞知识和道德发展方面具有里程碑式的意义。因此,每当提及西沃德时骚塞总是带有特别的感情。这一时期他还结交了其他朋友,例如乔治·博内特(George Burnett)和罗伯特·艾伦(Robert Allen)等。

骚塞在此阶段的阅读广泛但不够系统。他读了荷马(Homer)和塔西佗(Tacitus)的作品,也读了《雷奥尼达》

---

① 爱比克泰德是公元前一世纪希腊的斯多葛派哲学家、教师。

(*Leonidas*)和《风流人物》(*The Man of Feeling*)。在威斯敏斯特公学和牛津大学学习期间,骚塞通过阅读获得了大量古典知识和文学知识,这些知识在他后来创作的很多诗歌的注释中都能找到。

  读书期间,骚塞的心中不断地涌出一句句诗行。在1793 年 11 月写给朋友的信中,他说自己已写了大约 35 000 行诗,认为其中 10 000 行有些价值。这么计算的话,他的第一部史诗《圣女贞德》(*Joan of Arc*)的初稿应该包括在内。他在该诗的前言中说明自己于 1793 年 6 月构思这部史诗。在后来的两年中,《圣女贞德》持续占据他的头脑。这一阶段他还构思了一首重要的诗歌,即上文提到的《回想》。7 月末,他的舅舅希尔从葡萄牙回国探亲,他骑马去看望舅舅。短暂的假期过后,他于 8 月 13 日恢复《圣女贞德》的创作。他每天早上在花园的凉亭中写作,用了六周时间完成了该诗的初稿。

  这年的秋季骚塞经历了一件重要的事情,这件事涉及他未来的职业。他的舅舅希尔希望他将来能做牧师,因此承担了他在牛津读书的费用。虽然对做牧师的前景心存疑虑,但最初骚塞还是接受了这个安排。后来他不确定自己内心是否真的想成为牧师。他说,当他想到做牧师的前景时,有一千个可怕的想法涌上心头。但是仅仅拒绝做牧师是不行的,他必须选择一个职业,因为他毕竟有三个弟弟要养活,而他的寡母又没有什么收入来源。于是他决定学医。这个决定并未持续多久,因为他发现自己对解剖怀有无法克制的反感,他唯一想念的依然是文学。

  尽管做不成医生,但他放弃做牧师的决心依然没有动摇。随着时间的推移,这个念头愈发坚定。若有人劝说,他便反驳:如果他真的做了牧师,获得丰厚收入的机会就非常渺茫。当时牧师的年收入仅为 40 英镑。他的另一个想法是做公务员，这样在挣钱的同时，还有足够的空余时间写作。在他看来，无论做什么都比去教堂工作好。去政府工作需要牛津大学的推荐信，这对骚塞来说是一道难关，因为他在学校被认为是雅各宾派(Jacobin)，在当局者眼中这是不可容忍的。

在这样的形势下——要生存，但又不能从事想从事的职业——骚塞开始有了一个设想，而这个设想曾让他觉得像一个梦，那就是移民。骚塞想带上几个朋友，远离尘嚣，去过简单原始的生活。这个念头在他入学贝利奥尔学院三周后便萌发了，他将它记录下来：一群人到一个小岛上，这群人最好是基督徒而不是哲学家，在那里他们弃恶从善；生活不必奢华，方便舒适就好，人人心满意足……他谈到一位朋友希望退休后到美洲过隐士生活，这位朋友希望到这样的国度：男人靠自己的能力便可以赢得尊重；社会建立在正确的价值观的基础上，人应当比钱更有价值；男人可以耕田，用诚实的劳动换来日用品，太太悉心照料生活……骚塞后来下定决心，六个月以后要么以诚实的方式生活，要么永远离开他的国家和朋友。当这个想法初步形成时，他得到了一位强者的大力支持。

1794 年 6 月的第 2 个星期，塞缪尔·泰勒·柯勒律治(Samuel Taylor Coleridge，1772—1834)和一个朋友一起从剑桥出发，徒步旅行到北威尔士。他们正好从牛津经过，顺便去看望朋友艾伦。艾伦马上介绍柯勒律治和骚塞认识，因为他意识到两者有太多的相同之处。柯勒律治比骚塞年长两岁，从表面看，在性格和观点上和骚塞很相似。柯勒律治是雅各宾派，一位满腔热忱的、多产的诗人，一个叛逆者，一个逃避现实的人，自以为和这个世界格格不入。

柯勒律治在牛津逗留了三个星期，其间他始终和骚塞以及骚塞的朋友西沃德等人在一起。他们一起策划了一个方案,为骚塞的移民梦想打下了基础。大约有一年半的时间骚塞一直在考虑离开英国,到另一个地方开始新的生活。显然,这个想法不是偶然产生的,骚塞曾再三考虑,当他遇到柯勒律治时这个想法已经很清晰了。骚塞受到威廉·葛德文(William Godwin)的《政治正义论》①(*An Enquiry Concerning Political Justice*)一书的影响,当时柯勒律治还未读过此书。柯勒律治将他们的计划命名为"大同世界"(Pantisocracy),骚塞阐释为"人人平等治理的社会"(the equal government of all)。

这个计划在柯勒律治于牛津逗留期间的进展情况无从得知。但是它的主线很简单:一群年轻人——后来他们决定把人数控制在 12 人——在美洲建立一个农业社区;财产、土地、农产品属于全体成员;他们都要结婚,带上他们的妻子。最初的参与者是骚塞、柯勒律治、博内特、艾伦、西沃德还有骚塞在巴斯结交的朋友罗伯特·洛弗尔(Robert Lovell)。柯勒律治在 7 月初离开牛津,但依然沉浸在"大同世界"的幻想中。对柯勒律治来说,他与骚塞的相识是人生中一个重要的转折点,多年后柯勒律治在他的著作《文学传记》(*Biographia Literaria*)中坦率地承认了这一点。

骚塞的思维不像柯勒律治那样易受他人影响。柯勒律治对骚塞的影响比较缓慢,不那么直接,好像也没有那么重要。两人的亲密友谊持续的时间不太长,而且从未有过柯勒律治和威廉·华兹华斯(William Wordsworth)之间那种相互亲近的交融性。然而,在柯勒律治的长期陪伴下,很难有人不受其影响,无论自觉地还是不自觉地。骚塞也不例

---

① 该书是十八世纪英国政治哲学家和著名作家葛德文的政治哲学著作,对当时英国激进思想的发展,尤其是对欧文派空想社会主义思想的形成,产生了巨大的影响。

外。柯勒律治的来访和"大同世界"思想对他的影响使他变得更加不安,对贝利奥尔学院更加不满。夏季学期即将结束时,骚塞决定不拿学位永远离开牛津。西沃德等好友已离开校园。未来两年,没有志同道合的朋友相伴的日子实在无聊,而且骚塞从来不喜欢这所大学,也没有从中得到多少益处。

骚塞的决定是明智的,尽管动机在当今的读者看来多少有些不充分。18世纪的牛津容许学生阅读、创作、交友,但给叛逆者以及像骚塞这样特立独行的人提供不了多少机会。由于他在牛津能够读书、写作、交友,因此不能说他在牛津的岁月是荒废的。但他显然不打算在牛津继续待下去了。这所学校的功课让他厌恶,校纪使他恼火,而且他当时无意从事学术或文书工作。

他从不后悔这个决定。1816年,他说他不喜欢牛津大学。他认为,对年轻人来说,这是一个快乐的地方;对所有人来说,这是一个能提供各种方便的地方,但不是一个幸福的地方。这里的大多数本科生毕业后将成为牧师。牛津和剑桥唯一的作用是通过教育,把某种既定的观点和思想灌输给学生,从而使它们延续下去。骚塞说他不知道人们在那里收获了什么,但这是教育体系中一个规律性的、必不可少的部分,那些没有受过这种教育的人总是觉得自己的知识是有缺陷的。人们在那里获得一种关于世界的知识,包括关于身处这个世界的人的知识,希腊语和几何学被遗忘之后,这种知识依然存在。事实上,学校也会像人一样变老,而且总是最后一个察觉到自己的衰老。当作为唯一的学习场所时,大学起巨大而重要的作用;一旦有了其他途径,它们就不再是最好的场所了。这是由大学的形式决定的,大学在得到普遍认可之后很久才能改进。

柯勒律治(1794—1795)

在好友柯勒律治于北威尔士旅行期间,骚塞回到了巴斯。1794年7月19日,骚塞把《圣女贞德》的简介发给了印刷商。一年前他着手创作此诗,用了6周时间完成初稿,后来不断修改,直到他认为彻底完成。8月初,柯勒律治去了布里斯托,到达前他未告诉骚塞。见面后,骚塞马上将他介绍给洛弗尔以及弗里克(Fricker)一家。弗里克夫人是个小业主,丈夫去世后,她经营失败,靠她的女儿们做针线活儿维持生计。当时洛弗尔已与玛丽·弗里克(Mary Fricker)结婚,骚塞即将和玛丽的妹妹伊迪丝·弗里克(Edith Fricker)订婚,因此骚塞介绍柯勒律治与弗里克一家认识是很自然的事。

8月中旬,骚塞和柯勒律治一起徒步旅行,途中造访多个友人。在朋友们的眼中,他们的"大同世界"的雏形是这样的:来年4月,12位受过良好教育、热爱自由的绅士以及他们的夫人将一起踏上征程,到美洲一个气候宜人的地方定居;男人们将每天劳作2—3个小时,他们生产的农产品足以维持生计;他们将一起劳动,共享劳动成果;闲暇时他们可以读书、学习、讨论、教育自己的孩子;妇女们的主要任务是照看孩子,男人们也要注重妇女们思想的培养;等等。

一周后,骚塞和柯勒律治徒步返回布里斯托。这时,骚塞和伊迪丝·弗里克订婚了。骚塞认为柯勒律治下一步会和伊迪丝的姐姐萨拉·弗里克(Sara Fricker)订婚。柯勒律治在9月2日离开布里斯托到伦敦,随身带走了骚塞与他合写的戏剧手稿《罗伯斯庇尔的倒台》(*The Fall of*

Robespierre)。马克西米连·罗伯斯庇尔①(Maximilien Robespierre,1758—1794)于当年7月被送上断头台,这在当时是个热门话题。后来这部剧作以柯勒律治的名义在剑桥的刊物上发表。

柯勒律治在伦敦不遗余力地到处为"大同世界"项目游说,寻求资金支持。有个青年人甚至帮他物色好了具体地址。这个地方在萨斯奎汉纳河(Susquehanna River)流域。在伦敦停留了两周之后,柯勒律治前往剑桥。在那里他写信给骚塞,说一想到美洲、骚塞和弗里克小姐,他就好激动。爱是强烈动机的产物。柯勒律治承认他喜欢弗里克小姐,不停地怀着无法形容的温柔之情想起她。然而,柯勒律治后来的行为引起了布里斯托一些人的不安。在伦敦期间他好像给骚塞写过一次信,但根本没有给弗里克家写信。柯勒律治从剑桥寄来的第一封信与骚塞寄的一封信在时间上重叠。骚塞在信中指责了他的沉默。第二天,他回了信,似乎同时也给萨拉·弗里克写了信,但骚塞仍很焦虑。事实上,这并不奇怪,因为柯勒律治的回答多少有些推诿,不是那么令人满意。因此,骚塞给塞缪尔·福维尔(Samuel Favell)写信询问柯勒律治的情况。一周后柯勒律治得知此事,感到极度苦恼、激动。他又写了一封信,内容同样含糊。他说自己的心情好古怪,而且对所有人失去了爱意。这让人很难安心,但骚塞暂时还算满意。他可能还没有意识到这个解释的真正含义,因为他天生就不爱怀疑别人。

尽管对柯勒律治的所作所为很担心,但骚塞还有别的

---

① 罗伯斯庇尔,法国革命家、政治家,法国大革命时期的领袖,雅各宾派政府的实际首脑之一。1794年6月4日,国民公会全体代表一致推举罗伯斯庇尔为主席,7月27日,发生"热月政变",罗伯斯庇尔被逮捕,第二天被送上断头台,年仅36岁。

事情要考虑,有他自己的问题要解决。他在与洛弗尔合作,准备出版一本诗集,其中包括他的21首诗歌(包括《回想》)和洛弗尔的11首诗歌。该诗集在结尾处对《圣女贞德》做了宣传。除此之外,这段时间骚塞一直忙于"大同世界"计划的细节规划,而柯勒律治则在伦敦漫不经心地谈论这件事。随着亲友的加入,参与这个计划的人员增加到27人。与此同时,反对意见已经开始出现,困难也蜂拥而至。

一切问题似乎最终都变成了金钱的问题。人们完全可以将金钱视为一种巨大的罪恶,却又不得不满足于此。参与"大同世界"计划的人必须支付旅行和定居的费用。他们需要寻求解决的办法。骚塞还未向母亲、姨母和舅舅谈及此事。他们一旦得知,定会强烈反对。骚塞的好友西沃德也不赞成这个计划。西沃德天生谨慎,意识到了这个计划的缺陷。

1794年10月中旬,姨母泰勒听到了美洲计划的风声,于是暴风雨来临。骚塞和他姨母之间爆发了公开战争。姨母发誓再也不见他,不看他写的信。同时,骚塞订婚的消息比疯狂的移民计划更让她恼火——他竟然和一个破产的糖罐制造商的女儿订了婚。骚塞平静地接受了这一切。他知道目前情况严重,前景黯淡。他这样做同样冒犯了一直资助他的舅舅希尔。骚塞连一点儿固定收入都没有,事业发展的机会也很渺茫,母亲和三个弟弟都需要他的帮助;尽管和伊迪丝·弗里克订婚了,但他几乎看不到和她结婚的希望。这些都使骚塞对"大同世界"的态度变得冷静起来。

或许骚塞和柯勒律治并没有意识到,出于不同的原因,两人都开始退出"大同世界"计划。与骚塞个人有关的是,他面临的困难使他更加谨慎,原因有西沃德的反对,也有他对柯勒律治的可靠性和柯勒律治对待萨拉·弗里克的态度的初步怀疑。柯勒律治不大情愿和萨拉·弗里克订婚。从某种程度上讲,骚塞认为柯勒律治的所作所为是不负责任的,也是令人担忧的。而柯勒律治对待骚塞的态度也在变化中。他反对骚塞关于"大同世界"计划的一些观点。姨母泰勒的男仆夫妇也曾打算加入移民的队伍。骚塞和他的布里斯托的朋友们同意这对夫妇加入,不过到美洲后他们的身份仍然是仆人,而不是柯勒律治想象的大同社会成员的平等身份。

在此期间,骚塞和一个姓科特尔(Cottle)的书商结识。一天晚上,骚塞给科特尔读了一部分《圣女贞德》的手稿。科特尔提出给骚塞五十几尼①(guinea)做稿酬,并赠送五十本样书。与此同时,骚塞和柯勒律治在科特尔的帮助下,找到另一个收入来源——在布里斯托做讲座。事实证明,骚塞是一位能干又有魅力的讲师,远不如柯勒律治聪明。但不可否认的是,骚塞比柯勒律治更优秀,因为他确实履行了他所承诺的讲师职责。几年后在伦敦,柯勒律治作为主讲人有时会缺席讲座,令听众极不满意地离开。两人争吵过,但他们之间的问题并不是一场短暂的争吵能够解决的。事实上,他们都对彼此产生了强烈的反感,以致不能长期和谐地共事。骚塞抱怨说,他的收入是柯勒律治的四倍,他为他们的计划所做的贡献远远超过他的份额,如果柯勒律治不是那么懒惰和不道德,就完全可以和他赚同样多的钱。

但这并不是唯一的问题。两人都对"大同世界"计划感到不安,最初的热情都在逐渐消退,但双方都不愿意第一个承认这点,无论对自己还是对对方。这并不是最糟糕的。1795 年春季的某天,骚塞收到了舅舅希尔的一封信。信是 1 月 24 日从里斯本寄出的。信的语气温和亲切,建议骚塞

---

① 几尼是英国旧时货币单位,价值 21 先令或 1.05 英镑,因最初是用几内亚的黄金铸造的而得名。

到葡萄牙逗留一段时间,直到与姨母泰勒达成和解。8月份,希尔又来信说,他将尽他所能打消骚塞的顾虑。他再次邀请骚塞到里斯本。还有一些原因使骚塞和柯勒律治之间的约定不可避免地中断。洛弗尔并不赞同柯勒律治做他妻妹的丈夫。焦虑和悲伤——对自己不确定的未来的焦虑和对西沃德死亡的悲伤——使骚塞的脾气变得急躁,也使他的同情心变得狭隘起来。这种痛苦的记忆深深地留在他的心里,多年后他仍会提及它。

其实在布里斯托期间,总体来说,骚塞和柯勒律治在文学方面互相影响并双双受益。骚塞为了出版《圣女贞德》,不断修改手稿,柯勒律治也参与创作了其中的255行诗。除了完成《圣女贞德》,骚塞还写了一些小诗,同时开始创作另一首长篇史诗《麦道克》。

10月4日,柯勒律治与萨拉·弗里克结婚。尽管后来他们的婚姻并不幸福,但种种迹象表明,柯勒律治当时完全是出于自愿,是在没有任何人向他施压的情况下求婚的。

10月的某天,柯勒律治写信给骚塞,强烈建议他不要顺从他舅舅的意愿去葡萄牙。但这些建议是多余的,因为骚塞的想法早已定下来,正如他在信中所说的那样,"大同世界"计划已终结。11月14日,骚塞和伊迪丝·弗里克结婚。

在葡萄牙(1796—1800)

骚塞只身前往葡萄牙时心里并没有一个非常明确的目标。他说自己到舅舅那里去的主要原因是走亲访友、消磨时间,并且计划在韦恩的资助下,和妻子在那里安家。另一个原因与科特尔有关。科特尔要他写一本游记,并承诺像往常一样出版。开始旅行时骚塞热情不大。5天后,当看到西班牙的悬崖时,他的内心产生了一种解脱感。1796年1月13日,骚塞抵达西班牙的科伦那港。让这个典型的英国人首先感到震惊的是气味(特别是那难闻的油和酒的气味)、污秽、跳蚤和令人厌恶的烹饪。17日,通过了西班牙海关官员和军事当局的检查后,他出发前往马德里,与他的舅舅和朋友一起旅行。在马德里逗留了一段时间后,他们动身去里斯本并在那里住了三个半月。骚塞最初不喜欢里斯本。在他看来,这座城市不仅污秽不堪,而且这个国家的政府也相当可鄙,统治阶级腐败到毫无道德可言的地步。4月初,他们从里斯本出发去远足。他们骑着马来到辛特拉①(Cintra),骚塞立刻被这座小镇迷住了。他对这个地方的描写虽然有点儿矫揉造作和文学化,但清楚地表明了他对这个地方非常着迷。他说他将回到辛特拉。

在葡萄牙期间,他大量阅读西班牙语和葡萄牙语的文章,并能流利地用葡萄牙语交流。他和舅舅希尔相处得很好,尽管他曾私下向贝德福德抱怨舅舅仍想让他做牧师。希尔是一个聪明而宽容的人,在对待那不听话的外甥时表现出了非同寻常的机智和技巧。在舅舅心中,骚塞是一个勤奋的人,博览群书,记忆力惊人,说话时能用丰富的语言流利得体地表达,行为端正、品德优良、心地善良——身上具有一切人们希望一个年轻人拥有的优点。骚塞的思想在葡萄牙期间逐渐发生变化。他自己也意识到了这一点。在返回英国后写的一封信中,他说是时间让他的思想变得成熟,曾经激发他思想热情的那种激情,几乎已经消失不见了。

他的政治观点也开始发生类似的变化。更确切地说,他的政治观点得到了发展,而不是发生了根本的转变。他

---

① 辛特拉,葡萄牙西部城镇,位于里斯本西北偏西24千米处。

对"恐怖"①(The Terror)和吉伦特派(Girondins)的处决表示同情。现实表明,法国大革命分子可以犯下和贵族同样的罪行。葡萄牙之行是骚塞第一次出国旅行。通过这次旅行,他认识到自己国家的优点,学会了感谢上帝。他是一个英国人,认为英国虽然不是理想的国度,但比其他任何地方都好。在接下来的六年里,他平静而自然地对英国政府和保守党的观点表示完全赞同。

1796年5月5日,骚塞离开里斯本,9天后抵达朴茨茅斯港,然后直接去布里斯托。然而,姐夫洛弗尔去世的消息打破了他返乡的喜悦。他非常敬重洛弗尔,因此十分悲痛。除此之外,归国一事总体来说令他感觉愉快。一是他能够和妻子在一起生活了,二是这时他可以享受《圣女贞德》的成功给他带来的声望。这首诗歌受到读者的欢迎,不仅在布里斯托,而且在伦敦。在北威尔士和利奇菲尔德(Lichfield),这首诗也拥有热情的读者。但该诗的序言引发了评论家们不同的看法,例如,华兹华斯认为它是"非常自负的表现"(a very conceited performance),虽然某些章节很优秀,但总体上表现很差。然而,查尔斯·兰姆(Charles Lamb)的评价与此不同:"我没有料到骚塞会写出如此出色的作品。"(I had not presumed to expect anything of such excellence from Southey.)他甚至在给柯勒律治的信中说:"为什么,这首诗本身就足以弥补我们所处时代的弱点,使我们摆脱诗歌退化的罪责……总体来说,我希望有一天骚塞能和弥

---

① "恐怖统治"或者"恐怖",是一些历史学家对法国大革命的一个阶段的称呼。不同历史学家对"恐怖"开始的时间有不同的看法,包括1793年9月、1793年6月、1793年3月(创立革命法庭)、1792年9月(九月大屠杀)和1789年7月(第一次斩首),但一般同意"恐怖"结束于1794年7月。

尔顿相提并论。我认为他已经和科珀①不相上下，而且比其他在世的诗人都优秀。"(Why, the poem is alone sufficient to redeem the character of the age we live in from the imputation of degenerating in poetry ... On the whole, I expect Southey one day to rival Milton. I already deem him equal to Cowper, and superior to all living poets besides. ②)

对于大多数早期的读者来说，《圣女贞德》无疑是成功的。虽然它不是一首优秀的，更不是一首伟大的诗歌，但它以新颖性、独创性和政治情调，强烈地吸引了喜好浪漫主义的读者。它是一个新生事物，必然受到受够了沉闷和矫揉造作的古典主义作品的大众的欢迎。对当时的读者来说，史诗这种形式几乎是陌生的。自理查德·格洛弗(Richard Glover)的《雷奥尼达》之后，《圣女贞德》是半个多世纪以来最成功的史诗。骚塞当时还计划创作一系列诗歌，包括他经常思考的《麦道克》，但直到第二年他才正式恢复创作。他还曾设想创作以东方为背景的作品，如《海底宫殿的毁灭》(《毁灭者撒拉巴》的前身)。

1796年初秋，骚塞与柯勒律治没有完全达成和解。据柯勒律治回忆，一天，两人和科特尔一起去散步。柯勒律治有些不情愿，说他和骚塞之间的友谊已经毫无热情可言。他们之前持续争吵了12个月，虽然此时和好了，但造成分

---

① 威廉·科珀(William Cowper, 1731—1800)，英国诗人，那个时代最受欢迎的诗人之一。他通过描绘英国乡村场景和日常生活，改变了18世纪自然诗的方向，是浪漫主义诗歌的先行者之一。柯勒律治称他是"最好的现代诗人"，华兹华斯特别欣赏他的诗作《雅德利橡树》("Yardley Oak")。

② Jack Simmons. *Southey*, London: Collins. 1945. p.64.

歧的原因依然存在。柯勒律治认为他们只是熟人,对彼此很亲切,但他已不尊重,也不再喜欢骚塞。

不久,骚塞离开布里斯托,前往伦敦学习法律。对于成为律师的前景他从内心是厌恶的,但这样似乎没用,于是他毫无怨言地接受了生活的需要。之后,他与妻子在伦敦会合。他开始认真地学习法律,用晚上的时间来创作《麦道克》。不久,科特尔出版了骚塞的书信和诗集。500本诗集很快销售一空,后来又加印了1000本,销量依然很好。书信的销量同样不错,1799年发行了第二版,1808年发行了第三版。

1797年的夏天,骚塞忙于修改《圣女贞德》的新版本,其中主要的改动是删减了第九章的全部内容。第九章以《奥尔良少女的幻影》("The Vision of the Maid of Orleans")为题单独出现,其中的诗行都是由柯勒律治添加的。骚塞同时在进行《麦道克》的创作,已经写了四章。关于他学习法律的情况人们知之甚少。此时人们仍不断听到他和柯勒律治争吵的消息。但在9月份,骚塞又说自己从来没有,也永远不会与柯勒律治为敌,从来没有攻击过柯勒律治的人品。他们的关系此时已趋于冷静,不再敌对。他们非常真诚地称赞对方的作品。

1798年年初,骚塞在伦敦安家。不久,他的妻子生病了。她似乎觉得伦敦这座城市不大友好,渴望回到乡村生活。因此,2月中旬,骚塞夫妇回到了巴斯市。后来,骚塞的母亲生病了。整个春天,骚塞往返于巴斯和布里斯托,照顾妻子和母亲,同时从事法律工作和诗歌创作。他还有其他活动:他开始关注穷人的生活,并着手推行一些改善穷人生活状况的计划。这些计划本身并不重要,而且似乎也没有达到什么高度。

《圣女贞德》的新版本于7月初发行,版式与1796年版有了很大不同。8月中旬，骚塞带妻子去赫里福德（Hereford）度假，希望变换一下环境，这样对她的身体有好处。他们和他在葡萄牙结交的一个朋友住在一起。这次旅行对骚塞的创作产生了三个层面的重要影响。第一，在赫里福德，骚塞勾勒出了《毁灭者撒拉巴》的写作计划。他在给科特尔的信中说，这部作品已形成框架，将扩展到10到12个章回，具有很明显的阿拉伯风格。第二，在赫里福德大教堂的图书馆里，骚塞偶然发现了伯克利老妇人的故事。第三，在赫里福德他读了科特尔最新出版的《抒情歌谣集》（*Lyrical Ballads*）。这本诗集是华兹华斯和柯勒律治合写的，但并未署他们的名字。当今，教科书都会告诉读者这首诗的历史重要性，这似乎是一种赞赏。然而骚塞认为柯勒律治所写的《古舟子咏》（"The Rime of the Ancient Mariner"）是他有生以来所见过的最笨拙的表达崇高感的诗歌。

他整个秋天的大部分时间都和一个朋友在南威尔士徒步旅行。他们访问了兰托尼（Llanthony）。10月中旬，他给妻子写信，称赞南威尔士的乡村、奶油和文明。这次旅行的目的是增进他的健康，后来事实证明，此行的目的显然没有达到。年底他生病了，向朋友抱怨自己心脏有毛病。布里斯托的名医诊断这种疾病是心情紧张引起的，与他久坐不动的生活方式有关，并为他开了处方——尽最大可能多运动。

1799年7月12日，骚塞完成了《麦道克》的初稿，随后他一天都没有休息便开始《毁灭者撒拉巴》的创作。7月底，柯勒律治从德国回来。在此之前，当骚塞夫妇经过斯托威时，他也许已经与他们见过面了。那次见面或许双方态度都比较冷漠。不管怎么说，他很快决定和骚塞和好。柯勒律治给骚塞写信，说他自己很困惑，不知该写点儿什么，或应如何陈述他的写作目标。他不希望任何人参与他人的道德生活，因为他对人的心智有足够的了解，知道这是不可能的。柯勒律治认为他们两人有相似的才能、相似的情感、相似的追求,尊重和热爱的目标也一样。他恳求骚塞并向上帝祈祷,无论二人何时见面,都能坦诚地对彼此友好;即便骚塞不能改变自己的观点,也希望他在情感上能对自己宽容一些。

毫无疑问,柯勒律治的友好姿态与其妻子有一部分关系。他不在家期间,他们九个月大的儿子去世了。骚塞帮助柯勒律治的妻子安排了葬礼,并和自己的妻子一起陪伴她,直到她从这件事的打击中恢复过来。

1800年,骚塞开始考虑回葡萄牙,于是写信给舅舅,问能否为他们找到合适的房子。他深情地怀念这个国家,同时他也有更令人信服的理由回到葡萄牙:他决心承担一项有关葡萄牙历史的研究工作。为此,他需要花更多的时间在葡萄牙的图书馆的手稿藏品上做研究,并在全国旅行,以便在脑海中留下清晰的对葡萄牙风景的印象,作为联系其历史事件的必要背景。3月份,他收到舅舅的一封信,舅舅赞同他的计划。于是骚塞安排出发事宜。4月24日,骚塞夫妇乘船前往葡萄牙。在此之前,他已经写好了《毁灭者撒拉巴》的第九章。

从葡萄牙、都柏林到凯西克(1800—1803)

他们在5月1日登陆葡萄牙,直接住进了舅舅希尔为他们准备的那所"完全葡萄牙式"(thoroughly Portuguese)的小房子。房子很小,可以看到河对岸的风景。不久之后,骚塞开始感受到恢复健康的喜悦之情。到了7月初,一直困扰他的失眠几乎消失了。他感受到心灵的巨大欢乐,把这种改善几乎完全归功于气候的变化。但这种改善也与某种形势的变化和他一到葡萄牙就开始的新的脑力劳动有关。在不到两个月的时间里,他完成了《毁灭者撒拉巴》(第十一章他只用了两天）。10月，这首诗的修订工作已经完成，他能够将手稿副本发到英国。他的另一部书稿《葡萄牙史》(The History of Portugal)的写作从他第一次来到这个国家起就有条不紊地进行着。他计划使用编年体，然后把叙述的内容做成一个框架。事实证明，这比他预期的更困难、进度更慢。

　　他在葡萄牙的生活没有大的波澜。在里斯本的英国人圈子中，他建立了新的友谊。随着时间的推移，他与舅舅希尔的关系变得更为融洽了。骚塞认为他和舅舅都是热爱文学的人，有诸多共同之处，这掩盖了年龄的差异。虽然两人对一些重要的话题持不同意见，但相同的兴趣把他们紧密地联系起来。在后来的日子里，骚塞把他最好的两部作品献给了他的舅舅。

　　但骚塞夫妇在葡萄牙的生活并不全是那么美好。1801年，他们受到西班牙传染病蔓延的威胁，有的说是黄热病，有的说是鼠疫。10月底，据说在加的斯市①(Cadiz)有8000人死于这场疾病。除此之外，1801年春天，拿破仑诱使西班牙政府向英格兰盟友葡萄牙宣战。在这样的形势下，由于担心葡萄牙会被入侵，英国人会被驱逐出境，骚塞夫妇开始准备回国。事实证明，危险并没有起初想象的那么紧迫，直到6月他们才起航回国。经过两周漫长而令人不快的旅行后，他们终于到达了法尔茅斯(Falmouth)，7月10日到达布里斯托。

　　与第一次一样，在第二次访问葡萄牙期间，骚塞的政见得到了稳步发展。像柯勒律治一样，他理解不了拿破仑造成的全面威胁。骚塞所希望的是，战争结束后英国的国家安

---

① 加的斯市位于西班牙西南部加的斯湾的东南侧，是西班牙南部主要海港之一。

全能得到保证,自由改革的进程可以恢复。当时欧洲大陆的主导力量是革命的法国,而不是英国的盟友——暴政统治下的奥地利和俄罗斯。他在方方面面变得越来越同情英国人。

他对第二次葡萄牙之行非常感激,有三个原因:他的病体得到了康复;他在作品中增加了宏伟构想的大部分素材;他得到了一些次要的东西,例如,更成熟的散文风格、知识的增长和对政治问题的更为准确的判断。在葡萄牙感受到的幸福使他把这 14 个月看作一个黄金时期,之后他一次又一次流露出回到那里的想法。

回到布里斯托后,骚塞发现柯勒律治分别在 4 月和 5 月从凯西克寄来两封信。在信中柯勒律治诉说他的健康情况不乐观,同时描绘了一下他和他妻子自 1800 年 7 月以来所生活的葛丽塔庄园①(Greta Hall),并热情邀请骚塞夫妇到那里居住。在信中他还谈到了华兹华斯。这让骚塞多少感觉有些不快,因为骚塞并不十分赞同他的连襟的那种不顾一切的做法。在骚塞看来,无论从哪方面考虑,柯勒律治夫妇搬到一个如此偏远的地方,远离他们所有的朋友,并且"把自己完全交给华兹华斯"(wholly giving himself to Wordsworth),都是错误的。不过,骚塞还是接受了柯勒律治的邀请,答应和妻子尽快动身。骚塞说时间和分离对他与柯勒律治的感情造成了一种奇怪的影响,自己一直牵挂着柯勒律治这位他生命中最亲密的、他的所有思想和感情能与之相契合的朋友。

---

① 葛丽塔庄园是位于英格兰湖区凯西克的一所房子,是柯勒律治和骚塞共同居住过的地方。柯勒律治于 1800 年至 1803 年与家人住在那里,并定期访问住在格拉斯米尔(Grasmere)的华兹华斯。柯勒律治于 1804 年离开葛丽塔庄园,把他的家人托付给骚塞。骚塞和妻子于 1803 年来到葛丽塔庄园,骚塞一直居住到 1843 年去世。

与此同时，骚塞在与朗文出版社（Longman）洽谈他的第三部史诗的出版问题。他给了朗文出版社两个选择：一是出版完全修订好的《麦道克》，二是出版一部印度传奇——他于葡萄牙时撰写的《克拉登的诅咒》(*The Curse of Keradon*)（即后来的《克哈马的诅咒》）。他要求的价格与《毁灭者撒拉巴》一样（115 英镑），希望朗文能提前支付 50 英镑；像往常一样，他在 6 个月内完成朗文中意的任何一首诗。后来因为条款问题，这个交易没有达成。柯勒律治得知后很高兴。他写信说，无论如何骚塞都不应急于出手《麦道克》，关于那首诗，他有很多事要和骚塞讨论。柯勒律治相信，《麦道克》将成为独一无二的作品，它属于非常高尚的一类。

直到 8 月底，骚塞才有空去凯西克。他第一次去湖区是一次偶然旅行，一开始他对湖区没有什么深刻的印象。当时他甚至没有提及众所周知的葛丽塔庄园，也没有提到柯勒律治和他的家人。他似乎只待了两个星期，之后把妻子留在她姐姐那里，和韦恩一起出发去北威尔士旅行。骚塞此行的目的是通过观察当地风景来改进对《麦道克》背景的描写，因此，这不止是一次愉快的旅行。后来他返回凯西克，短暂逗留后继续旅行，于 10 月中旬到达爱尔兰的都柏林。他在都柏林开始修订《麦道克》，并在前往伦敦的途中第三次对凯西克进行短暂访问，于 11 月的第一周抵达伦敦。

他在爱尔兰待了两个星期，后来再也没去过那里。都柏林是一座非常美丽的、宏伟的城市，有大型的公共建筑和宽阔的马路。都柏林的城市风貌是当时政府腐败浪费的体现，每一个要求改善的部门都得到了改善。当时政府如果得到了 2 万英镑，就会"体面"地为公众花 5 英镑，其余的便都收入囊中。骚塞对爱尔兰人的印象是肤浅的，他认为要使这个民族文明起来是困难的。

但这次短暂的访问让他明白了一件重要的事情：对政府的洞察以及与政府的关系。不管他的认识多么肤浅，这是他政治思想发展的有益一步。骚塞发现，政府以良好和明智的方式控制了两党——奥兰治党①(the Orangemen)和爱尔兰人联合会(Society of United Irishmen)——并赢得了两党的尊重。

回到伦敦后，骚塞与妻子团聚。年底，他得到母亲病重的消息，于是回到布里斯托。不到两周，他的母亲去世了。骚塞的母亲生于 1752 年，1772 年结婚，1792 年丧偶。她迷信地认为自己会在 1802 年死去。骚塞很爱母亲，是母亲的好儿子，但他小时候和母亲在一起的时间太少，和姨母泰勒小姐在一起的时间较多。他深切地感受到了母亲死亡带来的痛苦。母亲的离世切断了他与早年生活的一个联系。他认为自己与故土的联系日益减少。他在给弟弟的信中说，老人一个个离世，仿佛树上的老叶子一片片掉落，却看不到新芽萌发。与此同时，骚塞对书籍越来越依恋。他想紧紧地拥抱书籍，因为那是唯一安全的依恋。他感觉书籍就像老朋友一样，不存在失去的危险。自己终将离去，但书可以与世长存。这是他经常想到的问题，是他的信中反复出现的主题，也是他的短诗经常涉及的主题。

在布里斯托办完母亲的丧事后，他回到伦敦，在那里居住了一段时间。1802 年 2 月初，他在诺维奇②(Norwich)短暂停留，同威廉·泰勒(William Taylor)谈论《麦道克》的写作。他还去看望了弟弟哈利·骚塞(Harry Southey)。

---

① 主张北爱尔兰继续隶属联合王国的新教政治组织。
② 诺维奇，英国英格兰东部诺福克郡的城市、自治市镇(borough)。诺维奇是英格兰著名的古城，11 世纪时是全英国第二大城市，仅次于伦敦。

哈利·骚塞当时正在学习外科学,费用由他舅舅希尔承担。骚塞担心弟弟养成大手大脚花钱的习惯,给弟弟写过几封信,流露出自己的忧虑,同时给出相当严肃的建议。他的担心并非毫无根据。

除了母亲的死和弟弟挥霍的倾向之外,骚塞此时还面临着家庭中的第三个麻烦,比其他任何一个都严重。去年10月,就在他离开都柏林之前,柯勒律治给他写了一封信,向他吐露自己的婚姻是失败的。1802年2月,柯勒律治在伦敦与骚塞共进晚餐。但从他们的信件中可以清楚地看出,他们曾经拥有的那种友好的感情消失了。他们此时已经不再争吵,但都不安地意识到这一问题摆在眼前,总有一天它应得到解决。

第二节 1803—1809年 声望日隆

1803年,当骚塞到达凯西克时,柯勒律治已经前往苏格兰了。8月中旬,柯勒律治、华兹华斯和华兹华斯的妹妹开始了一次计划已久的旅行。当他们到达罗蒙湖①(Loch Lomond)的源头时,华兹华斯提议分头旅行。然后,柯勒律治独自走进苏格兰高地的中心地带,穿过格伦科峡谷②(Glencoe)到达威廉堡(Fort William)和因弗内斯(Inverness),然后返回珀斯(Perth)。在珀斯,他获悉骚塞的长女玛格丽特·骚塞(Margaret Southey)夭折,深感震惊,于是前往爱丁堡乘坐长途马车回家。其间他在爱丁堡耽搁了两三天,

---

① 罗蒙湖,亦译洛蒙德湖,是英国苏格兰最大的湖泊,位于苏格兰高地南部,距格拉斯哥43千米,被山地环绕,南部呈三角形。

② 格伦科峡谷位于苏格兰西部高地,景色苍凉、豪迈。

感到心烦意乱,认为在骚塞失去孩子的情况下,自己无法和苏格兰人闲聊。9月15日,柯勒律治回到了家里。

柯勒律治对骚塞的同情以及想安慰他的愿望,都是非常真诚的。他们暂时相处得很好。但柯勒律治很快就忍受不了和骚塞夫人、洛弗尔夫人,甚至与自己的夫人一起生活。另外他确实病得很重。他的肠胃病不仅经常发作,而且很可怕。于是他决定离开英格兰,到某个暖和的地方去居住。12月20日,柯勒律治出于这个目的离开了葛丽塔庄园。

柯勒律治一个人走了,把妻子和孩子留给骚塞照顾。他们是有什么固定的安排,还是心照不宣,人们无从得知。不管是哪种情况,都会增加骚塞的负担。而此时,骚塞虽无力承担,但毫无怨言地承担了一切。人们并不清楚当时双方的经济状况,但柯勒律治似乎在次年四月前往马耳他之前还清了所有债务,在他不在家的情况下,他的妻子可以自由支取150英镑的年金。柯勒律治还采取了预防措施:为自己的生命投保1000英镑。因此,一开始骚塞不可能从他的连襟那里收取非常可观的生活费用。

到葛丽塔庄园后,笼罩在骚塞夫妇身上的悲哀逐渐散去。1804年4月30日,随着第二个女儿的出生,他们的悲伤烟消云散。像第一个孩子一样,第二个孩子起初身体也很虚弱,直到1805年6月才洗礼,起名伊迪丝·梅(Edith May)。她的健康状况给父母带来了巨大恐慌;他们都过度焦虑,这是长女的夭折引起的。但渐渐地,梅变得强壮了,父母的日子也轻松了。

1804年5月,骚塞去伦敦访问。在他48小时的旅程中,他的马车在牛津停留过。日出后,当换马的时候,他趁机在城市里散步。他走到以前居住的房间的窗户下,看到寂静的街道把这个地方衬托得更加雄伟了。他说自己从未见过这样庄严和美丽的景象。骚塞去伦敦的主要目的是去朗文出版社。他和朗文出版社的人讨论了今后的出版计划。《麦道克》整首诗经过全面、快速、高质量的修改后,于1805年4月出版。

尽管骚塞认为史诗将是他声誉的基础,但他心里清楚,为了获得眼前的经济利益,必须另谋出路。除了韦恩的年金外,他继续写评论以获取经济收入。当到达凯西克时,他刚刚写完了《年度评论》(Annual Review)的系列文章。这是朗文创办的一个新刊物。在后来的几年里,骚塞主要的收入来源就是为它撰稿,直到1809年该刊物被《评论季刊》(Quarterly Review)和《爱丁堡年鉴》(Edinburgh Annual Register)取代。

骚塞总是把各种各样的评论和新闻工作称为"任务型工作"(task-work),经常用贬义的词句来指代它。他在这方面的工作尽管采取匿名方式,但达到了很高的水平。他是一个认真、勤奋的评论家,很少评论他自己知识范围之外的作品。他直言许多同时代的文学作品很无趣或有害。他是一位严格的批评家,总是中肯地评论。他的作品,比如在《评论季刊》和《黑森林评论》(Blackwood's Magazine)上发表的有关济慈诗歌的评论,没有不光彩的片段。对于那些他认为应该受到重视的无名作家,比如卢克莱蒂娅·玛丽亚·戴维森(Lucretia Maria Davidson)和玛丽·玛丽亚·柯林(Mary Maria Colling),他不止一次借助自己的身份提醒人们关注他们。尽管骚塞在这方面的判断力不够稳定,而且他的判断通常会被后人推翻,但他的无私、善良令人钦佩。

到伦敦之前,骚塞曾建议朗文出版乔治·埃利斯(George Ellis)的《早期英国诗人样本》(Specimens of the Early English Poets)的续作。到伦敦后他又重新提出了这个建议,还建议由兰姆出任编辑。不知是朗文还是兰姆拒绝了他的第二个建议,最终的结果是骚塞自己编辑这本书。骚塞博览群书,记忆力很强,很适合做这项工作;但不幸的是,他突然想到让格罗夫纳·贝德福德(Grosvenor Bedford)担任联合编辑,部分原因是后者住在伦敦,方便阅览某些读本,还有部分原因是骚塞想引导他走上文学道路。贝德福德是一个聪明的人,也是一个有魅力的人,但有一个无可救药的缺点——懒惰,整天处于昏昏欲睡的状态。他对《早期英国诗人样本》续作的影响令人相当不快。尽管骚塞制定了编辑方法和程序的详细说明,以及大量改进措施,这本书直到1807年才出版,但书中仍然充斥着拼写错误和其他各种各样的问题。这是与骚塞有关的唯一一件真正令人不满意的作品。他与贝德福德关于"所需样本"的通信,可以证实他对合作者提出过警告;但是,从某种程度上说他们必须共同承担责任,因为他们在没有进行充分论证的情况下便开始工作了。

在伦敦停留不到一个月,骚塞便回到凯西克。尽管骚塞很喜欢葛丽塔庄园,在那里生活得很愉快,但他认为自己根本不会在那里定居下来。1805年年初,有传闻说约翰·摩尔爵士(Sir John Moore)将带领一支英国探险队去葡萄牙。这是骚塞一直在等待的机遇,于是他急切地想抓住它。他要求贝德福德安排他在探险队中担任民事检察官一职,他认为自己完全能够胜任这一职务。但传言很快就被证明是假的。骚塞因此暂时留在凯西克。在那里生活的结果是他和华兹华斯之间的关系变得更为友好。还不到一个月,华兹华斯就从格拉斯米尔过来了。他当时的主要目的是看望柯勒律治,但这次访问也使他改变了先前对骚塞的看法,他觉得骚塞很和蔼可亲,是一个博览群书的人。

同年,骚塞结识了另一位伟大的作家瓦尔特·司各特

(Walter Scott，1771—1831)。司各特比骚塞年长三岁，当时正享有盛名，他的《最后一个吟游诗人》(*The Lay of the Last Minstrel*)在1805年年初出版。两人的会面是愉快的。司各特友善地接纳了这位还未像自己一样有名的同行。骚塞也情不自禁地喜欢司各特。后来当回忆起这次会面时，骚塞把司各特与爱丁堡的文学家们进行了很好的对比。

骚塞无法恭维爱丁堡的文学家们。弗朗西斯·杰弗里(Francis Jeffrey)和亨利·布劳厄姆(Henry Brougham)在他看来是庸才。他认为自己的评价也许不够公正，因为他已经习惯与柯勒律治和华兹华斯这样的巨人待在一起，但苏格兰文人的水平确实很低。骚塞对杰弗里本人并不厌恶，这个小个子男人(他身高约1.5米)和他们一起坐马车回来，在葛丽塔庄园吃过晚饭。但爱丁堡的评论家和湖畔诗人截然不同。这不仅表达一种批评，而且说明他们在文学、政治、生活等多方面属于两个不同的思想世界，彼此之间的鸿沟太宽，无法跨越。

司各特是那个时代为数不多的不属于任何一方的伟大作家之一。他能保持独立有很多原因。他是一个忠诚的苏格兰人，私下里和杰弗里是朋友。他喜欢精彩的《爱丁堡评论》，偶尔也乐意为它写作。但与其他撰稿人不同的是，司各特用诗人的眼光来评价"湖畔派"的作品，不认同他们的一些原则，了解杰弗里作为一位评论家的缺点和局限性。从更广泛的意义上说，他保持着超然的态度。他是一个坚强的、直截了当的保守党人。这无疑把他和爱丁堡评论界的辉格党人区分开了，但也使他远离了"湖畔派"的前雅各宾派思想［他们的思想已载入《序曲》(*The Prelude*)］。司各特简单、坚定的灵魂对"湖畔派"漫长而痛苦的朝圣旅程一无所知。更重要的是，他是一个通晓世事的人，大智若愚，不喜欢除了古代战争以外的一切纷争。他总是对文学争议有点儿蔑视,感觉其有些小题大做,认为争议的双方半斤八两,不认同任何一方。

回到凯西克后,骚塞开始了他的"任务型工作",在随后四个月的大部分时间里他主要从事这类工作。与此同时,《麦道克》的写作没有多少进展。他的另一部史诗取得了一些缓慢的进展。那是他在第二次访问葡萄牙时构思的一首有关印度教的诗歌《克拉登的诅咒》,后来改名为《克哈马的诅咒》。骚塞开始时打算采用无韵诗形式写这首诗,但1805年5月,他告诉贝德福德他将改变这个计划。他认为押韵是指诗中部分押韵,是为了增加气氛或者装饰诗歌本身最无趣的部分。

1806年10月11日,他的另一个孩子出生了。令骚塞高兴的是,这次是一个男孩。他给孩子取名赫伯特(Herbert)。赫伯特·骚塞的姐妹们从来没有被忽视过或被低估过,但骚塞对儿子的爱总是那么强烈。有了这些孩子和柯勒律治家的小孩,葛丽塔庄园很快就成了一个快乐而喧闹的地方。对于一个大家庭来说,这是一个理想的家园。骚塞与他妻子的姐姐们相处得很好,对她们的孩子们很包容。从一开始,他就很高兴在葛丽塔庄园接待他的朋友。由于他总是很好客,他的朋友圈子迅速扩大了。

1806年秋冬发生的重大政治事件也使身在遥远的凯西克的骚塞受到了影响。拿破仑在欧洲各地取得了胜利。1806年10月,奥地利军队在乌尔姆①(Ulm)投降拿破仑。

---

① 乌尔姆是德国的一座城市,位于多瑙河畔。1805年8月9日,奥、英、俄三国为了防止法国主宰欧洲而结成了第三次反法同盟。1805年9月,乌尔姆会战爆发,又称"第一次多瑙河战役"。在乌尔姆战役中,奥军损失约5万人,法军损失6000人。拿破仑以轻微的代价取得了乌尔姆大捷。

6周后,拿破仑在奥斯特里茨①(Austerlitz)取得了决定性胜利。

那年冬天骚塞承担了两个新任务。10月底,他得知自己的一个年轻门生亨利·柯克·怀特(Henry Kirke White)去世。3年前,这个小伙子,一个诺丁汉屠夫的儿子,以一小本诗集《克利夫顿·格罗夫》(Clifton Grove)引起他的注意。《每月评论》对这本诗集的评论虽然不是猛烈的批评,但说它毫不留情并不为过。这激起了骚塞极大的愤慨,并导致他对这个年轻诗人产生兴趣,于是他开始给怀特写信。原来怀特出版这本诗集的目的是挣钱上大学。在威廉·韦尔伯佛思②(William Wilberforce)和查尔斯·西蒙③(Charles Simeon)的帮助下,怀特实现了自己的愿望,于1806年10月进入剑桥大学的圣约翰学院(St. John's College)学习。不幸的是,在剑桥他得了肺结核,一年后去世,年仅21岁。

骚塞立刻从怀特的家人那里找到了所有要找的资料,以惊人的速度整理出一本完整的传记,1807年秋季出版了两卷本的《亨利·柯克·怀特遗稿》(The Remains of Henry Kirke White),然后慷慨地把稿费交给了怀特的家人。这套书比骚塞所创作的任何作品都更畅销:16年内发行了10版。1822年,他又增加了第三卷,收录了更多诗歌

---

① 奥斯特里茨战役(The Battle of Austerlitz,1805年12月2日)发生在第三次反法同盟战争期间。参战方为法兰西帝国皇帝拿破仑、俄罗斯帝国沙皇亚历山大一世、神圣罗马帝国皇帝弗朗茨二世,因此又称"三皇之战"。68000人的法国军队在拿破仑的指挥下,在奥斯特里茨村(今位于捷克境内)击败了90000人的俄奥联军。

② 韦尔伯佛思(1759—1833),英国慈善家,主张废除奴隶制度。

③ 西蒙(1759—1836),福音教会的领袖,教会传教士协会的创始人之一。

和信件。

骚塞知道这套书成功的主要原因不是公众对怀特诗歌的赞赏,而是他们对怀特悲惨命运的同情,以及某些福音派读者被他的宗教信仰感动。骚塞认为怀特身上有一个优秀诗人的特质。在怀特的同时代人中,拜伦在1809年发表的诗歌《英国诗人和苏格兰评论家》(*English Bards and Scotch Reviewers*)中称赞他:

不幸的怀特!当生命还在春天徜徉,
年轻的缪斯女神刚舞动她欢乐的翅膀,
破坏者却把那把展翅翱翔的七弦琴卷走,
就在它刚刚奏响不朽乐章的时候。

Unhappy White! While life was in its spring,
and the young muse first waved her joyous wing,
the spoiler swept that soaring lyre away,
which else had sounded an immortal lay. ①

拜伦在1811年对朋友说,怀特以诗人的真诚证明了诗歌和天才的存在。

今天再读怀特的诗,毫无疑问人们会发现它比不上托马斯·查特顿②(Thomas Chatterton)或约翰·济慈③(John Keats)。在现代评论家褒扬他的评论中,约翰·德

---

① Jack Simmons. *Southey*, London: Collins. 1945. p. 119.
② 查特顿(1752—1770),英国诗人,善于模仿。他虽然运用了15世纪的英语词汇,但他的诗歌节奏和观点相当现代化。他可以被看作英国浪漫主义诗歌的先驱者之一。
③ 济慈(1795—1821),杰出的英国浪漫主义诗人,与雪莱、拜伦齐名。

林克沃特①(John Drinkwater)的评论最精彩。

骚塞从事的另一项工作更为重要。他的《葡萄牙史》的写作取得重大进展。1806年夏天,他告诉约翰·梅(John May)自己已经写到了约翰三世去世的时候(1557年),葡萄牙人侵占印度的历史已经写到了1539年。他的整个写作计划很宏大,总共有十多卷。其中三卷是葡萄牙本土的历史,两到三卷是葡萄牙人在亚洲的历史,至少有两卷是整个伊比利亚半岛的文学史,一卷涉及巴西,一卷涉及日本的耶稣会,一卷是修道院历史。遗憾的是,这个宏伟的计划并未完成。骚塞的舅舅在葡萄牙长期居住期间收集了大量的资料。1801年夏天,当法国威胁要入侵葡萄牙时,他把这些资料带回英国。舅舅希尔手里的手稿和笔记很珍贵,里面有许多资料当时在英国根本无法获得。骚塞想把这些资料提供给政府。英国首相格伦维尔男爵②(1st Baron Grenville)答复说,骚塞和希尔提供的信息似乎与南美洲的局势有关③。他敦促骚塞在这些材料的基础上书写巴西的历史,丝毫不要拖延。骚塞接受了这个建议,把手头的工作放在一边,于1807年2月1日开始这项新任务。

---

① 德林克沃特(1882—1937),英国著名诗人、剧作家、评论家和演员。他还是一位传记作家,评论过莫里斯、史文朋、拜伦和莎士比亚等人,并出版过两本自传。作为20世纪初期英国文坛的活跃人物,德林克沃特与哈代、艾略特、曼斯菲尔德、高尔斯华绥等人均有交情。他还编辑过文学史和多种文学选集,并为许多书撰写过导读,显示出卓越的编辑才华。

② 格伦维尔男爵(1759—1834),1806年任英国首相,英国辉格党政治家乔治·格伦维尔(George Grenville,1712—1770)的儿子。

③ 1805年的特拉法尔加海战(Battle of Trafalgar)中,英国打败法国与西班牙的联盟。1806年,英军袭击西班牙在南美洲统治的地区,占领了布宜诺斯艾利斯等地,后来被当地民兵组织击退。

毫无疑问,骚塞是按照格伦维尔男爵的要求开始写作的。此外,这本书本身似乎很有意思,写这样一本有需求的专题书是令人愉快的。同时骚塞认为,按男爵要求行事会增加自己获得梦寐以求的外交职位的机会。他仍然渴望去葡萄牙,认为葡萄牙的辛特拉是世界上唯一一让他爱得超过凯西克的地方。他希望在辛特拉度过余生。他还认为,在凯西克居住,他的幸福完全来自思想;而在辛特拉生活,他能获得一种身心的幸福。每当想起辛特拉,他的灵魂就充满渴望。但是回到那里的机会似乎很渺茫,此时他必须决定是继续住在葛丽塔庄园还是离开。

柯勒律治去年8月从马耳他回来,在经历了一系列拖延之后,于11月探望了家人和朋友。骚塞和华兹华斯兄妹一样,对他的出现感到震惊。柯勒律治的面容比骚塞想象的还要糟糕。那双眼睛之所以完全失去了活力,一部分是因为脂肪,更多是因为柯勒律治吸食了大量的鸦片。他缺少精神支撑,经常在家里一天喝一瓶朗姆酒。他缺少理智,不知道自己的饮酒量足以致人于死地。骚塞不愿和外人谈论这件事。柯勒律治的状况确实越来越糟。柯勒律治决定和妻子分居,大家都认为这再好不过了;但柯勒律治夫人因为爱面子,对这个想法感到愤怒。柯勒律治的想法是孩子们读书时与他在一起,度假时与他们的妈妈在一起。因此,柯勒律治夫人需要一个住所。也许是为她考虑的缘故,也许是为了自己生活方便,骚塞决定留在葛丽塔庄园。

不久,格伦维尔男爵失去了权力,再也无法为骚塞服务了,因为3月底他的政府垮台了。几个星期过去后,形势还是不稳定。韦恩决定设法为骚塞争取一些特权。在这场疯狂的争夺战的最后时刻,他给骚塞提供了两个选择:每年200英镑的文职人员退休金和年薪600英镑的圣卢西亚海事法院副院长的职位。当时要及时做出选择,否则两者都可能失去。因为来不及征求骚塞的意见,所以韦恩自己做主,接受了前者,后来得到骚塞的赞许。文职人员退休金税后只有 144 英镑,56 英镑作为所得税被征收,这令骚塞非常气愤。但当回顾过去的时候,他发现自己是一个领取政府养老金的人,并为此感到很高兴。他认为自己走过的道路是坦荡的。在他身上所发生的一切,就像是啤酒或葡萄酒的酿造过程。骚塞对自己职业生涯的看法可以概括为:他已经成熟了;他的观点没有发生重大的变化,更没有变节。

1807 年骚塞至少出版了四部作品,其中三部以他本人的名义出版,一部《埃斯普勒利亚的信函》(*Letters from England by Don Manuel Alvarez Espriella*)以外国人名字埃斯普勒利亚(Espriella)为笔名出版,目的是加大思想表达的力度。他成功地激起了公众的好奇心,第一版很快就销售一空,于是马上又准备了第二版。这本书好像一幅生动易读的素描,让读者看到了对 19 世纪早期英国生活的深刻描写。

后来他着手另一部作品《熙德之歌》①(*Chronicle of the Cid*)的翻译工作。熙德(The Cid)的英雄事迹是西班牙历史上最伟大的荣耀之一。骚塞翻译的《熙德之歌》把许多材料巧妙地融合成一个简明、清晰的叙事文本。此书于 1808 年出版,成为他最受欢迎的作品之一。

---

① 这部史诗的全名是《我的熙德之歌》(Cantar de Mio Cid)。"熙德"源于阿拉伯文,是对男子的尊称。"我的熙德"即"我的主人"或"我的先生"。该诗是西班牙文学史上最早的史诗,是迄今保留最完整的一部游唱诗,已无从查考作者是谁。写作时间一般认为在公元 1140—1157 年之间,全诗长达 3730 行,根据历史事实以西班牙语写成。

熙德对西班牙的意义和影响，正如罗兰①（Roland）对法国，亚瑟王②（King Arthur）对英国那样大。怀着对传奇故事的热爱，骚塞接下来自然而然地想编辑马洛里③的绝妙著作。1807年11月，他开始搜集素材。他向韦恩和大收藏家理查德·赫伯（Richard Heber）提出借阅珍本。后来当得知司各特有同样的想法时，他可能没再写信。司各特告诉骚塞他打算出版袖珍版的《亚瑟王之死》，来保存关于古代英国骑士精神的记载。骚塞回信，把自己详细的编辑计划告诉司各特。司各特立刻优雅地让位，摆出一种特有的姿态说，自己最爱的亚瑟王在骚塞笔下，令他感到很高兴。但两年后，骚塞又写信说司各特对《亚瑟王之死》的看法比他的更明智，因此他很乐意正式把它交给司各特。骚

---

① 罗兰在意大利语中被称为奥兰多（Orlando），是法国传说中的英雄。中世纪早期，宫廷吟游诗人传唱他英勇的骑士行为。他们认为罗兰是查理曼大帝（742—814）的侄子。传说中，罗兰是一个游侠，或者是查理曼大帝仪仗队中的一员。罗兰拥有力量、风度以及勇气。

② 亚瑟王是传说中的古不列颠最富有传奇色彩的伟大国王。人们对他的认识更多来自凯尔特神话传说和中世纪的野史文献。传说他是圆桌骑士的首领，是一位神话般的传奇人物，被称为"永恒之王"（the Once and Future King）。亚瑟王是存在于古代传说中的人物，迄今为止没有任何实质性证据证明他真的存在过。流传至今的亚瑟王传说包括石中剑、圣杯传奇、梅林、桂妮薇娅、摩根勒菲等等，大多出自托马斯·马洛里（Thomas Malory）的传奇故事《亚瑟王之死》（Le Morte d'Arthur）。

③ 马洛里（1415—1471）的《亚瑟王之死》集结英文及法文版本的亚瑟王骑士文学而成。此书包含马洛里的部分原创故事以及一些马洛里以自己的观点重新诠释的旧故事，最初由威廉·卡克斯顿（William Caxton，1422—1491）于1485年出版。《亚瑟王之死》是以英语写作的亚瑟王传奇中最著名的作品，许多近代的亚瑟王传奇作家把它当作首要的资料出处。

塞认为一个稀有的版本肯定有人购买,而且不需要花很大代价便能确保成功。然而,最终还是骚塞出版了这本书,并以卡克斯顿的印刷本为基础。骚塞说明自己在此书中的作用仅限于介绍和注释,明确表示他对正文不负任何责任。

当时,骚塞正处于才华的巅峰。1807—1816年是他一生中最美好的时光。那段时光不仅产生了他最好的作品,包括诗歌和散文,而且给他的家庭带来了幸福。他的家庭成员稳步增加。四个女儿相继出生——1808年艾玛(Emma)、1809年伯莎(Bertha)、1810年凯瑟琳(Katharine)、1812年伊莎贝尔(Isabel)。艾玛在一岁多一点儿的时候夭折了,其余的孩子都很健康。

托马斯·德·昆西(Thomas De Quincy)在他的《文学回忆录》(*Literary Reminiscences*)中给人们留下了一幅关于骚塞的鲜为人知的肖像,这幅肖像是他在这些年来与骚塞交往的基础上刻画的。肖像是在四分之一世纪后刻画的,尽管记忆模糊,与事实存在出入,但与它的生动性和诗意的真实性相比,这些缺点都是微不足道的。德·昆西于1807年11月第一次见到骚塞,当时他要护送柯勒律治夫人去布里斯托。他在1839年回忆说,他于早上7点到达凯西克的骚塞家门前,看见柯勒律治太太和一位先生站在那儿,非常热情地迎接他的到来,他毫不怀疑那位先生就是骚塞。骚塞比华兹华斯个子略高,大约1.8米,而华兹华斯大约1.77米;一方面是因为他四肢纤细,另一方面是因为他比华兹华斯的肩膀更对称,他给人的印象更健美、更轻盈,这也有他的服饰所起的作用;他经常穿短夹克和马裤,而且具有登山者的气质……

德·昆西承认自己无法准确描述骚塞的面孔。骚塞的头发是黑色的,面色白皙,眼睛是淡褐色的、大大的,鹰钩鼻;他有一个明显的习惯,即眼睛常向上看,一副心神专注的样子。从他的神情看,他是一个非常敏锐和有抱负的人。他的表情甚至很高贵,因为它表达了一种平静而温和的自豪感,说明他已习惯从沉思中得到启发。然而,这种自豪感不会冒犯到任何人,因为它是由内心深处最真诚的谦卑磨炼出来的。这种谦卑通过对伟人和对文学界先辈的尊敬而愈发突出。骚塞待人真诚、友好,愿意花费时间(这是他最看重的财富)为朋友服务。他有一种谨慎、冷静的气质,一种高傲而自尊的思想,但在不太熟悉他的人看来,或许过于冷淡。

次日,华兹华斯从彭里斯(Penrith)来到了葛丽塔庄园。德·昆西好奇而敏锐的目光立刻注意到了两位诗人之间的差异,他对两位诗人完全不同的气质的描绘成为经典之作。德·昆西发现,两个人的关系不是特别好。在德·昆西看来,两人似乎心照不宣,他们是有理智的人,不应该争吵,尽管他们并不是特别喜欢对方的作品;他们展示了文人的礼貌,而且,21千米的距离足以使他们关系不密切。但也许从这个时候起,许多情况叠加在一起,大概有15年,骚塞和华兹华斯逐渐变得亲密起来。政治上的一致、各自家庭中发生的悲伤的事、对文学或任何事物中不同观点的容忍等等,随着时间的推移和经验的积累,他们的关系变得更加亲近。在这之前,骚塞和华兹华斯相互尊重,但并不认同对方。事实上,如果他们认同对方的话,人们就感到很奇怪了:华兹华斯喜欢户外活动,而骚塞总是待在他的书房里;骚塞习惯于优雅(华兹华斯称之为过分讲究)地对待书籍,而华兹华斯对待书籍相当随意,以至于几年后,当司各特拜访葛丽塔庄园时,骚塞笑着对他说,他若是把华兹华斯带到书房,就像"让一只熊进入郁金香花园一样"。(… is like letting a bear into a tulip garden.①)

作为一个特别敏锐的观察者,德·昆西对这两位诗人之间关系的描述是最有价值的。但必须记住,他是多年后描写此事的,而作为一个艺术家,他总是倾向于强化自己的对比。骚塞和华兹华斯从本质上讲都是保守派,这似乎在某种程度上误导了德·昆西,使他误以为他们之间的关系不那么亲密,并误以为他们之间的不同是对手间的差异。

就在德·昆西访问之后,司各特邀请骚塞为《爱丁堡评论》撰稿。这个邀请很诱人,因为它提供的报酬是《年度评论》提供的两倍多。司各特保证骚塞的收入每年可以增加100英镑,或是一倍。而以这样的方式增加收入几乎不会给骚塞带来任何麻烦,况且随着时间的推移,这也不是笔小数目。骚塞之前的全部收入,包括养老金,每年不超过300英镑。另一个好处是,骚塞在司各特未来的出版物中得到的收益比现在增加的还要高。然而,他毫不犹豫地拒绝了这个邀请。在给司各特的答复中,他对杰弗里的评价很客气。但他对贝德福德说自己不可能与"一个不良的政治家,一个更糟糕的道德家,以及一个在所有鉴赏问题上表现得无能和不公正的批评家"(a bad politician, a worse moralist, and a critic in all matters of taste equally incompetent and unjust②)共事。

骚塞不久后写信给柯勒律治,告诉他这件事,并建议他们联合起来抨击杰弗里,要么写一首讽刺诗,要么写一系列信件。与此同时,他还表达了一个愿望:希望柯勒律治创办一本新的杂志与《爱丁堡评论》抗衡。他向柯勒律治透露,这样柯勒律治一年就可以获得 500 英镑的收入。他还表示

---

① Jack Simmons. *Southey*, London: Collins, 1945. p. 124.
② Jack Simmons. *Southey*, London: Collins. 1945. p. 125.

他本人也可以给予必要的帮助。柯勒律治已经有了这样的计划。据科特尔说,柯勒律治在一两个月前一直在考虑亲自创办一个名为《新评论》(New Review)的刊物。1808年初夏,柯勒律治与华兹华斯讨论了一些细节,8月,他来到格拉斯米尔与华兹华斯住在一起。华兹华斯一家当时人口较多,"鸽舍"(Dove Cottage)住不下了,于是他们一家搬进"艾伦河岸"(Allan Bank)的一所新房子居住。这座房子大而宽敞,坐落在村庄的北部,俯视着整个山谷。在这里,远离伦敦的干扰,柯勒律治得到华兹华斯和萨拉·哈钦森(Sara Hutchinson)的悉心照料,开始思考实施创办刊物的方法和途径。最后,这份期刊出炉了,改叫《朋友》(The Friend)。从1809年6月1日到1810年3月15日,这份刊物断断续续地发行。一开始,柯勒律治满怀信心,但后来他意识到,这份刊物无望成功。一方面,这份刊物本身就是错误的,另一方面,柯勒律治有一些不合乎编辑常规的行为。骚塞在此期间一直担负着阅读校样这项吃力不讨好的工作。

尽管发生过种种令人沮丧的事情,但骚塞还是与连襟合作,准备再出一本书。这是一本有关文学和哲学的囊括各种奇闻轶事和评论的作品集,计划在1812年正式出版。这个想法令人钦佩,因为它显示了两位作者非凡的学识。它完全符合柯勒律治独特的思维习惯,很适合他间断性的创作方式。

骚塞创办一份反辉格党的评论刊物的愿望很快实现了。一方面,他想表达对《爱丁堡评论》的不满和对其政治立场的愤怒;另一方面,他想表达对绝大多数英国保守主义者的看法。1808年的春天,他去了布里斯托。在那里他遇到了沃尔特·萨维奇·兰德①(Walter Savage Landor),9年前他购买了兰德的史诗《格比尔》,一直渴望了解它的作者。后来他发现双方有许多共同点,尤其是他们的政治思想。因此他们二人极力地互相鼓励。

1808年5月,西班牙人民反抗约瑟夫·波拿巴(Joseph Bonaparte)和法国占领军[半岛战争②(Peninsular War)的开始]的消息令他们异常兴奋。这年夏天,兰德作为西班牙军队的一名志愿兵参战。骚塞说他从来没有见过像兰德这样了不起的人,如果兰德在约瑟夫国王(拿破仑在占领西班牙后任命他的弟弟约瑟夫为西班牙国王)被俘的现场,他会把约瑟夫国王吊死在一棵树上。

---

① 兰德(1775—1864),英国作家,曾就读于名校拉格比学校与牛津大学,但皆因与校方意见不合而辍学。他脾气火暴,对人慷慨热情,义结许多文坛人士。作品有抒情诗、英雄史诗、剧本等。1798年,他在威尔士写下史诗《格比尔》(*Gebir*)。读者熟悉的《生与死》("Dying Speech of an Old Philosopher")一诗(杨绛译)的作者就是兰德。杨绛的译文是这样的:我和谁都不争,和谁争我都不屑;我爱大自然,其次就是艺术;我双手烤着生命之火取暖;火萎了,我也准备走了。(原文是 I strove with none, for none was worth my strife, Nature I loved, and next to Nature, Art; I warmed both hands before the fire of life; It sinks, and I am ready to depart.)

② 半岛战争(1808—1814)发生在伊比利亚半岛,西班牙、葡萄牙、英国共同抵抗拿破仑统治下的法国。这场战役又被称作"铁锤与砧铁战役"。"铁锤"指的是4万到8万的英葡联军;"砧铁"即西班牙军队和游击队,他们与葡萄牙民兵配合,痛击法国军队。战争从1808年法国军队占领西班牙开始,至1814年反法同盟打败拿破仑军队结束。

8月,亚瑟·韦尔斯利爵士①(Sir Arthur Wellesley)的部队开始在蒙德哥湾(Mondego Bay)登陆。8月21日,英军在维梅罗赢得了一场相当大的防守胜利,但胜利的果实被韦尔斯利的无能的上级弃之不顾。8月30日,英法签署了所谓《辛特拉条约》,允许法军携带轻武器乘船撤出葡萄牙。当签订条约的消息传到英国时,公众强烈抗议。骚塞得知后写道:"如果我是部长,在这种情况下,我会效仿罗马的做法——废除条约,在签署条约的将军们的脖子上缠上绳子,把他们交给法国人。"(Had I been minister ... I would have followed the Roman example in such cases—annulled the treaty, and delivered up the generals who signed it to the French, with ropes around their necks.②)因为正如他在另一个场合所说,公约的签署使这场战争沦为一场士兵和士兵之间的普通的小规模战争,使英国丧失了有利地位。这场战争其实是一个国家与外国侵略者之间的斗争,一项有关生与死的事业,一场善与恶、光明与黑暗、美德与陋习的较量。这一崇高精神在华兹华斯的《论辛特拉条约》

---

① 韦尔斯利,第一代威灵顿公爵(1769—1852),英国军事家、政治家,19世纪最具影响力的军事、政治领导人之一,拿破仑战争时期的英国陆军将领,在半岛战争中晋升为将军,第二十一任英国首相。他是历代威灵顿公爵中最为人熟悉的一位,所以常被称为"威灵顿公爵"。当1808年葡萄牙人起来反对拿破仑时,威灵顿奉命前去支持。8月21日,他率领英军在维梅罗(Vimeiro)击败法军,使得拿破仑的战术体系第一次完败。但前来的两名英国高级爵士不准韦尔斯利乘胜追击,他们与法国签订了不得人心的《辛特拉条约》(Convention of Cintra),这样一来,法军得以安然回国。由于群情激昂,威灵顿和几个同僚被送上军事法庭,后来被判无罪,威灵顿返回爱尔兰任首席秘书。

② Jack Simmons. *Southey*, London: Collins. 1945. p. 127.

(*Tract on the Convention of Cintra*)中有精彩表述,该书于 1809 年 5 月出版。

由于骚塞对半岛战争持有这样的观点,不难想象他对《爱丁堡评论》的愤怒之情。《爱丁堡评论》一直坚持英国应该讲和,因为法国是不可战胜的。一直以来,它虽在口头上支持西班牙人民的英雄主义,但悲观地预言他们的努力注定会失败。例如,一期《爱丁堡评论》断言,就目前西班牙所面临的情况而言,它的人民在经过一场英勇而血腥的斗争后,终将被打败。在接下来的一期,杰弗里撰文:"即使是现在,我们也希望如果他们①最终失败了,我们可以做一些事情来拖延伟大而美好事业的失败,并为爱国者争取更好的条件。……是否存在通过公开谈判而获得成功的可能呢?"一看到这篇文章,司各特马上通知出版商取消订阅《爱丁堡评论》。

1809 年,为了抵制《爱丁堡评论》中危险的思想倾向,约翰·莫里二世②(John Murray Ⅱ)决定创办《评论季刊》。同年 11 月初,贝德福德邀请骚塞为新期刊撰稿,骚塞立刻答应了,并声明自己在历史、传记、旅行三方面都能供稿。为了该刊编辑威廉·吉福德(William Gifford)的利益,骚塞对自己的政治观点作了简明的陈述:"我轻视所有的政党,不愿意与任何政党有任何联系。我认为,这个国家必须在波拿巴领导法国期间继续战斗,在他的政体的存续期继续战斗;因此,我从内心和灵魂深处,诅咒和憎恶那些和平贩子。我是那些向天主教做出进一步让步的人的敌人;我是基督教会的朋友。我渴望改革,因为我看到一切在走向革命,而只有改革才可能阻止革命。"(I despise all

---

① 此处指西班牙人民。
② 约翰·莫里二世(1778—1843),英国出版人。

parties too much to be attached to any. I believe that this country must continue the war while Bonaparte is at the head of France, and while the system which he has perfected remains in force; I therefore, from my heart and soul, execrate and abominate the peace-mongers. I am an enemy to any further concessions to the Catholics; I am a friend to the Church establishment. I wish for reform, because I cannot but see that all things are tending towards revolution, and nothing but reform can by any possibility prevent it.①)这是骚塞政治思想演变的一个重要声明。它阐释了他已经走过的道路,也预示着他未来的思想发展。

莫里的项目进展迅速。1809年2月第一期《评论季刊》发行,其中包括一篇由骚塞撰写的以基督教在印度的传播为主题的文章,为此他获得了21.13英镑的高额稿酬。这篇文章属于他写的95篇文章中的第一个系列。这95篇文章的篇幅和取得的效果各不相同,是接下来的29年里他为该刊做出的贡献。在他的余生中,为该刊供稿成为他文学收入的主要来源。他从那里获得的收益逐渐增加,总的来说,莫里对他很慷慨,也很公平。不过,他并没有拿高薪。但正是他坚定的支持,加上吉福德是位有能力的编辑,造就了《评论季刊》的声誉和成功。

然而,骚塞一直不完全赞同这个期刊的运营方式或原则。他曾向司各特吐露他对第一期有些不满意,因为它的性质太像《爱丁堡评论》了。他说:"没有人能像我一样蘸着痛苦的胆汁写作……但我不喜欢看到人们把轻蔑和愤怒浪

---

① Jack Simmons. *Southey*, London: Collins. 1945. p. 128.

费在琐事上——它们应该像赫拉克勒斯①（Hercules）的箭一样保留下来，以备不时之需。"（No man dips his pen deeper in the very gall of bitterness than I do ... but I do not like to see scorn and indignation wasted on trivial objects—they should be reserved like the arrows of Hercules for occasions worthy of such weapons.②）1809年5月，他收到约翰·巴兰蒂恩（John Ballantyne）的来信，信中说乔治·坎宁（George Canning）的朋友们在谈论吉福德时说，让骚塞回到原来的反雅各宾派路线上。他回信说自己绝对不会这样。他实际上和对立面眼中那个温顺的、正统的托利党高层的形象相去甚远。

1808年12月，骚塞收到了一份《爱丁堡年鉴》（以下简称《年鉴》）的说明书。说明书上称印刷商詹姆斯·巴兰蒂恩（James Ballantyne）将与他的兄弟约翰以及司各特一起成立约翰·巴兰蒂恩公司（John Ballantyne & Co.）。骚塞以一种随意的方式同意成为一名撰稿人，为第一期写了一些不太重要的文字，因为他并未过多考虑这份杂志的事。1809年8月，《年鉴》要求他写一份有关上一年西班牙历史的报告。随后不久，他被要求负责《年鉴》的整个历史部分，年薪可达400英镑。这样一来，他的收入一下子就增加了一倍多。这项工作也很适合他，因为这样他便有机会就公共事务发表自己的看法。他几乎不可能拒绝这项工作。但

---

① 赫拉克勒斯是古希腊神话中的大力神，是力量、勇气和智慧的化身，为人类做了许多好事。他从不放下手中那常胜的弓箭，时刻准备用它来射杀恶人、恶兽。他完成了12项看似"不可能完成"的任务，除此之外还解救了被捆绑了的普罗米修斯，隐藏身份参加了伊阿宋的英雄冒险队并协助他取得金羊毛。他惩恶扬善、敢于斗争，在西方世界，"赫拉克勒斯"一词成为"大力士"的同义词。

② Jack Simmons. *Southey*, London：Collins. 1945. p. 129.

这给他增加了一项新的、严峻的任务——他必须尽快完成1808年的历史叙述。实际上，直到1810年秋季他才完成这项任务。他后来连续三年为《年鉴》供稿。1812—1813年的冬天，由于约翰·巴兰蒂恩工作拖延、逃避付款，骚塞放弃了这项工作。公司陷入困境，骚塞和其他债权人一起遭受了损失；直到1818年11月，他才收到最后一笔欠款。但骚塞不是那种逆来顺受的人，他不容分说地向巴兰蒂恩本人和司各特抱怨。私下里，他习惯把巴兰蒂恩称为"洗牌先生"(Sir Shuffler)、"肮脏的家伙"(a dirty fellow)和"无赖"(a scoundrel)。然而，曾在两三年的时间里，《年鉴》确实使他大大增加了收入，他为刊物所贡献的稿子后来成为他写作《半岛战争史》(*History of the Peninsular War*)的基础。

1808年是骚塞职业生涯中又一个重要的里程碑。他为《评论季刊》和《年鉴》提供了重要的服务，作为回报，它们为他做了三件事。首先，它们给了他经济保障。从那时起，他就没有遇到过严重的经济困难，虽然多年以后他才真正过上了宽裕的生活。其次，它们把他从一位审稿人变成了一位散文家，把他从一位《年鉴》之类的期刊的短小文章的供稿人，变成一位有许多作品且多次再版的散文家。那些文章为他后来的著作打下坚实的基础。最后，让人感到相当奇怪的是，他对《评论季刊》和《年鉴》的匿名贡献极大地提升了他的声誉。吉福德说，骚塞为他们的读者带来希望，而且希望很快就成为确定的事实——骚塞的文笔非常好，每个人都知道他写的文章。此外，他的观点颇受尊重，并具有一定的政治重要性。骚塞终于在文学界确立了自己的地位。

第三节 1809—1843年 成名之后

骚塞在成名后的这段时间全神贯注于散文创作,同时也在继续写诗。由于《毁灭者撒拉巴》销售迟缓,他有些灰心丧气,于是暂时把《克哈马的诅咒》的创作搁置在一边,从1806年到1807年,这部著作没有大的进展。到了1808年3月,他在布里斯托对兰德进行了一次激动人心的拜访。这位新朋友询问了他的诗歌写作情况,得知他是因手头拮据才把诗歌创作搁置起来,带着特有的冲动和慷慨大声说:"继续写吧,我会付钱印刷它们的,只要你愿意,你写多少我出钱印多少,印多少本都行。"(Go on with them, and I will pay for printing them, as many as you will write and as many copies as you please.①)这个提议打动了他,促使他马上着手去完成《克哈马的诅咒》。他把每天早餐前的时间都用于此项工作,最终在1809年11月25日完成了这项工作,次年印刷出版。同时他还对《毁灭者撒拉巴》进行了大的修改。他的诗歌才华与他对西班牙的热情结合在一起,激发他创作另一部史诗的想法。由于他长期思考的一个题材是8世纪时佩拉约(Pelayo)光复西班牙的事迹,在完成《克哈马的诅咒》一周后,他开始了《罗德里克,最后的高斯人》的创作。这些年确实是骚塞高强度创作的时期,从文学意义上说,是他一生中最令人满意的时期。1810年,除了《克哈马的诅咒》,他还出版了《巴西史》(*History of Brazil*)的第一卷。

柯勒律治在1810年夏天和1812年2月对葛丽塔庄园

---

① Jack Simmons. *Southey*, London: Collins. 1945. p. 132.

进行了最后两次访问。人们已经知道骚塞对他的文学作品给予过极大的帮助。骚塞当时试图让柯勒律治恢复对家庭的责任感。1811年年初,骚塞给他写了一封短信,询问他是否觉得寻找外援是一种懒散的行为,同时敦促他回到葛丽塔庄园,那里才是最好的地方,可以使他以更明智的方式生活;当然他也可以继续坚持目前的破坏性的生活方式,但骚塞请求他允许自己监督他三个月。骚塞还谈到了柯勒律治的孩子们。对方没有回信,骚塞毫不怀疑这封信以及他以前写的两封信都不曾被拆开。无论是否得到答复,最终骚塞的请求都是徒劳的。金钱不是骚塞考虑的唯一因素。无论在哪方面,骚塞对他的妻姐及其孩子们的态度都非常友好,把他们看作自己的家庭成员。他想尽可能替柯勒律治弥补其作为丈夫和父亲对家人欠下的情感债务。

骚塞自1808年去过一次伦敦后,于1811年夏天再次去了那里。这次访问中与威廉·布莱克(William Blake)的会面给他留下深刻的印象。当时布莱克正在金色广场(Golden Square)举办画展,骚塞去那里参观。20年后,骚塞在和别人提起这件事时说,布莱克显然是疯了,与布莱克交谈时,甚至是看着他时,感到的主要是悲伤,他令人同情;某些画很难看,尤其是那些他自以为最超自然的图画。骚塞认为,布莱克的疯狂阻碍了他成为这个国家或其他任何国家最伟大的画家。布莱克的疯狂太明显、太可怕,让他看上去像是被妖魔附体,人们不可能喜欢他。

7月底骚塞和妻子一起离开伦敦。他们返回凯西克的旅程很悠闲,途中他们停下来看望了几个朋友。8月他们到兰托尼看望了兰德以及他的新婚妻子,在迷人的兰托尼修道院①度过了三个夜晚。人们对这次访问的细节一无所知，但从后来这两个人的信件中可以清楚地看出，这次访问取得了成功。接着骚塞夫妇从兰托尼出发，去了路德洛(Ludlow)，在斯坦福德郡(Staffordshire)拜访了巴克小姐(Miss Barker)后，又去拜访了韦恩。在那里，"黑乡"②(Black Country)的怪异景象深深触动了骚塞。"黑乡"呈现出令人震惊的地狱般的画面：煤渣堆成一座座小山，黑色的烟雾弥漫其间，到处是烟囱和炉子。它们以最生动的方式组合在一起，构成了一幅令人作呕的画面。离开韦恩后，夫妇二人去了利物浦，9月初他们回到了家。

两个月后，骚塞才知道，他的一名忠实的诗歌爱好者曾来到凯西克。这个人就是年轻的雪莱，同行的还有哈丽艾

---

① 兰托尼修道院是著名的历史建筑，位于威尔士东南部的兰托尼村。它的创立至少可以追溯到公元6世纪。它在威尔士历史上和神话故事中都占据着十分重要的地位，是威尔士统治者从圣大卫(Saint David)变为欧文·格林杜尔(Owain Glyndwr)的见证。

② "黑乡"位于英国英格兰西米德兰兹(West Midlands)，原为重工业地带。19世纪中叶，位于伦敦和利物浦铁路干线上的伯明翰逐步成为英格兰的制造业中心，在城市以北及以西一带出现了成百上千的钢铁铸造厂和矿山，整个区域整日烟尘弥漫。1846年，"黑乡"一词首先出现在威廉·格雷斯利(William Gresley)所撰写的小说《科尔顿·格林：黑乡传说》(Colton Green: A Tale of the Black Country)中，不久之后，《伦敦插图新闻》在一篇关于南斯坦福德郡铁路开通的文章中正式使用"黑乡"这一称谓，来指称包括伯明翰周围地区、沃尔夫汉普顿的东部以及南斯坦福德郡在内的区域。在工业革命为伯明翰积累了巨大财富的同时，终日笼罩在重度污染之中的黑乡人民只能默默忍受恶劣的生活条件和工作条件。与英格兰南部迷人的自然风光相比，被工业景观吞噬的黑乡成为丑陋、弥漫着死亡气息的英格兰北部的代名词。

特·威斯特勃鲁克①(Harriet Westbrook)。他们8月份在爱丁堡匆匆地结了婚。雪莱当时只有19岁,正处于充满理想的年龄。他来到凯西克的目的之一是看望湖畔诗人,他非常钦佩他们的作品。但是他没能见到华兹华斯和柯勒律治。事实上,柯勒律治几年后因此事感到遗憾,觉得如果能够相见,会以同情心招待雪莱。雪莱大约是在圣诞节期间见到的骚塞。

雪莱是一个狂热的激进分子,尽管不喜欢骚塞的政治观点,但依然认为他是一个真正伟大的诗人。在雪莱眼中,骚塞虽然思想顽固,无人能够动摇他的政治观点,但具有诗人的所有特点,而且口才极好。骚塞以他一贯的和蔼态度在葛丽塔庄园款待了雪莱,和他讨论哲学和政治问题,借书给他以支持他所提出的论点。骚塞初见雪莱就对他印象深刻,不仅因为雪莱的天赋,而且因为他太像年少时的自己了。雪莱由于出版《无神论的必要性》(*The Necessity of Atheism*)被牛津大学开除,这一情况很像骚塞由于创办《鞭笞者》被威斯敏斯特公学开除。骚塞声称在凯西克出现的雪莱就像1794年的自己,他对牛津大学当权者的厌恶又重新涌上心头。在骚塞眼中,雪莱全身洋溢着一种美好且宏大的气息,但是牛津校方因这个年轻人感到不安,仿佛他随时都会激怒校方。骚塞并不认为把雪莱留在牛津是正确的做法,但他从内心坚信,当校方把雪莱开除的时候,他们赶走了一个天才,同时破坏了良好的办学原则。

骚塞对雪莱的好意并不只局限于好客和忠告,也包含

---

① 哈丽艾特·威斯特勃鲁克是雪莱的第一任妻子,雪莱妹妹的同窗,旅店店主的女儿。她与雪莱相爱并私奔,1811年8月他们在爱丁堡结婚,当时雪莱19岁,威斯特勃鲁克16岁。他对她并不了解,但他认为应该把她从专制家庭中拯救出来。

了更实际的一面。他曾给雪莱父亲的友人约翰·里克曼（John Rickman）写信，要他为雪莱说情。骚塞希望通过里克曼让雪莱父亲明白，岁月会让他如愿的，用不了几年，雪莱能成为他所希望的样子。里克曼似乎没有找到雪莱的父亲，或者即便他找到了，他的干预也没有什么成效。显而易见，尽管他们对彼此都很友好，但那时的骚塞和他的年轻崇拜者之间几乎没有什么共同之处了。雪莱仍然是骚塞诗歌的崇拜者，骚塞的影响主要表现在雪莱的作品上，最重要的影响体现在1813年年初完成的《麦布女王》（*Queen Mab*）中。但雪莱很快就不那么看重骚塞的品格了。他在1812年1月2日说，虽然自己不确定金钱对骚塞的影响有多大，但骚塞对家庭不够关心。同时他也怀疑骚塞对这个世界不够尊重。两周后他又说，骚塞的行为准则曾经是纯洁、高尚的，但现在主要拥护妄言和谬论，因为他得到了佣金。雪莱说在2月初离开凯西克时没有向骚塞借钱。雪莱认为骚塞在私下里是一个和蔼可亲的人，但在公众面前是肮脏和虚伪的，尽管他表面上可能依然态度和蔼。

骚塞和雪莱在此后的8年中有过书信往来，但从此再未谋面。他们未能完全理解对方，这并不奇怪。值得注意的是，在二人的书信往来中，双方都急切地想推翻对方的立场，但他们谁也没有发火，也没有表现出对对方的不尊重。然而，他们的辩论围绕着最易激怒对方的话题展开。这是聪明和固执的两代人之间的冲突，从根本上说，这是一场关于道德问题的争论，其中包括对雪莱行为的社会伦理和骚塞政治立场中"金钱至上"的观点的看法。

1813年8月11日，一件重要的事情发生了。当时的英国"桂冠诗人"①（Poet Laureate）亨利·詹姆斯·派伊（Henry James Pye，1745—1813）去世了。这对文学界来说并不是一个特别令人痛心的损失，因为他的诗句没产生什么热度，但引发了对他空出来的位置的争夺。的确，当时的"桂冠诗人"称号有点儿难以解释清楚。自德莱顿在1689年失去该头衔以来，它一直被一些没什么专长的人拥有。托马斯·沃顿（Thomas Warton，1728—1790）是个例外，但他只当了五年。桂冠诗人的主要职责是为官方写颂歌，而这些颂歌总是让人感到荒谬可笑；但人们普遍认为，它的报酬很高。这一次，值得赞扬的是，摄政王决定把这一称号授予一位真正优秀的诗人——司各特。

司各特就此曾犹豫过。他知道自己不是一个有钱人，有家庭要供养，但他很快决定拒绝这个提议。如果他接受

---

① "桂冠"这一称号起源于中世纪的大学，学生掌握了语法、修辞、诗歌，学校就为他戴上桂冠，以示他获得学位。后来，这个称号用于表彰在诗歌创作上有显著成就的人，最初是1616年英王詹姆斯一世给诗人本·琼生（Ben Johnson，1572—1637）一笔薪俸，琼生即以诗人的身份为国王服务；英格兰官方于1668年开始任命"桂冠诗人"，约翰·德莱顿（John Dryden，1631—1700）被任命为第一位桂冠诗人，年薪定为100英镑。从传统习惯上说，桂冠诗人的职责是写诗为王室歌功颂德和悼念致哀，以及为各种重大庆典写贺词。读者所熟悉的桂冠诗人有：亨利·詹姆斯·派伊（Henry James Pye，1790—1813）；罗伯特·骚塞（Robert Southey，1813—1843）；威廉·华兹华斯（William Wordsworth，1843—1850）；阿尔弗雷德·丁尼生（Alfred Tennyson，1850—1892）。1998年之前的桂冠诗人是终身制的，自安德鲁·莫辛（Andrew Motion，1952—　）开始，桂冠诗人制度出现变革，此后桂冠诗人改为10年任期。过去，桂冠诗人的年薪大约是100英镑外加一桶雪莉葡萄酒，现在大约是5000英镑外加一桶雪莉葡萄酒。卡罗尔·安·达菲（Carol Ann Duffy，1955—　），2009年5月被任命为桂冠诗人。达菲也是英国首位女性桂冠诗人。

了,他会被"细细地盘问"。其实他并不担心这个。他已经有两个职位了,他认为再接受第三个是很贪婪的。这个位子可能对缪斯家族的某个穷兄弟起到真正的作用。于是,司各特很有礼貌地表达了感激之情,拒绝了这个建议。

但司各特没有就此打住。他认识"缪斯家族的一个穷兄弟",这位兄弟非常值得拥有桂冠诗人的称号。如果能把桂冠授予这位兄弟,并想办法让他接受就好了。司各特在拒绝这个职位的同时写信给约翰·威尔森·克罗克(John Wilson Croker),要他利用自己的影响力让骚塞接受这个职位。不久之后,他给骚塞写了一封信,内容如下:

亲爱的骚塞:

刚才回来读到一封信,令我十分惊诧,有人提议在桂冠诗人派伊去世后委任我为桂冠诗人。我考虑到自己难以胜任年度的庆典任务,故已婉拒这一委任,主要因为我现在已有职务,不愿因占有其他职位的收入而招致责难,这一任命对于没有其他任职的学者更为合适。亲爱的朋友,如果我承认我想到了你,你能原谅我吗?我向克罗克建议把这一职务授予你。我不知道你是否有意接受这一委任,毕竟一些人已使桂冠诗人的称号蒙羞,而且现在履行职责多有不便,更易招致讥笑。但后一种情况会有所改善,我认为摄政王之英明会使其摒弃那些常规庆典;至于前一种情况,古有德莱顿,今有沃顿为例。倘若你以我的拒绝反驳我,那么我的回应是首先我比你幸运,因我已担任两个不相关的职务;其次,我拒绝并非出于愚见,要不然岂敢推介你这样的诗神呢?他们确实真诚地要将桂冠诗人的称号授予你,而你比我更配享受这一荣誉。或许我一度颇受欢迎,但我还未愚钝到忽视你在诗歌方面比我更优秀的事实。千言万语,无以赘述,我只想如实相告,并请求你不要贸然拒绝,一定要三思,我认为这一荣誉非你莫属。要不是我已经占有两个职务,我早已把它揽入怀中了。

你的挚友，
瓦尔特·司各特
于美尔罗斯镇的阿伯兹福德庄园
1813年9月1日

当这封信寄到凯西克时，骚塞恰巧在去往伦敦的路上。直到到达伦敦他才知道自己已被提名桂冠诗人。司各特的建议很快被采纳了，克罗克向骚塞提供了这个职位。骚塞后来发现桂冠诗人的年薪事实上只有 90 英镑，即便这样，对他来说这也是值得的，他决定接受这个职务。他不知道桂冠诗人的职责是否能有所改变——他希望能有权描写那些令他感动的国家大事，而不止是写那些生日或新年颂歌。克罗克一本正经地告诉他，他不应该和摄政王谈条件，但克罗克暗示，私下里提议放弃这种荒谬的习俗也许是明智之举。有了这个保证，骚塞感到满意，他接受了"桂冠诗人"这个称号。他向兰德解释了做出这个决定的原因：自己喜欢当权者，不怀疑自己的能力，不害怕成为报纸上的笑料，认为拒绝任命是懦弱和愚蠢的行为。他决定把微薄的薪金投资人寿保险以造福家人。至于为官方写颂歌之事，骚塞的提议最终被采纳了。从那时起，桂冠诗人的创作实践就发生了变化。

最终，令人欣慰的是司各特同样受益。当谢绝这个职位时，他担心冒犯摄政王，担心这样做可能会让自己的后代失去好的前程。在当时的情况下，这是一个完全合理的重要的考虑。但结果恰恰相反。乔治四世登基后，于 1820 年授予他"准男爵"爵位。这次他荣幸地接受了。

骚塞于同年 9 月 26 日在伦敦见到拜伦。一年前，《恰尔德·哈罗德游记》(*Childe Harold's Pilgrimage*)的前两章得以发表，拜伦因此一举成名，他的声望甚至超过了司各特。但对骚塞来说,拜伦没有太大的吸引力,尤其因为年前拜伦在《英国诗人和苏格兰评论家》这首诗歌中嘲笑过《圣女贞德》《毁灭者撒拉巴》和《麦道克》。通过朋友拜伦得知骚塞很大度,不计前嫌。基于这样的前提,两位诗人见面了。他们谈得很愉快。骚塞后来讲:"我看到一个男人,他的声音、举止和面容都令我非常喜欢,这比他的性格或他的作品更令我期待。"(I saw a man, whom in voice, manner and countenance I liked very much more than either his character or his writings had given me reason to expect.①)几年后,他清楚地记得自己当时感觉拜伦的态度中有一种阴险的温柔,好比一只老虎在用爪子轻拍什么东西,而这东西没有激怒它,因此它暂时收敛起锋芒。拜伦对骚塞印象深刻,他在给朋友的信中轻描淡写地说骚塞是一段时间以来他所见过的最好的诗人。但他在期刊中对骚塞进行了更多的评价:他的出现就是一部史诗;他是唯一在世的完美的作家。(His appearance is epic; and he is the only existing entire man of letters.②)拜伦认为骚塞举止温和,具有一流的才华;他的散文很好;对他的诗歌人们持有各种不同的看法,当代某些人可能不太满意,后代可能会喜欢;他的文笔流畅、富于变化。

从某种意义上说,骚塞被授予"桂冠诗人"标志着公众对他的认可,同时代的人认为他是当时最伟大的诗人之一。1813年他出版了一本令后人难以忘怀的著作——《纳尔逊传》(*The Life of Nelson*)。骚塞为读者描绘了一幅生动的纳尔逊的画像,就像莎士比亚的《亨利五世》和《理查德三

---

① Jack Simmons. *Southey*, London: Collins. 1945. p.141.
② Lionel Madden. *Robert Southey*: *The Critical Heritage*. London: Routeledge & Kegan Paul Press, 1972, p.1.

世》一样，迄今为止无人能比。尽管由于印刷商的原因不得不以两小卷而不是一卷发行，造成发行价格较高，但这本书一经问世便获得成功。第二年发行了第二版，后来在骚塞的有生之年又发行了五版。骚塞去世后该书更为畅销。20世纪，仅在英国就重印了至少100次。

1813年的一天，当在一起讨论桂冠诗人的职责时，克罗克说骚塞至少应为1814年的新年写一首颂歌，对骚塞来说，这是毫不费力的。克罗克认为，以当时的战争为主题再合适不过了。事实确实如此。自1808年以来，西班牙、葡萄牙、俄罗斯、德国每年都给拿破仑带来重大灾难，法国节节败退。1813年10月，在德国的莱比锡会战①（Battle of Leipzig）中，拿破仑被彻底打垮。作为一名真挚的、热忱的爱国者，骚塞尽情地享受祖国胜利的欢乐。在伦敦的一次晚宴上，听到莱比锡会战的消息后，骚塞和同伴们纷纷谴责和诅咒拿破仑。

和平谈判开始了，但骚塞与那些对战争和他持相同观点的人，非常不信任所谓谈判。他们希望谈判的结果接近人们现在所说的"无条件投降"（unconditional surrender）。在这一点上，他们并非单纯出于报复。他们有理由担心盟国的软弱或错误的仁慈。当时，克莱门斯·冯·梅特涅②

---

① 莱比锡会战于1813年10月发生在德国莱比锡。法国军队与俄罗斯、普鲁士、奥地利及其他国家组成的联军苦战，最后败阵。拿破仑败返莱茵河西岸，最后返回巴黎。1814年元老院宣告废除拿破仑的帝位。莱比锡会战是拿破仑战争中最激烈的战役，拿破仑此次战败代表着其统治德意志的最后希望破灭。反法联军于1814年3月31日进入巴黎，同年4月13日，拿破仑宣布退位，4月28日他被流放到地中海上的小岛厄尔巴岛，依然保留"皇帝"称号，领土仅限于厄尔巴岛。

② 梅特涅（1773—1859），19世纪杰出的奥地利外交家、政治家，曾担任奥地利帝国外交大臣（1809—1848）、首相（1821—1848）。

(Klemens von Metternich)实际上在法兰克福给法国提供了和谈的机会,如果拿破仑同意放弃在德国、意大利和西班牙征服的领土,那么比利时将留在法国的手中。英国参战是为了避免落得和比利时一样的下场。然而,对英国来说幸运的是,拿破仑仍然梦想着建立他的世界帝国,无法接受梅特涅提出的条件。因此战争仍在继续。

骚塞按照克罗克的建议为新年撰写颂歌。这首颂歌在问世前有很大的变动。里克曼和克罗克的批评和建议,让骚塞删去了具有强烈的反法情绪的诗节。他们指出,新年颂歌属于官方行为,而法国不久以后很可能会成为英国的友好国家。然而,最终冒犯性的文字还是出版了,并附加了几句诗和一些注释,其中包括对过去几期《爱丁堡评论》的摘录,旨在揭露该刊物宣传的懦弱的和失败主义的思想。

但是,骚塞在文学上的成就未能阻挡生活带给他悲伤。1816年4月17日,骚塞最疼爱的儿子赫伯特夭折了。他没有从这次打击中完全恢复过来。尽管如此,悲伤没有阻挡骚塞对工作的热爱。自1810年开始,拉丁文格言"真正的余生在工作中"(In labore quies)便成了他的座右铭,而且他真的身体力行。爱子死后,他没有放纵自己的悲伤,很快就把注意力转移到《半岛战争史》(*The History of the Peninsular War*)的写作和其他工作上。值得关注的是,他首先做的一件事就是整理过去的所有信件。这件事令他郁闷,因为当整理时他觉得自己离死亡又近了一步。当时他已患直肠病,不能走远路,而他平时又喜欢散步。直到1828年年初在伦敦做了手术后,他才摆脱这种疾病的困扰。当时他虽然刚50多岁,但他的思想在很多方面都过早地老去。他环顾世界,几乎看不到什么值得他称赞的地方,而可恶的事情比比皆是。他已经与自己所处的时代脱节了。1828年至1832年,自由主义的兴起使英国迅速摆脱了长达20多年的托利党控制的局面。19世纪20年代和30年代,一批伟大的作家相继离世:1827年布莱克、1830年威廉·赫兹列特(William Hazlitt)、1832年司各特……骚塞和华兹华斯思想观点相近,都选择了远离喧哗的地方,住的也不远,后来二人经常保持联系。

1837年11月16日,骚塞的妻子去世。妻子去世前,骚塞在给一位朋友的信中说,他向妻子致以感人的敬意。他认为自己的妻子比婴儿都纯洁,她从未冒犯过上帝和他人。他知道妻子一辈子从未做过不好的事情,从未说过不好的话。6年后,骚塞去世,那一天是1843年3月23日。

骚塞一生工作勤奋、生活清贫、为人和善。也许令人惊讶的是,骚塞在60岁以后生活才有了好转。他除了养活自己一家人,还对亲戚和朋友慷慨大方,每当他们遇到经济困难时,他总会提供帮助。他帮助过自己的几个弟弟,接济过柯勒律治一家人,等等。他一生极其节俭,书籍是他唯一的额外财富,毕竟它是他的工具。到了晚年,无论发生什么事情,只要还有精力,他就继续工作。这无疑成为当时英国文学的荣耀。

很少有人像骚塞那样全身心地投入文学。年幼时,他在孤独中长大,只能依靠读诗和写诗自娱自乐。在威斯敏斯特和牛津的岁月是他的成长期,他无法把心思放在文学之外的任何事情上。他曾试图从事其他职业,比如医生和律师,结果发现一切都是徒劳的,因为他只想成为作家,写作是他真正的使命。作为一名记者和评论家,他在这一行业有丰富的经验。他愉悦地接受了这种枯燥乏味的工作,数十年如一日,为自己的爱好付出了昂贵的代价。他最喜欢做的事情始终是写书和读书,直到生命的尽头。

在他漫长而勤劳的一生中,他写了大约45本书,在《评论季刊》和其他刊物上发表了数百首短诗和许多文章。华兹华斯和其他一些评论家认为，在同时代的作家中，他的散文成就最大。对读者来说，他的声望建立在《圣女贞德》和其后的四部史诗上。现在，那些长诗受到冷落，罕有人读，但它们依然是他声望的基石。以《圣女贞德》为例，从历史的角度看，这首诗的主要作用是成为浪漫主义运动早期的宣言。从它所表达的政治观点看，亨利五世被打上了暴君的耻辱烙印。这是令人吃惊的。这首史诗以前从未被用来宣扬和平主义或民主学说。从文学的角度看，《圣女贞德》是一部保守主义的作品，有鲜明的18世纪末的风格。这首由年轻诗人创作的诗歌充满了弥尔顿和斯宾塞的诗歌的特点。它独特的艺术价值在于讲述故事时的直率和活力，尽管语言和情感有时不大明确。《圣女贞德》整个故事平淡、天真的基调令人放松，但有时又那么引人入胜。

第二部作品《麦道克》是五部史诗中最长、最不成功、最乏味的一部。这个故事涉及的面很广，读者不可能对那些名字古怪的虚构人物有丝毫兴趣。现在，这首诗的读者多为浪漫主义文学专业的学生，也许还有威尔士和墨西哥的民族主义者。

第三部是《毁灭者撒拉巴》，它更有趣、更吸引人。这首诗写了几乎一整年（1799—1800年）。骚塞大部分的创作时间是在令人非常愉快的环境中度过的。史诗中不时展现出欢快、优雅的场景。柯勒律治曾用优美的话语提及它的田园魅力和诗中描绘的如水的月光；因此，《毁灭者撒拉巴》的艺术价值是不言而喻的。这个故事以阿拉伯家园为背景，与海底宫殿的毁灭相关。与骚塞所有的神话故事作品一样，这些插曲难以使读者信服，因为它们从人类学的意义上讲是不可思议的，而作为奇谈则是乏味的。有些事情显得过于容易了，如主人公穿过冰封的山脉和燃烧的沙漠这样的千里之行几乎是随便发生的，读者根本感觉不到它们的艰难困苦。骚塞本人也意识到了这个缺陷,在这首诗出版之时,他写信给贝德福德,询问该诗是否能够激起他足够的兴趣,那些奇迹是否像哑剧一样出现得太快,让人厌倦。尽管情节无趣,但《毁灭者撒拉巴》有一些对景物的优美描写,例如对"火焰"近距离的描写。诗中有一些迷人的描写段落,例如撒拉巴在前往巴格达的途中在沙漠看到海市蜃楼,这样的景象令英国人感到遥远、陌生。

《克哈马的诅咒》是五部史诗中最好的一首。这是一首名副其实、气派非凡的诗歌。像《毁灭者撒拉巴》一样,它用不规则的诗节写成,但是押韵,这就显得与众不同。故事是一个印度教寓言,就叙事空间而言,这首诗呈现出无与伦比的宏大特征。它以描写阿尔瓦兰的葬礼开头,场面华丽而富有想象力;其余部分与诅咒和最终推翻克哈马有关。《毁灭者撒拉巴》用了一年写成,相比较而言,《克哈马的诅咒》的成形要慢得多。此诗的创作始于骚塞在葡萄牙期间,因为对它不甚满意,骚塞曾把它搁置了很长一段时间,最终在兰德的鼓励下才完成。这也许就是它是一首好诗的原因。对于骚塞来说,困难和犹豫通常是创作一部好作品的标志。他顺利完成的作品通常不是好作品。

史诗系列中的第五部是《罗德里克,最后的高斯人》。一些优秀的评论家,如柯勒律治和兰姆,对这首长诗的评价很高。的确,该诗的情节很有趣。罗德里克的忏悔和赎罪是中心主题,也是高尚的主题。国王本人近乎是现实中的人物。这首诗读起来并不容易。它是无韵诗,诗人在某些方面处理得令人钦佩,但这样一来缺少了《克哈马的诅咒》那种略微不规则的诗歌韵律的魅力。现代读者如果希望以最具吸引力的方式来尝试阅读骚塞的史诗,最好是从《克哈马的诅咒》或《毁灭者撒拉巴》开始,而不是从《罗德里克,最后的高斯人》开始。

骚塞有许多年轻的朋友,但门徒较少。他作品中的道德教义深深吸引了一批年轻人,比如约翰·亨利·纽曼(John Henry Newman)年轻时因为骚塞诗歌中的伦理内容而成为骚塞的忠实崇拜者。纽曼认为,在运用生活的教义方面,骚塞是令人钦佩的,而其他作家只满足于引导他们的英雄主人公获得暂时的幸福。骚塞拒绝给他的主人公拉都拉德、撒拉巴、罗德里克带来安慰,而是通过苦难把他们带到一个新的世界。

骚塞在诗歌方面没有创立自己的流派,也没有具体的传承者。除了诗歌,他的散文为英国文学贡献颇丰。不但他的正式作品有很多优点,而且他的信件也有诸多长处。当坐下来给朋友写信时,他全心全意地投入这项工作。一封封信件展示出他所具有的写作才华。在这些信件中,他描绘出了他所塑造的人物肖像中最令人愉快和最自然的一幅,即他自己的肖像。肖像中的骚塞坚守生活,独立、易怒、慷慨、温柔、善良、忠诚,最重要的是,肖像描写非常人性化。他是所有史诗作品中最为高贵的人物形象。

第一章
《圣女贞德》人物的政治审美研究

任军锋在《帝国的兴衰》一书中指出,三个人及以上就会产生政治,"人天生是政治的动物"[①]。例如,"对雅典人来说,政治世界从来表现为强者与弱者、胜利者与失败者、敌人与朋友、统治者与被统治者之间的对立"[②]。政治世界时刻面临着权力关系的问题,以及在权势转移过程中投射在权力主体双方心理上的焦虑和恐惧。政治和每个人息息相关。英语中的"政治"一词(politics)源自希腊语。该词可以考证的最早文字记载是在《荷马史诗》中,最初的含义是城堡或卫城。古希腊的雅典人将修建在山顶上的卫城称为阿克罗波里,简称"波里"。城邦制形成后,"波里"就成为具有政治意义的城邦的代名词,后同土地、人民及其政治生活结合在一起,被赋予"国"的意义。因此,"政治"一词一开始是指城邦公民参与统治、管理、斗争等各种公共生活行为的总和。

高永年和何永康认为,"政治首先是权力结构,包括政治制度、政治机构、政治运作等等。同时,它还是情感结构,因为权力必须通过人来掌握,必须代表某些人的利益,必须

---

① 任军锋.帝国的兴衰:修昔底德的政治世界.北京:生活·读书·新知三联书店,2017:47.
② 同上,第54页。

追求某种社会理想"①。例如,在《理想国》中,柏拉图构建了一个以共和政体运行的理想城邦,其最高的政治追求就是达到城邦的"正义",即一种等级分明,各阶级各尽其性、互不僭越的和谐秩序。《理想国》是柏拉图构建的一个乌托邦,也是其政治思想的集中表现。因此,政治和各种权力主体的利益密切相关。政治的本质是规范化的社会管理。政治有两层含义:"政"指的是领导,是方向和主体;"治"是管理,是手段和方法,是围绕着"政"进行的。从人类社会学上讲,政治是人类社会中存在的一种非常重要的社会现象,影响人类生活的各个方面。

美国文学和文化批评家爱德华·W. 萨义德(Edward W. Said)认为,政治是审美的一种特殊表现。赛义德的政治美学主要体现在将政治学的视角引入文学和文化研究领域,在关注文学作品的审美完整性的同时,坚持文学文本与政治历史文本相联系,强调批评应该具有人文关怀和政治关怀,担负阐述人类历史的责任。"文艺最重要的属性是审美,而进步政治本身可以经由审美主题化为政治审美因素,文艺应当表现和反映体现核心价值体系的政治之美。"②"何种政治、谁之文学、如何审美分别是文学研究的政治语境、政治诉求、政治审美因素。它们都是文学研究必须解决的核心问题。"③"政治不仅关乎利益,而且关乎审美,因为人的主体性是物质和精神的有机统一,人的一切活动规律

---

① 高永年,何永康. 百年中国文学与政治审美因素. 文学评论,2008(4):112.

② 徐曙海. 试论文艺与政治的审美和谐. 江苏社会科学,2008(3):168.

③ 卢衍鹏. 文学研究的政治审美因素——兼论20世纪中国文学理论的政治维度. 社会科学,2011(7):181.

中内在地渗透着人的审美需要。"①政治是阶级社会中以经济为基础的上层建筑,政策、政治制度、政治文化可以归结于政治的审美层面。审美是人类理解世界的一种特殊形式。审美观是在人的社会实践中形成的,和政治、道德等意识形态的具体表现有密切的关系。

不同时代、不同文化和不同社会集团的人具有不同的审美观。学者骆冬青、林锡铨等也都提出了"政治美学"的概念。骆冬青对"政治美学"进行了清晰的界定和深入的研究。他在分析政治与美学的关系的基础上提出了"政治本身就是审美的一种特殊表现"的观点。这一观点确立了将政治与美学相提并论的逻辑依据,即政治美学并不仅仅是指美学具有政治性,而且是指政治具有美学性。"当哲学家把人定义为政治的动物时,他们也从未忘记,人还是情感的动物,是向着美学生成的。政治作为人的一种生存向度,也是情感的、感性的人的活动,在其中投入了人的诸多感性力量,包含着人的激情、想象、生命意志乃至性情气质;在政治的诸多领域中,都体现出审美的精神,甚至在政治统治中也有许多方面和层面是以美学的方式进行的。可以说,政治本身就是审美的一种特殊表现,政治意识形态、政治制度、权力运作、政治家的风格,在在都表现出美学的精神。权力总是要成为魅力,权力结构总是要进入情感结构,政治的等级结构深刻地表现为审美的一种价值结构。所以,对政治本身就应当进行美学的观照。"②

骚塞的《圣女贞德》是法国大革命的产物,因此其政治

---

① 彭自成.诗意化的政治隐喻——论毛泽东革命诗词的政治审美价值.理论月刊,2006(10):18.

② 骆冬青.二十世纪中国政治美学与文艺美学.南京:南京师范大学,2002.

属性是不言而喻的。骚塞在威斯敏斯特公学读书期间,法国大革命爆发。当时在骚塞看来,这场革命为他及其他心胸开阔的同时代的人带来新世界的希望,"他以青春特有的激情欢迎这场革命的到来"。(... he welcomed it with characteristic youthful fervor.①)到了 1792 年的秋天,骚塞仍然密切关注法国大革命的进程。(Southey continued to follow the progress of the Revolution in France with close sympathy.②)1793 年 1 月 21 日,路易十六世被推上了断头台,11 天之后法国和英国开战。1793 年 7 月,19 岁的骚塞与他在牛津大学的一名同学谈论历史上的贞德,并在暑假列出了写作提纲,写下 300 多行诗,8 月份后集中精力创作。骚塞仅用了 6 个星期就完成了 12 章的史诗创作。《圣女贞德》于 1796 年出版,引起读者相当大的兴趣,但骚塞谦虚地表示这与他的天赋无关。

　　骚塞以史诗的形式叙述了英法百年战争期间法国女英雄贞德的故事,表达了自己的政治和历史观点。当时的评论界对这部作品很关注,褒贬不一。例如,华兹华斯在 1796 年 3 月给威廉·马修斯(William Matthews)的信中说:"你所言极是,毫无疑问骚塞是个自负的愚人,这一点在他刚出版的史诗《圣女贞德》的序言中暴露无遗。这个序言确实是一种非常骄傲自满的表现;这首诗尽管有几章写得极好,但整体来说是非常拙劣的创作。"(You were right about Southey, he is certainly a coxcomb, and has proved it completely by the preface to his *Joan of Arc*, an *epic* poem which he has just published. This preface is indeed a very conceited performance and the poem though in

---

① Jack Simmons. *Southey*, London: Collins. 1945. p. 26.
② Jack Simmons. *Southey*, London: Collins. 1945. p. 31.

some passages of first-rate excellence is on the whole of very inferior execution. ①)兰姆在 1796 年 6 月给柯勒律治的信中说:"我很喜欢《圣女贞德》,为之着迷。我从没想到骚塞能写出这么优秀的作品……主题选得很好,开场很好。整体来说,我期待骚塞有一天能和弥尔顿相提并论。"(With *Joan of Arc* I have been delighted, amazed. I had not presumed to expect any thing of such excellence from Southey.... The subject is well chosen. It opens well.... On the whole, I expect Southey one day to rival Milton. ②)柯勒律治曾向约翰·斯泰尔(John Thelwall)表达对《圣女贞德》的观点,他认为这首诗充分表达了情感,当然在人物和戏剧对白方面,骚塞也是无可匹敌的,但是它没有展示出诗歌的庄严感。③有些评论家强调该史诗的人物塑造和主题的质量很高。同时也有人提出批评,认为该诗的主题不合时宜。例如,1796 年,《文献评论》(*Critical Review*)刊登了一篇匿名评论:"谈到奥尔良少女,这位反对英国人的代表人物,加上历史上其他作家对待她的态度,首先会令人产生疑虑:骚塞先生选择的主题不符合史诗的庄严性。至少人们可以质疑他的谨慎。他怎么能期待以一名与自己同胞作对的女战士的命运引起国人的兴趣呢?他怎么能够庆祝那些让英国人颜面尽失的胜利呢?"(When the character of the Maid of Orleans, and the part taken by her against

---

① Lionel Madden. *Robert Southey*: *The Critical Heritage*. London: Routeledge & Kegan Paul Press, 1972, p. 40.

② Lionel Madden. *Robert Southey*: *The Critical Heritage*. London: Routeledge & Kegan Paul Press, 1972, pp. 45-46.

③ Lionel Madden. *Robert Southey*: *The Critical Heritage*. London: Routeledge & Kegan Paul Press, 1972, p. 49.

the English, are considered, together with the manner in which the history has been treated by other writers, some suspicion may at first arise, that Mr. Southey has chosen a subject scarcely suited to the dignity of epic poetry. His prudence at least may be called in question. How can he expect to interest the English nation in the fortunes of a heroine who was an active champion, against his own countrymen, or be hardy enough to felicitate those successes that involved the English in disgrace?①)说到主题人物贞德，必须指出的是，她在人们心目中是一位传奇人物，在骚塞之前她只出现在少数历史学家的笔下。法国大革命期间，在拿破仑的促成下，贞德成为法国英雄人物。毋庸置疑，骚塞在《圣女贞德》中表达了自己的政治观点。平心而论，骚塞创作的灵感与贞德形象体现的高贵的自由精神不无关系，贞德形象也因此得以在文学作品中不朽。

政治蕴含着美学的奥秘，反之亦然。政治与美学是可以互相观照的。目前我国的政治美学研究还处在初步探索阶段，对政治美学的定义也因学者的学科背景和关注点不同而不同。从根本上说，政治美学属于哲学的范畴，是世界观和方法论的统一。骚塞的史诗《圣女贞德》讲述了从农家少女贞德首次在沃库勒尔露面到查理七世登基的故事，从中读者可以窥见政治是如何影响普通大众的命运的。骚塞通过塑造贞德形象建立政治体制的外在真实的感性存在，是契合人类对美的认知标准的，理想的政治体制必然符合普通大众广泛审美的体制，因此该诗是美的。将政治美学与文学文本相结合，对政治现象和政治行为进行审美判断，

---

① Lionel Madden. *Robert Southey: The Critical Heritage*. London: Routeledge & Kegan Paul Press, 1972, p. 43.

可以丰富文学的美学研究内容。在逻辑安排上,本章首先从政治审美的视角分析贞德人物形象的特点,其次论证骚塞创作这一中世纪法国平民女性的审美价值取向,最后探讨圣女贞德形象的美学意义。

第一节 贞德人物形象特征

该诗讲述法国民族英雄贞德的故事,以她首次在沃库勒尔露面为开头,以查理七世在兰斯①(Reims)登基为终。骚塞将贞德描绘成自由的化身,由上帝派来解放她遭到奴役的祖国。她是一位预言家,以无比的热情投身于自己的使命。18岁的贞德和叔叔克劳德一起来到沃库勒尔,出现在迪努瓦(Dunois)将军面前要求见国王查理,大声说上帝派她来拯救法国,这是上帝的旨意。将军协助她穿过洛林地区,一路上她给将军讲述自己的故事,包括她的家庭和生存状态。一位叫作康拉德(Conrade)的法国战士描述战争场面。他谈到英军在阿金库尔地区屠杀法国战俘,以及被围困的鲁昂人民遭受饥荒。最终他们来到了西农。

贞德在西农见到了国王查理,并经受了一次考验——国王化装成侍从站在众人中。贞德看穿了这个把戏,宣称自己将在兰斯为查理恢复王位。在场的一些牧师和神学家质疑贞德的神性,贞德指着圣凯瑟琳的坟墓说上帝之剑就在那里。只见坟墓中升腾起淡蓝色的火焰,然后听到武器

---

① 兰斯是法国第一位国王克洛维(Clovis)接受洗礼的地方,从1027年一直到法国大革命,这里几乎是每个法国国王举行加冕仪式的地方。其中最有名的一次莫过于1429年圣女贞德护送查理七世来此地加冕。

震动的响声,贞德得到一身盔甲。神父们相信了,开始把贞德视若神明。此时康拉德阻止她披上盔甲,他认为法国遭到诅咒,贞德会成为牺牲品。他为贞德舍弃宁静的生活去帮助腐败的法国宫廷感到自责,并警告贞德他预见到了贞德被处以火刑的一幕。

此时传来奥尔良被困的消息。在动身去奥尔良之前,有两件事打破了贞德内心的平静。一是康拉德在宫里谴责国王查理诱惑自己的心上人艾格尼丝·苏文妮(Agnes Sorel)。贞德出面干涉并劝告康拉德忘却个人恩怨,关注国家利益,协调好局部与整体的关系;二是贞德在西农和西奥多(Theodore)相恋。在他的怀抱中贞德意识到自己不应追求个人在人世间的幸福,而应该完成上帝赋予她的重大任务。在出征前她无心享乐,她挂念奥尔良那些处于饥饿、恐惧和期盼中的人。国王可以纵情欢乐,但救世主贞德只有在圆满完成任务后才能感受到欢乐。一个名叫伊莎贝尔(Isabel)的女人从围城中逃出。她在战争中成了孤儿,成大后又与恋人失散。她给贞德、康拉德和迪努瓦将军讲述了英军占领奥尔良的情形。

作为军事领袖,贞德只在别无选择的情况下使用武力。她曾派先行官到英军领主索尔兹伯里(Salisbury)、萨福克(Suffolk)、法斯托菲(Fastolffe)和塔尔伯特(Talbot)处,请求他们撤军。但当看到先行官被索尔兹伯里勋爵绑在木桩上时,她带领队伍冲向英军。当英军撤退时,她不顾法国贵族的反对,饶战俘不死。对她来说,战争只是一种令人遗憾的达到目的的方式。上帝赞赏她的仁慈,摧毁了英军把守的卢瓦尔河桥上的塔。

贞德胜利了,但是遭受了重大损失——西奥多为保护她惨遭杀害。解放奥尔良后,贞德来到埋葬西奥多的修道院,追授他荣誉。一位僧侣觉察出了她的厌世思想,于是开导她。贞德在证明自己可以在虔诚的沉思中找到安宁之后,回到了军营。幸好她这样做了,因为英军加强了兵力,准备再和法军交战。这次交战贞德又取得胜利,法国获得了自由,但是康拉德在和塔尔伯特交战时遭受了致命的一击。该诗以贞德在兰斯将王冠戴在查理头上,告诉他一个国王应承担的责任告终。

《圣女贞德》出版时正值史诗衰落的时期,但它赶上了浪漫主义文学运动的潮流。正如爱德华·道顿(Edward Dowden)所说,"作为一首浪漫主义的叙事诗,它属于新时代的诗歌;从情感方面讲,它是革命的、共和的……这个时代的言论从政治角度讲是自由的。该诗得到称赞,销量不错"。(As a piece of romantic narrative it belongs to the new age of poetry; in sentiment it is revolutionary and republican;... The critical reviews of the time were liberal in politics, and the poem was praised and bought.①)本章认为由于在很大程度上集中体现了史诗主题人物对自由和平等的追求,因此该诗中的贞德形象得到了浪漫主义时期读者的广泛认同。

一、追求民族独立和自由

《圣女贞德》生动展示了法国人民为了捍卫民族独立而反抗英国侵略者的过程。骚塞笔下的英法之战,对英方来说是为了占领和控制法方而进行的战争,对法方来说是一场为了捍卫民族独立而进行的爱国的、反侵略之战。贞德的出现就是为了拯救遭到奴役和压迫的法国。贞德从战争时期的一个普通农家少女,成长为民族独立和自由的捍卫

---

① Edward Dowden. *Southey: English Men of Letters*. London: Macmillan and Co. Limited, 1909, pp. 52 - 53.

者,其身份和思想的转变源自她对生活的体验,即国家和民族的独立是个人自由幸福生活的必要前提。从对不同时期法国人生活的描写中,读者可以领略到战前的美好生活和战争中的痛苦遭遇。

诗中有两个事件说明英国侵略者肆意践踏法国人,甚至屠杀无辜法国平民。一个事件是阿金库尔战役中英国士兵屠杀法国俘虏,另一件是英军围城使很多法国平民饿死。一位老兵眼含泪水讲述侵略者的暴行,言语间流露出自己身为法国人的痛苦和羞耻。在法军战败的那天,法军尸体遍布,活着的战士依然奋战。其实他们是在复仇,而不是为了胜利而战。英军在战场上获得胜利,占领了法国的土地,后又将矛头指向手无寸铁的、被缚住手脚的俘虏。无助的俘虏们呻吟着,恳求侵略者看在上帝的分上予以宽容,但一切都是徒劳。事实上,为了征服法国,英国当局命令军队使用先进武器杀死战败的法军。这样做同时伤害了无辜的妇女和儿童:

> 强大的抛石机投掷下
> 巨大的石块,落地时大地都在颤抖。
> 很快又听到武器叮当作响,
> 大炮轰鸣,战士们呐喊,
> 女人们尖叫,受惊的婴儿们哭喊,
> 奄奄一息的人们呻吟,——各种可怕的不协调的
> 响声
> 让灵魂发抖。

> ... the mighty engines hurl'd
> Huge stones, which shook the ground where'er they fell.
> Then was heard at once the clang of arms,

> The thundering cannons and the soldier's shout,
> The female's shriek, the affrighted infant's cry,
> The groan of death,—discord of dreadful sounds
> That jarr'd the soul. ①

显然这场战争已不是单纯的军事冲突,而是对法国民族的毁灭。所有的法国人被卷入这场战争,他们必须保卫自己的国家,否则英军的暴行会灭绝整个法国民族。

在侵略者面前,法国人如同生活在人间地狱。退伍老兵讲述了罗安市大饥荒的惨状:侵略者烧掉法国人的房屋,人们无家可归。更为糟糕的是,战败的法国人极度缺乏食物,英国人把他们的食物抢走了。老兵看到饥饿的婴儿贴在妈妈的胸前找食物,而妈妈已经死去。后来许多婴儿也饿死了……在被英军占领的地方,惨剧每天都在上演。饥荒来临时瘟疫横行,无辜的幼儿惨遭不幸。贞德的伙伴伊莎贝拉目睹了一个饿死的幼儿紧贴在奄奄一息的母亲胸前。无辜的妇女和幼儿成为英国侵略的牺牲品。该诗对饥饿幼儿和濒死母亲有多处描写,凸显了英国侵略给法国人民带来的灾难。

战前法国人的生活是美好的。例如贞德的朋友玛德琳(Madelon)战前住在一个小村庄里,和丈夫阿诺德(Arnaud)过着幸福的生活。骚塞这样描述他们:"阿诺德和他的太太过着最幸福的日子。"(Never lived a happier pair than Arnaud and his wife. ②)随后,幸福的日子被战争打破,阿诺德到前线打仗,玛德琳整天生活在痛苦和孤独

---

① Robert Southey. *The Poetical Works of Robert Southey*. New York: D. Appleton & Co. Press, 1839. p. 33.
② Robert Southey. *The Poetical Works of Robert Southey*. New York: D. Appleton & Co. Press, 1839, p. 55.

中。阿诺德夫妇的经历是千千万万法国人生活的缩影。

法国人民决心抗击英国侵略者,义无反顾地捍卫民族尊严。为了民族的独立自由,贞德离开自己的故乡,勇敢地走向前线。其实战前她连一只小羊羔都不会伤害,但战时拿起刀剑,希望能够以此刺穿英国敌人的身体。贞德为了民族正义挺身而出,在离开故乡时,她表达出为了正义而战的决心:

> 不幸的法国!
> 你的死敌比晚上的豺狼还要残忍
> 践踏我们的土地,国土荒凉,四处杀戮;
> 孤儿寡母的呻吟
> 长期向上天控诉正义;——这一刻终于来临!
> 上帝侧耳,已听到
> 哀恸的声音,上帝已经发怒。

> Unhappy France!
> Fiercer than evening wolves thy bitter foes
> Rush o'er the land, and desolate, and kill;
> Long has the widow's and the orphan's groan
> Accused Heaven's justice;—but the hour is come!
> God hath inclined his ear, hath heard the voice
> Of mourning, and his anger is gone forth. (14)

以贞德为首的法国人民渴望为了民族自由英勇奋战。在贞德眼中,英军比狼还要残忍和贪婪。他们肆意蹂躏法国人民,给平民带来无尽痛苦和灾难。旷日持久的战争使数不清的妇女和儿童失去了保护,他们祈祷上帝赐予正义。贞德听从上帝的召唤,挺身而出为了民族正义而战。

贞德突出的领导才能和自信帮助法军获得了一次次胜

利。在贞德的带领下,法国人民满怀信心地抵抗英军的侵略;尽管有时处于劣势,但因为有了贞德的冲锋陷阵,法国人民能够团结一致,为了民族自由这一共同的目标而奋战。例如,奥尔良战役中法军战败,奥尔良之主被俘,迪努瓦将军束手无策,告诉贞德奥尔良已陷落。贞德下决心解救被拘禁的奥尔良之主,她说:

"他应该活着,迪努瓦,"
身负使命的少女回答;"他应该活着
听到好消息;听到自由,
自身得到自由的消息,由他的兄弟
在战场大获全胜得来。他应当
幸福地活着;他记忆中坐牢的日子
将使他愈发快乐,晚年的他
将安详地走向坟墓。"

"But he shall live, Dunois,"
The mission'd Maid replied; "but he shall live
To hear good tidings; hear of liberty,
Of his own liberty, by his brother's arm
Achieved in well-won battle. He shall live
Happy; the memory of his prison'd years
Shall heighten all his joys, and his gray hairs
Go to the grave in peace. (18)

由此可见,贞德的目标是以战争的胜利解放受奴役的同胞,并且她坚信这一天不会太远。法国人将以武力取胜,而不是妥协或其他方式。贞德的话显示了她获胜的决心。法国军队在她的带领下能够战胜暂时的痛苦,打胜仗指日可待。贞德坚信只有战争胜利才能保证人民过上平安幸福的生活。

　　毋庸置疑,战争是残酷的。在收复奥尔良的过程中,贞德带领的法军在城外遭遇英军,双方展开了激战。骚塞从听觉、视觉和嗅觉等多方面描绘了战争的无情:

> 武器铿锵作响
> 声音传到奥尔良城墙。这一战
> 是有备而来,怀着必胜的信心,
> 军队加速向前。不远处散发着
> 尸体遍布的屠宰场的腐烂气味
> 饥饿的渡鸦嗅到空气中血腥的味道……

> The clang of arms
> Reaches the walls of Orleans. For the war
> Prepared, and confident of victory,
> Forth speed the troops. Not when afar exhaled
> The hungry raven snuffs the steam of blood
> That from some carcass-cover'd field of fame
> Taints the pure air ... (37)

赶走侵略者的过程是艰难的,空气中腐烂的味道表明双方伤亡惨重。无论场面如何恐怖,贞德怀着必胜的信念,为了民族自由英勇奋战。对战争场面的描写衬托出贞德顽强斗争的英雄形象。贞德不是为了个人利益冲锋陷阵,她是上帝派来的光复法国的使者,她追求的是整个民族的独立和自由。

二、追求女性平等和自由

　　贞德身处一个男女不平等的时代,当时在法国甚至整个欧洲都是如此。骚塞通过描述两军战前多个人物的心理来表现男女的不平等地位。当法国信使表明贞德希望英国撤军时，索尔兹伯里沉默了一下，随即大笑。对他来说，法国派遣一个女战士来收复奥尔良是件很可笑的事。另外一名英国军官异常愤怒，想不到法国国王竟然派来一个女人和他们交锋。他轻蔑地告诉法国使者："告诉那个女孩，她会受到整个军营的嘲笑！"（Tell this girl she may expect to meet the mockery of the camp!①）英国军队将贞德在两军战场上的出现视为羞辱，他们的反应揭示了当时欧洲女性社会地位的低下。

贞德是骚塞为读者展示的男权社会中一个与众不同的女性，她出色的表现证明女性应该拥有和男性同样的权利。该诗中贞德在宫廷内崭露头角，产生了巨大影响，民众和皇家都欢迎她领导法国军队。例如，康拉德始终如一地支持并保护她；伊莎贝拉在军营中与她为伴；迪努瓦将军在战时听从她的命令；查理七世的王后对她亲切友好。在王后眼中，贞德是一个"无拘无束的偶像"（lawless idol），并且王后顺应查理七世之意，和贞德友好相处。"无拘无束"一词表明贞德的独特性，说明她敢于冲破社会习俗的规约；"偶然"②一词流露出王后对贞德的崇拜之情，她感觉自己在贞德面前相形见绌（felt rebuked before her）。王后很清楚，查理在贞德的大力协助下能够恢复王位，整个王室将被这位少女拯救。由于能力突出加上表现出色，贞德很快获得国王和贵族的认可，同时使她深得民众的拥戴。贞德形象表明女性的才智与男性别无二致，女性在社会生活中应拥

---

① Robert Southey. *The Poetical Works of Robert Southey.* New York: D. Appleton & Co. Press, 1839, p. 36.

② Robert Southey. *The Poetical Works of Robert Southey.* New York: D. Appleton & Co. Press, 1839, p. 23.

有同男性平等的权利和自由。

  一旦被赋予参与民族和社会事务的权利,女性的表现就会不负众望。在收复奥尔良的战役中,贞德的行动表明她是一位出色的勇士:

> 他的旁边是那位少女
> 领导那场激烈的战斗,尽管少女不习惯
> 如此猛烈的冲突,现得到神的启发,
> 在敌军中挥舞着闪亮的大刀如同火焰,
> 好似霹雳降临,所到之处,
> 敌军浑身发抖四散逃走。

> and by his side the Maid
> Led the fierce fight, the Maid, though all unused
> To such rude conflict, now inspired by Heaven,
> Flashing her flamy falchion through the troops,
> That like the thunderbolt, where'er it fell,
> Scatter'd the trembling ranks. (37)

在战场上,贞德和英勇的法国男性并肩战斗。尽管不熟悉战争,但贞德受到神的指引,是大无畏和战无不胜的;因此当看到她的大刀时,敌军惧怕得浑身发抖。这是一幅由法国男女共同构成的为自由而战的画卷;毋庸置疑,女性在政治领域应该拥有和男性平等的权利。

  贞德的革命和奉献表现了女性参与国家政治事务的能力,与传统的女性形象大不相同。事实上,女性参战对法国获得战争胜利起到至关重要的作用。由于贞德的领导,法军后来战斗力越来越强,获得了许多重大胜利,英军节节败退。诗中还有多处对贞德英勇奋战的描写,她总能在紧要关头挺身而出,展示非凡的军事才能,挽救法军于水火之中。这一点表明以贞德为代表的女性在服务国家方面拥有与男性同等的能力,应该得到同男性平等的政治权利。社会应使女性摆脱束缚,给予她们同等的机会和更多的自由。

诗中,贞德形象树立了多个有关女性身份和政治权利的创新点。首先是贞德民族意识的觉醒。贞德身负神的使命,在危急关头拯救民族命运,在此之前,她的内心充满痛苦和羞愧。后来她将自己的命运和民族的命运联系起来,投身于反侵略的斗争中,最终击退侵略者,实现民族自由。其次,贞德认为自己有责任和同胞并肩战斗。身为女性,她摆脱了传统女性的家庭妇女形象,以战士的身份参与保卫国家的斗争,展现了女性参政的能力。贞德的战争领袖形象改写了女性在政治中的附属地位,赢得了社会方方面面的认同。贞德形象体现了民族自由和男女平等的重要性,民族自由和男女平等是社会现实的要求和政体发展的方向。

第二节 骚塞在《圣女贞德》中的审美取向

这首在革命年代发表的史诗《圣女贞德》显然是青年骚塞革命情感的产物。骚塞自认为这首诗"以共和精神写成"。(it was written in a republican spirit.①)生活在革命和战争的年代,骚塞深知那些关于勇气、行动和爱国的言语会迎合英国大众的需求,却决心创作一部歌颂法国大革命的作品,这一点曾引起诸多学者关注。多位历史学家将该诗视为骚塞共和思想的证明。大卫·M.克雷格(David

---

① Robert Southey. *The Poetical Works of Robert Southey*. New York: D. Appleton & Co. Press, 1839, p. 12.

M. Craig)在《罗伯特·骚塞和浪漫主义反叛》一书中以该诗例证了骚塞的共和思想。杰克·西蒙斯(Jack Simmons)在《骚塞》一书中引用骚塞的话:"贵族们对《圣女贞德》的反应是宽容的。"(The aristocracy have behaved with liberality to *Joan of Arc*.①)这句话意味着当时的反对派没有诋毁这首诗,同时说明贵族和革命者一样认可了他的共和思想。在法国大革命初期,骚塞热情地支持革命,乐于看到广大群众推翻君主政体。民主和自由思想激励他为了革命写作,传播革命思想。

贞德是法国人,她的故事尽管发生在中世纪,但在英国和法国交战的年代,选择这样的人物进行颂扬是颠覆性的。骚塞说明了他做出这个选择的原因。在该诗的前言中骚塞捍卫了自己的立场。他说:"史诗曾有一个规则,那就是主题人物必须是本国的。我直截了当地反对这条规则,并选择我国的失败做史诗的主题。我不希望得到希望非正义获胜,因为自己的同胞而支持非正义的读者的认可。"(It has been established as a necessary rule for the epic that the subject should be national. To the rule I have acted in direct opposition, and chosen for the subject of my poem the defeat of the English. If there be any readers who can wish success to an unjust cause, because their country was engaged in it, I desire not their approbation.②)骚塞相信有正义感的读者不会掩饰对这首诗歌的喜爱。诗人的话证明此时他的共和思想超越了所谓爱国主义。事实上,骚塞从多方面刻画了以贞德为首的广大人民群众捍卫民族

---

① Jack Simmons. *Southey*. London: Collins, 1945. p. 63.
② Robert Southey. *The Poetical Works of Robert Southey*. New York: D. Appleton & Co. Press, 1839, p. 11.

自由和尊严的形象,与之相对的是以国王为首的封建统治阶级的自私自利。骚塞表达了对统治阶层消极抵抗的厌恶,赞美了民众抗击侵略者、保家卫国的行动,肯定了人民的伟大力量。

一、人民的贡献

在抵抗英国侵略的初始阶段,法国统治阶级的消极和无能是不言而喻的。与之相对的是法国人民积极投身斗争,展示了保卫民族独立的强大力量。这场战争的本质,从整个过程来讲,是法国全民参与抵抗英国侵略、保家卫国的斗争;从结果来讲,战争结束后法国国王获取了胜利的果实。为了从侵略者手中收复失地,人民群众,包括士兵、农民、妇女甚至儿童,顽强作战;兰斯解放后,查理赶到那里加冕。查理的顺利加冕借助于以贞德为首的人民。

群众的主动性借由他们的行动表现出来。在紧要关头,贞德为了国家的福祉挺身而出,为国分忧。十八岁的乡村姑娘遵从上帝的旨意拿起武器,离开家乡去完成使命。当得知奥尔良陷落的消息时,她感到焦虑和困惑,来到"仙泉",希望获得上帝的指引。当闪电击中泉水时,她感到上帝与她同在。事实上,贞德在超自然力量的帮助下预见到自己未来的命运:

> 我看到一群暴徒
> 围着燃烧的火刑柱,柱子上
> 是一位女子;铁镣缠缚着她的四肢,
> 挫伤了她的胸膛,衣不蔽体,
> 那烈焰熊熊燃烧。我看到了她的脸庞,
> 我知道那正是我自己。

I beheld a ruffian herd

> Circle a flaming pile, where at the stake
> A woman stood; the iron bruised her breast,
> And round her limbs, half-garmented, the fire
> Curl'd its fierce flakes. I saw her countenance,
> I knew MYSELF.(28)

以上诗行表明贞德很清楚自己接受使命的后果——被烧死在火刑柱上。另一位年轻的战士康拉德也曾梦到这个异象。作为贞德的好友,他后悔没有阻挠她帮助宫廷拯救祖国。然而贞德乐于摆脱狭隘的个人幸福的束缚。她告诉康拉德:

> 感谢上帝,我冲破了束缚,
> 那些坚固的束缚,牢牢地把我们绑在
> 个人幸福上,在这个世界
> 我是个朝圣者——康拉德!醒来吧!
> 摆脱脆弱的性格!这段时光
> 并非为了温柔的情感而设,而是为了
> 爱的光辉,洋溢在心中。
> 这个国家正在遭受压迫,康拉德!

> And then I thank'd my God that I had burst
> The ties, strong as they are, which bind us down
> To selfish happiness, and on this earth
> Was a pilgrim—Conrade! Rouse thyself!
> Cast the weak nature off! A time like this
> Is not for gentler feelings, for the glow
> Of love, the overflowing of the heart.
> There is oppression in the country, Conrade!(28)

贞德鼓励康拉德投身到推翻压迫的斗争中;她在民族面临危机的时刻采取果断决策。她很清楚法国此时急需勇敢的国民,而民众应该敢于接纳时代赋予的责任。法国危在旦夕,整个民族应该觉醒。在危急关头,贞德认为人们需要克服人性的弱点,即便是恋人也要超越谋求个体幸福的局限,要全身心地爱自己的国家。贞德身负使命,于是拒绝了西奥多的爱情。她知道自己未来的命运,但依然义无反顾地选择牺牲自我。西奥多曾希望战争胜利后能够给贞德幸福,贞德也深爱着他,但是她告诉他在自己的家乡还有其他少女同样可爱。贞德最终只是轻吻了他苍白的嘴唇,放下个人情感,离开家乡,投身于民族独立的战争中。

骚塞在刻画贞德的英雄形象的同时,描绘了王储查理七世视国政为儿戏。即便在战争期间,查理也未停止个人享乐。奥尔良陷落期间,法国人民群众在贞德精神的鼓舞下团结一致,准备去营救同胞。查理很高兴,他邀请贞德到大厅跳舞。贞德告诉他需要尽快营救关在监狱的同胞们,因为他们每时每刻在饥饿和恐惧中翘首以待。查理根本不关心这些,他对贞德说:"推迟一天行军……欢乐今宵!"(defer one day thy march,… —to-night for merriment!①)由此可见王储对待民众生命的态度。

骚塞在诗中多次描写查理对本民族命运的漠视。第四章中,对查理的宴会厅一幕的描写凸显了他对国家命运不负责任的行为。奥尔良陷落之前,信使来到宴会厅,映入眼帘的是和战场截然不同的世界:吟游诗人弹着竖琴,查理欣赏着乐曲,酒杯闪闪发亮,王公贵族觥筹交错。信使被挡在门外,但坚持要把消息当面汇报给查理,他长途跋涉是为了让查理知道前线吃紧,忠诚的战士们急需帮助,必须马上派部队增援。但查理自认为奥尔良依然安全,无须派兵营救。

---

① Robert Southey. *The Poetical Works of Robert Southey*. New York: D. Appleton & Co. Press, 1839, p. 29.

法国历史上对查理七世的评价也是一个"无自信、无抱负"（had no self-confidence and no ambition①）的国王,在执政期间对国家的兵力漠不关心。事实上,奥尔良的得失事关重大,它带有象征意义,代表着法国。一旦奥尔良陷落,法国岌岌可危。爱国大众奋勇抵抗侵略,保卫奥尔良,在历史上被描述为"像1419年保卫鲁昂一样。查理仍然没采取行动。然后贞德来了"。（as those of Rouen had done in 1419. And still Charles did not move. Then Joan of Arc came.②）

诗中查理对本民族命运的态度和史料记载的十分相似。查理对战士生死的无动于衷并非由于欠缺才能,而是由于对政事的冷漠。尽管法兰西处于被吞灭的边缘,但他继续在城堡中过着奢华生活。对查理来说,国家事务令他极为烦恼。如果他稍微有些责任感的话,也会想办法使国家避免落入敌军之手。史蒂芬·普里克特（Stephen Prickett）认为"对于整个国家来说,强大的管理是关键"。（for the nation as a whole, strong administration was the key.③）查理的消极态度使他在管理国家方面极不称职,与民众积极捍卫民族尊严的行为形成鲜明对照。

二、女性的地位

贞德从牧羊女到军事领袖身份的变化表明,骚塞对女

---

① Albert Guérard. *France: A Modern History*. Ann Arbor: The University of Michigan Press, 1969, p. 108.

② Albert Guérard. *France: A Modern History*. Ann Arbor: The University of Michigan Press, 1969, p. 109.

③ Stephen Prickett. *The Romantics*. London: Methuen & Co., Ltd. Press, 1981, p. 46.

性的政治权利和地位有独特的见地。历史上法国男女不平等的问题是很突出的。法国大革命尽管响亮地提出了"天赋人权"的口号,但那只是男人才享有的权利。当时在法国,无论温和派还是激进派,都高喊"平等"的口号,但都一致认为妇女应回到家庭和厨房中去,履行"造化"所赋予她们的贤妻良母的职责。① 1804 年颁布的《拿破仑法典》,更是完全把妇女排斥在公民资格之外。该法的第二百一十三条明确规定"妇女应该服从她的丈夫"②,妇女的经济、社会活动必须经过丈夫同意,家庭财产严格由丈夫支配。

当时的法国是一个男权社会。在法国历史上,王位继承的基本原则是继承人必须是男性。前任国王去世后,查理作为储君,必须在兰斯加冕,而兰斯当时已被英军占领,查理和臣子们一筹莫展。当时宫廷和军队都由男性控制,贞德身负使命决心收复失地,她首先需要获得男性首领的支持和认可,否则作为女性她无权领导法国军队。贞德的故事表明法国社会曾由男性控制、女性曾从属于男性的事实。骚塞运用倒叙手法,呈现贞德对故乡的回忆:战争的号角吹响,洛林地区的青年男子应征入伍。儿子、弟兄、丈夫的离开使在家的女人感到非常痛苦。女人被束缚在家庭事务中,没有参与国家事务的权利,她们尽管内心痛恨英国的侵略,但没有痛击侵略者的机会。

贞德形象证明妇女理应同样获得参政议政的权利。贞德怀有这个想法,宣称遵从上帝的旨意,从上帝那里得到神通。起初很多人不理解她征战沙场的愿望,包括她的父母,

---

① 高毅.法兰西风格:大革命的政治文化.杭州:浙江人民出版社,1991:127.
② 端木美,周以光,张丽.法国现代化进程中的社会问题:农民·妇女·教育.北京:中国社会科学出版社,2001:118-119.

他们嘲笑贞德并认为她疯了;村庄里的牧师甚至说贞德着魔了。对多数人来说,女人参战是不合常规、无法让人接受的,贞德的愿望在那个年代是颠覆性的。社会学家大卫·赖思曼(David Reisman)指出,人类像群居的动物一样,是一个"传统导向的社会"(the tradition-directed society①)。个体下意识地接受传统观念,因循守旧。多数妇女从未思考过为什么她们不能参与政事。只有贞德质疑这一传统,公开向社会习俗挑战。贞德的处境和浪漫主义时期英国妇女的处境类似。普里克特评论道:"在 1782 到 1832 年间,政治体制处于压力之下。对它的需求是巨大的……必须在坚持公共秩序的同时坚持个人职责。"②在男权社会,女性身份的重新界定超出了人们思考的范围。通过描述贞德和其所处的社会现实之间的冲突,骚塞激发读者思考中世纪以及浪漫主义时期女性的身份问题。

从百年战争时期法国男尊女卑的情况来看,法国妇女获得同男子平等的权利是难以实现的。贞德为民族自由而战的决心曾经遭到宫廷的误解和怀疑。在迪努瓦将军的推荐下,贞德来到宫廷,起初并未受到应有的欢迎。查理听到贞德的想法大为吃惊,他不敢相信来拯救法国的人竟然是一个女人,尽管他自己在军事和政治方面十分无能。查理惊呼:"一个卑微的女子要拯救法国! 真是闻所未闻,令人难以置信!"(A humble Maiden to deliver France!/One

---

① Jean-Charles Seigneuret. *Dictionary of Literary Themes and Motifs L-Z.* New York: Greenwood Press, 1988, p. 1045.

② Stephen Prickett. *The Context of English Literature.* London: Methuen & Co Ltd Press, 1981, p. 17.

whom it were not possible to hear,/And disbelieve!①)查理先是质问迪努瓦将军手下人是否知道贞德的来历,接下来又和一名侍卫交换衣服,试探贞德是否有慧眼。贞德看穿了查理的把戏并宣告她将在兰斯见证查理加冕。查理派了众多牧师、高级教士和学者验证贞德的能力,毫无例外他们全是男性。这一幕使人体会到贞德拥有非凡的勇气和才智,仁慈又有耐心,在一个男权社会里,她是孤独和无助的。这说明妇女在当时的政治活动中没有被赋予地位或权利,其劣势和从属地位是根深蒂固的。

在革命的年代,骚塞的共和思想在《圣女贞德》中可见一斑。作品的创作背景和主题人物之间有着千丝万缕的联系。萨义德指出:"没有人曾经设计出什么方法可以把学者与其生活的环境分开,把他与他(有意或无意)卷入的阶级、信仰体系和社会地位分开,因为他生来注定要成为社会的一员。这一切会理所当然地继续对他所从事的学术研究产生影响,尽管他的研究及其成果确实想摆脱粗鄙的日常现实的约束和限制。"②1789 年,法国大革命的曙光初照,尚未取得最后胜利,封建专制虽遭受重创但尚未退出历史舞台。骚塞在诗中凸显以贞德为首的人民群众的利他精神和查理的利己主义的对照,剖析人民的付出和国王的收获之间的关系,揭示了人民群众在政治体制中未受到应有重视的社会现实。马克思曾说:"每一个企图代替旧统治阶级的地位的新阶级,就是为了达到自己的目的而不得不把自己的利益说成是社会全体成员的共同利益,抽象地讲,就是赋

---

① Robert Southey. *The Poetical Works of Robert Southey*. New York: D. Appleton & Co. Press, 1839, p. 22.

② 萨义德. 东方学. 王宇根,译. 北京:生活·读书·新知三联书店,1999:13.

予自己的思想以普遍性的形式,把它们描绘成唯一合理的、有普遍意义的思想。"①

另外,该诗表现了男性的政治统治地位和女性的从属地位的对立,阐述了妇女追求平等的愿望与她们身为"二等公民"的社会现实之间的矛盾。就女性在社会生活中所处的从属地位而言,诗中的贞德创造了三个奇迹。第一个奇迹是贞德作为平民女性开始为民族的命运担忧。她为国家遭受的侵略忧心忡忡,进而将民族的命运和个人的命运联系在一起,这标志着女性国家意识的觉醒。第二个奇迹是她认为自己有责任维护领土的完整。她有明确的目标,那就是为奥尔良解围,然后在兰斯为查理加冕。这标志着女性角色从家庭到社会的转变。她把王冠戴在查理头上,完成使命后,退出了政治舞台,没有丝毫的留恋,这是第三个奇迹。她拒绝留在宫廷享受世俗的功名利禄,表现了女性高尚的道德情操。在该诗结尾部分,贞德有两个举动意义深远:其一是她将王冠戴在查理头上;其二是她下跪,并抓住查理的膝盖。第一个动作可以理解为她是平民的代表,代表民众将王冠戴在储君头上,因此查理的君权是人民授予的。百年战争中法国人民为了加冕自己的国王做出了前赴后继的牺牲,因此君权是建立在人民(包括妇女)的基础之上的。第二个动作意味着贞德恳求查理执政时要公正和仁慈,因为他的支持者是为了正义而战。贞德说:"你的王位建立在正义之上,不要让外国敌人动摇它。"(in righteousness thy throne/Shall then be stablish'd, not by

---

① 马克思,恩格斯. 马克思恩格斯全集:第三卷. 中共中央马克思恩格斯列宁斯大林著作编译局,编译. 北京:人民出版社,1995:54.

foreign foes/Shaken.①)她相信如果查理忠诚于人民、热爱人民,他的王位可以牢固。在贞德决定退出时查理并未挽留,这表明骚塞认为男性主宰的政体仍将延续。

第三节 贞德形象的美学意义

《圣女贞德》这部在革命年代创作的浪漫主义诗歌,发表在《抒情歌谣集》之后,是"湖畔派"诗人的重要作品之一。骚塞塑造的贞德形象是对浪漫主义诗歌的全新宣传,赫兹列特指出,湖畔派出自法国大革命,"或者确切地讲出自催生那场大革命的情感和思想。这些情感和思想在同一时期间接地由德国被译介到了英国。到了上个世纪末②,我们的诗歌在蒲柏和古法国诗风的追随者们的手中已变得陈腐不堪、了无生气、机械刻板。因此,它需要某种刺激之物,结果人们在法国革命的原则及其实践中找到了这种刺激之物。"③本节认为,贞德形象的重要性不再拘囿于文学范围,她涉及整个社会,从这个意义上说,贞德形象反映了骚塞对史诗人物塑造的创新和女性人物形象的升华。

一、主题人物形象的创新

从欧洲文明源头的作品之一《荷马史诗》来看,女性已具备史诗文学形象的雏形。《荷马史诗》的女性形象基本上

---

① Robert Southey. *The Poetical Works of Robert Southey*. New York: D. Appleton & Co. Press, 1839, p. 59.

② 此处指的是十八世纪末。

③ 张旭春.政治的审美化与审美的政治化——现代性视野中的中英浪漫主义思潮.北京:人民出版社,2004:9.

可以分为两类：一类是倾国倾城的美女，以外貌著称；一类是忠贞贤惠的妇女，以内涵出名。前者如海伦，希腊第一美女，原本是斯巴达的王后，后被帕里斯抢走，从而引发了战争。后者如裴奈罗佩，在丈夫杳无音讯的二十年中，尽心尽力地抚养儿子，操持家务，并用智慧拒绝了所有爱慕自己的人，只为等待丈夫归来。

《荷马史诗》中的女性形象从某种程度上能够说明当时女性的社会地位。首先，女性在父权社会中处于附属地位。海伦的美本是一种自然赋予的权利，本身并无对错可言，然而，在当时的社会背景下，她的美成为男性争夺财富的借口，成为人们争相掠夺的对象，甚至连她自己都认为她是一切灾难与血腥的起因。另一人物裴奈罗佩忠贞坚定，可奥德修斯仍然猜疑她、试探她；儿子特勒马科斯以主人身份自居，强调自己的地位，尤其是自己作为男人的地位，对母亲毫不尊重。在他的眼中，在父亲外出不在家时，自己才是真正的主人。这两类女性的命运的共同之处是，无法决定自己的归属，更没有自主权，只能服从别人的看法，没有表达自我的机会。她们体现了男性占统治地位的社会对女性的束缚与要求，以及女性的屈从地位。① 正如法国女性主义理论家埃莱娜·西苏（Hélène Cixous）所说，在父权社会下，女性根本没有表达的权利，只能作为一个被言说的他者存在着；女性因此也就丧失了想要表达自己的意识，无法创立女性自己的话语体系。

在英国最早的史诗《贝奥武甫》（*Beowulf*）中，女性以妖魔的形象出现。贝奥武甫杀死妖怪格兰代尔后，妖怪的母亲兴风作浪伤害众生，为她的儿子复仇。贝奥武甫应招前往妖怪的母亲所住的地方：一个阴暗之地，荒原中的一片

---

① 仇春.欧洲文学版图的更新.苏州：苏州大学，2010.

恐怖的土地。贝奥武甫在湖底挥舞宝剑，割下了妖怪的母亲的头。众所周知，人类原始社会经历了母系社会和父系社会两个阶段。在母系社会阶段，生产力落后，原始人对女性生殖力的崇拜，使得女性在当时具有较高的地位。随着生产力的发展，男子在农业、手工业和商业中所起的作用越来越大，男性的优势越来越明显，因此父权制逐渐确立，女性地位则逐渐下降。从《贝奥武甫》可以看出，当时的人们已经结束了漂泊不定的生活，过上定居的生活，农业也成为主要的生产活动。随着农业技术的不断改进，男性在生产中担任越来越重要的角色，这就决定了男性在生产、生活中的主导地位。而女性的职责也逐步从社会转入家庭，母权制逐渐被父权制取代。但由于母权时代所形成的对于女性的崇拜和恐惧心理仍然存在于人们的无意识状态中，在《贝奥武甫》中人们依然能够清晰地看见这种崇拜和惧怕女性的意识的痕迹。

正如马克思所说，"物质生活的生产方式制约着整个社会生活、政治生活和精神生活的过程"①。随着社会发展，在文艺复兴时期，一切旧的思维模式逐渐被新的力量摧毁，人们不再被旧的枷锁束缚，但是新的一切还没有被确立起来，人文主义成为这一时期的核心。这个时期的女性人物形象散发着人性和爱的气息，表达出女性的尊严和崇高。斯宾塞的《仙后》(*The Faerie Queene*)包含一系列深刻的道德寓意，被认为是人文精神的里程碑。该诗叙述青年王子亚瑟在梦中遇见仙后格罗丽亚娜②，醒来之后就去寻找她。斯宾塞通过描写人物的道德全景，给读者展现了一个

---

① 马克思，恩格斯. 马克思恩格斯选集：第二卷. 中共中央马克思恩格斯列宁斯大林著作编译局，编译. 北京：人民出版社，1995：32.
② 意为光辉，象征着伊丽莎白一世。

全新的道德世界,其中的女性人物格罗丽亚娜所象征的伊丽莎白一世全面诠释了美德的具体品质和含义。诗中的众多女主人公如乌娜、贝尔福柏和美狄娜等,都象征性地代表着这位英格兰女王的某些方面。按照斯宾塞的说明,其创作意图是用美德和善行来塑造高贵和纯洁的人。斯宾塞以此巨著来歌颂和赞美英国,格罗丽亚娜形象代表了英格兰的形象,这位非同寻常的女性将具体的形象与王权或整个王国相提并论,后来被诸多评论家解读为无形的、永恒的和完美的超体。

到了十七世纪,欧洲的启蒙运动开始。它是继文艺复兴后又一次反封建的思想解放运动,"崇尚理性"成为时代的核心。这个时期文学创作的主流是古典主义,在创作理论上强调模仿古代,主张用规范的语言,按照规定的创作原则进行创作,追求艺术完美。蒲伯的戏仿史诗《秀发遭劫记》[①](*The Rape of the Lock*)塑造的女性人物贝琳达反映了当时女性的社会地位,成为道德说教的载体。例如,任晓晋、侯铁军认为蒲伯在《秀发遭劫记》中将女性物化为瓷器,即贝琳达的形象与瓷器是类比关系,瓷器的完整是女性贞洁的象征。在瓷器的女性化与女性的瓷器化过程中,男性将自己的审美和欲望投射到女性和瓷器之上。在这些具体的人和物上,男性赞叹她们(它们)的肤色、纯洁和精致,获得感官享受,女性和瓷器一样成为男性欣赏和把玩的客体。[②] 作为当时上层社会年轻女性的典型,贝琳达外表美丽、高贵,却缺乏主观能动性,只能像美丽的瓷器一样被交

---

① 中文书名为黄杲炘所译,中文版于 2007 年由湖北教育出版社出版。

② 任晓晋,侯铁军. 两性审美和欲望的焦点——论 18 世纪英国诗歌中的中国瓷器. 外国文学研究,2013(6):98.

易,成为一种摆设供人欣赏,无法掌控自己的命运。

总体来说,女性形象与整个社会的发展密切相关。从原始社会到资本主义社会,女性的权利和命运在不同时期各不相同,女性相对于男性具有附属性、非自主性、次要性等特点,这些逐渐成为学者关注的焦点。正如西蒙娜·德·波伏娃(Simone de Beauvoir)所说,"人就是指男性。男人并不是根据女人本身去解释女人,而是把女人说成是相对于男人的不能自主的人。……定义和区分女人的参照物是男人,而定义和区分男人的参照物却不是女人。她是附属的人,是同主要者(the essential)相对立的次要者(the inessential)。他是主体(the Subject),是绝对(the Absolute),而她则是他者(the Other)"①。在父权社会,女性的依附和男性的征服是密不可分的。

该诗中圣女贞德的自由思想和平等意识使她明显与以往的女性人物形象不同。女性其实并不是生就的,而是逐渐形成的,即女性的命运不是其生理结构造成的,而是整个社会、文明造成的。贞德的思想与其独特的人生经历密切相关:得到"神的启示",拥有非凡的能力,征战沙场,成为民族英雄。从这一点上讲,她本身的知识能力和后来的话语权相关。在贞德的世界中,她的能力积淀起了话语权,从而获得了政治权利,是一个知识能力—话语—权力的构建过程。首先,她在时代的呼唤面前渴望成为自我的主宰和言说的主体,而不止是被言说的他者,这在一定程度上摆脱了附属的、被遮蔽的边缘处境。她在女性自我意识觉醒之后,敢于挥舞历史上曾专属于男性的话语大旗,投身到反抗侵略的战争中,与男性进行平等的对话,积极进行女性的话语

---

① 波伏娃.第二性:第 2 版.陶铁柱,译,北京:中国书籍出版社,2004:序 4.

表达，实现女性话语权的建构。贞德形象反映了女性的价值和主体身份得到社会认同，实现了女性身份的超越。

除了女性身份的超越，贞德形象也实现了史诗主题人物素材的创新。首先，贞德是异国的民族英雄，她以自身行动决定了整个法国民族的命运。骚塞选择历史上曾与英国敌对的异国人物进行歌颂，这在浪漫主义之前是罕有的。其实在法国资产阶级革命至拿破仑帝国时期，英国持续不断地同法国进行战争。英国多次组织反法同盟，武装干涉法国革命，在一个敌视法国情绪非常强烈的时刻，歌颂法国女民族英雄需要极大的勇气，因此骚塞的选择是勇敢的、开创性的。其次，贞德出身平民，这位十六岁的农村少女被天使要求带兵收复当时由英国人占领的法国领土。后来她几经波折，得到兵权，解奥尔良之围，并多次带兵打败侵略者。骚塞歌颂平民女子，将她摆在与帝王将相平等的位置，突破了传统史诗的局限。

有学者认为骚塞在创作《圣女贞德》时还不是浪漫主义者，他的目光依然投射在他所处的时代。本人认为骚塞笔下的贞德或多或少反映了"湖畔派"创作的共性，正如赫兹列特所说，"湖畔派以一种消极逃避的方式将作为社会政治革命的法国大革命转化成了一种内在的审美革命，从而放弃了法国革命本身十分关键的外在诉求：(在湖畔派笔下)，所有常用的诗歌修辞，如比喻(tropes)、讽喻(allegories)、拟人法(personification)以及所有异教的神话均被废弃；古代的典故被视为无用的花哨雕饰；如同实际生活中的贵族专用词一样，大写字母在印刷品中也被禁止；国王和王后们从悲剧和史诗中的合法王位上被拉了下来，如同他们在政治生活中被罢黜了一样……"①因此,贞德形象具有鲜明的时代特征,体现了骚塞对史诗人物形象塑造的创新。

二、女性人物形象的升华

贞德的爱国精神在为民族自由而战的过程中升华为对人类的爱。贞德是劳动人民的代表,她在民族危急关头冲破社会习俗的束缚,树立了女性追求自由和平等的新形象。在此基础上,她表现出强大的博爱精神,实现了自我超越,成为神圣女性形象的典范。在收复奥尔良之前,贞德派人到英军军营送信,希望英方放下武器,在平安返回英国之前,将占领的城市交给查理。贞德以上帝的名义出兵,她相信一定能够将英军赶出法国,但她希望双方能够免于流血鏖战。英军的拒绝令她痛心,因为她知道会有英军将士在战斗中丧生,有些人会因此再也见不到太阳,英国的母亲们会为失去儿子痛苦,英国的妇女们会为失去自己的丈夫或恋人哭泣……在贞德心中,仁慈比刀剑更重要。贞德的大爱超越了国家和民族,上升到对人类做出无私的善举。法军在一次胜仗之后,俘虏了大量英军。根据当时的惯例,这些俘虏将被处死。贞德出面阻止了杀戮,保证了英国俘虏的人身安全。她甚至派了法军将领保护俘虏的安全,因此贞德不仅是一位爱国主义者,而且是一位世界公民。对贞德来说,对人类的博爱与对民族的忠诚并行不悖,相反,这是民族主义的圆满履行。

完成自己的使命之后,深得民心的贞德并不眷恋权力,最终她将王冠戴在查理头上。为了人民的权利,她请求查理多考虑自己的责任,并对国王未来的执政提出了具体要

---

① 张旭春.政治的审美化与审美的政治化——现代性视野中的中英浪漫主义思潮.北京:人民出版社,2004:9-10.

求。贞德希望查理能够为法国人民带来幸福而不是痛苦,并告诫查理不要压迫人民。在查理执政期间,贞德不允许法国再次出现孤儿寡母的呻吟,奉承谄媚的话语,饥饿的哭喊,罪孽深重的法律,受苦受难的穷人,坏人当道、恶人逍遥的情况。贞德希望查理的王权建立在公平正义的基础之上,只有这样王位才能牢稳,国外势力才不能使之动摇,国内的反对力量才无计可施。贞德指出以忠诚和仁慈建立起来的政权才是民心所向。

作为封建时代的君主,查理内心未必能真正接受这些民主思想,但无论如何应思考贞德提出的当下的执政要求。正如马克思所说,"旧日的回忆、个人的仇怨、忧虑和希望、偏见和幻想、同情和反感、信念、信条和原则"与政治实体相联结,"在不同的所有制形式上,在生存的社会条件上,耸立着由各种不同情感、幻想、思想方式和世界观构成的整个上层建筑。整个阶级在它的物质条件和相应的社会关系的基础上创造和构成这一切"。[①] 贞德将王冠戴在查理头上是一种给予,虽然她不是上帝。在启蒙运动之后,人们逐渐从王权神授的政治理论中解放出来。对贞德个人来讲,退出政治舞台并不意味着权力的丧失,她的政治意识已转化为一种利他的精神。正如艾·弗洛姆(Erich Fromm)所说,"给予是潜能的最高表达,正是在给予的行为中,我体验到我的力量,我的财富,我的能力。这种提高生命力和潜能的体验使我充满了欢乐。因为我作为流溢、消耗、活着的我而体验着我自身,因此是快乐的。给予比接受更快乐。并不是因为它是一种被剥夺,而是因为在给予的行为中表示了我生

[①] 马克思,恩格斯. 马克思恩格斯选集:第一卷. 中共中央马克思恩格斯列宁斯大林著作编译局,编译. 北京:人民出版社,1972:629.

命的存在"①。贞德超越了对政治地位和权利的追求。

贞德的婚姻观和爱情观也与当时大多数的妇女不同。当时的法国是父权社会,丈夫是生产劳动者,是超出家庭利益面向社会利益的人。因此当战争来临时,丈夫要离开家庭去履行婚姻之外的责任和义务。在走出家庭之后,在建设集体未来的同时,丈夫通过与人合作开创他自己的未来,所以丈夫是超越的化身。而女人注定要去延续物种和料理家庭。女人被单调重复的家务劳动和沉重的母性负担所束缚,她的自由权利受到了限制。贞德的女友玛德琳在丈夫参军后历经一年四季漫长的等待,等来的是丈夫阵亡的消息。失去丈夫的玛德琳每日生活在悲痛之中不能自拔,再也不能找回往日的幸福。贞德的斗志在玛德琳葬礼后的雨夜被唤醒了,女友的悲惨人生使得贞德不再将自己定位于家庭,而是走出去和男子们并肩战斗。恋人西奥多得知贞德身负神圣使命感到异常欣喜,表示愿和她一起到前线。贞德的独立自主使他们的爱情显得弥足珍贵。其实,自立在婚姻中的作用也是至关重要的,波伏娃认为"理想的婚姻应当是完全自立的人只根据互爱的自由意旨建立起来的彼此结合"②。可以预见他们的婚姻会有牢固的基础,但贞德预知自己未来会被烧死,于是告别西奥多,返回前线。贞德对西奥多的爱超越了爱情本身,是难能可贵的。

贞德的神圣形象并非源自宗教或其他超自然的力量。骚塞对贞德事迹的描述也未涉及任何巫术,当有人问及她的信仰时,她坦率地回答她信仰自然。对于贞德来说,她的

---

① 弗洛姆.爱的艺术.李健鸣,译.上海:上海译文出版社,2008:24.
② 波伏娃.第二性:第2版.陶铁柱,译.北京:中国书籍出版社,2004:434.

平等和博爱精神来自大自然的指引,大自然是她最好的向导。一个教士对圣女贞德说:

"女人,你似乎蔑视
我们神圣教会的礼仪;你说——
假如我没有听错你的意思——
在孤独中,是大自然在教导着你的宗教情感,
对于弥撒、赎罪符和圣饼的用途,你一概不知。
可是,大自然如何能教导你皈依真正的宗教,
如果你被剥夺了这一切? 自然只能把你引向罪孽,
只有教士才能教会你如何忏悔自己,
才能让圣彼得为你打开天堂的大门,
从炼狱惩罚的火焰里解救出你的灵魂。"

圣女贞德回答:

"神圣教会的神父,
如果像我这样一个天真的姑娘
对这些深奥的教义有所误解的话,
请不要把这归罪于自我放纵的理性
在对永恒的智慧夸耀它自己的力量。
真的,我已经有好久没有听到过
举行弥撒时那高声的合唱,也没有
用颤抖的嘴唇去把那神圣的圆饼品尝;
不过,那些小鸟作为晨曦的前奏唱出的
欢快的歌声,我以为在它们那热烈的
幸福旋律之中,会鸣奏出更加甜美的感恩曲,
胜过那高高的屋顶下人们的一切歌唱。……
然而,我从没有从那低垂着的葡萄枝上
毫不谢恩地摘过累累的硕果,或是忘却过
赐予这无血之盛宴的上帝。然而,阁下

> 却对我说,自然只能把人们引向罪恶!
> 去寻找受伤的羔羊,为它包扎伤处,
> 用我的泪水为它洗涤伤口,如果这是罪恶。
> 这便是自然教给我的! 不,神父,不!
> 把人们引向罪恶的不是自然;
> 自然完全是恩惠,完全是爱,
> 完全是美! 在一片恬静的绿荫深处,
> 没有那使愤怒的火焰烧红面颊的邪恶,
> 那里没有悲惨的景象,也没有不幸的母亲,
> 面容因饥饿而苍白,以如此憔悴和如此悲苦的
> 目光,俯视着她那饥饿的婴儿,像是有一天
> 必定会滔滔不绝地发出咒骂,
> 对压迫者提出控诉!……"①

贞德肯定了大自然的崇高,认为大自然的恩惠是爱、是美,指引她维护人世间的平等和幸福。当人有了创伤时,大自然能够为其疗伤。骚塞的描述与另一湖畔诗人华兹华斯笔下的大自然的作用类似,在诗人眼中,大自然不仅仅是背景,而且拥有使人善良和净化人的精神的力量。自然界的美好事物使人们怀有感恩之心,使人们找到纯洁的思想支撑,引导、保护人们道德生命的灵魂,使人们从苦难和罪恶中解脱。

贞德形象是女性人物的升华,因此,称其为"圣女"是恰如其分的。贞德的美学价值在于她的意识形态,在一个男女不平等的年代,贞德以自由、平等的精神为指引,发扬爱国奉献精神,在战争年代实践博爱思想。贞德在

---

① 勃兰兑斯.十九世纪文学主流:第四分册 英国的自然主义.徐式谷,江枫,张自谋,译.北京:人民文学出版社,1984:108-109.

大自然中找到理想的境界,找到乌托邦,把人们的情感从艰难困苦甚至极端危险的生存境地引向一种远大而美好的目标。贞德的意识形态引领人们产生生存的归宿之感和追求目标,实际上人类的种种欢乐、悲哀与痛苦,往往无法逃脱意识形态的天罗地网。骆冬青认为:"政治美学的核心就是意识形态美学。作为政治的旗帜,意识形态无论是以'自由女神'引领人们冲锋陷阵,还是以其他什么形象来表达,其美学特征都在于既深入到人的基本欲望之中,又用各种理想、情感、意志与理性所构成的文化形态来'升华'欲望。"①

因此,贞德形象的影响不仅仅属于英法百年战争,不再拘泥于法国大革命年代。它超越了时代,超越了女性本身,其神圣的内涵是永恒的。歌德的《浮士德》作为西方精神的象征道出了"升华"美学的真谛:"永恒的女性,引我们飞升。"绿原在注释"永恒的女性"时说:"我们并不能凭借自身的力量,去接近真实的存在,达到伦理上的圆满境界,只有靠外来的力量,我们才能解脱感官的束缚和凡胎的累赘。这些力量可以叫作宽恕、恩宠和爱,它们在永恒的女性身上得到最纯洁、最完善的形式。"②骚塞笔下的贞德与希腊的海伦,分别成为尘世中神圣与美貌的象征。在革命的年代,贞德形象广泛为人所接受,超越了政治权力所要求的"表面"上的屈从与服从,大众"心悦诚服"地、在心灵和情感的层面愉快地接受给定的统治。

---

① 骆冬青.论政治美学.南京师大学报(社会科学版),2003(3):108.

② 歌德.浮士德.绿原,译.北京:人民文学出版社,1994:531.

第二章
《毁灭者撒拉巴》人物的悲剧审美研究

关于"悲剧",中外学者给出了各式各样的定义。鲁迅在《再论雷峰塔的倒掉》中说,悲剧就是"将人生的有价值的东西毁灭给人看"。亚里士多德给出的定义是,"它是对一个严肃、完整、有一定长度的行动的模仿,它的媒介是经过'装饰'的语言,以不同的形式分别被用于剧的不同部分,它的模仿方式是借助人物的行动,而不是叙述,通过引发怜悯和恐惧使这些情感得到疏泄"①。追溯悲剧的起源,最早并不是在舞台上,而是源于希腊酒神祭礼。悲剧在古希腊文中的原意是"山羊的歌",古希腊人在祭祀酒神狄俄尼索斯的时候要献上山羊,以独唱或合唱对答的形式来歌唱狄俄尼索斯的故事并赞美他的再生。因此悲剧起源于宗教祭礼。在这种仪式上,人们打破一切禁忌,狂饮滥醉,放纵自己的欲望。狄俄尼索斯的死所带来的悲痛,最终被他的复活引起的快乐取代,这便是悲剧的由来。尼采认为:"这是为了追求一种解除个体化束缚、复归原始自然的体验。对于个体来说,个体的解体是最高的痛苦,然而由这痛苦却解除了一切痛苦的根源,获得了与世界本体融合的最高的欢乐。"②在尼采看来,悲剧在本质上是酒神艺术,是世界本体

---

① 亚里士多德.诗学.陈中梅,译.北京:商务印书馆,1996:63.
② 尼采.悲剧的诞生.周国平,译.北京:生活·读书·新知三联书店,1986:译序 2.

情绪的表露。

作为一种艺术形式,悲剧不可能像滑稽戏或喜剧那样开玩笑,它是严肃的,因此比别种戏剧更容易唤起道德感和个人感情。朱光潜认为悲剧艺术有几种较重要的表现手法:空间和时间的遥远性,人物、情境与情节的非常性质,艺术技巧与程式,强烈的抒情成分,超自然的气氛。因此,悲剧精神与写实主义是不相容的。悲剧中的痛苦和灾难绝不能与现实生活中的痛苦和灾难混为一谈,因为以上几种悲剧表现手法使悲剧与现实之间隔着一段距离。悲剧"所表现的情节一般都是可恐怖的,而人们在可恐怖的事物面前往往变得严肃而深沉。他们或者对生与死、善与恶、人与命运等等问题做深邃的哲理的沉思"。①

关于悲剧中的人物,尼采认为悲剧中的个人注定应当变成某种超个人的东西。根据悲剧的思想方式,个人应当忘记死亡和时间给自己造成的可怕焦虑,因为即使在他的生命的最短促瞬间和最微小部分中,他也能够遇到某种神圣的东西,足以补偿他的全部奋斗和全部苦难而绰绰有余。如果有朝一日人类必定被毁灭,那么它在一切未来时代的最高使命就是紧紧联结成为统一体和共同体。这个使命使得它能够作为一个整体,怀着一种悲剧的信念,去迎接它即将到来的毁灭。人的高贵化都包括在这个最高使命中了。②

因此,正如朱光潜在《悲剧心理学》一书中所说,欣赏悲剧作为一种审美活动,人们应当把它与像哀悼亲友的死亡或庆幸敌人的失败这样的实际态度区别开来,尽管实际上

---

① 朱光潜.悲剧心理学.张隆溪,译.北京:人民文学出版社,1983:31.
② 尼采.悲剧的诞生.周国平,译.北京:生活·读书·新知三联书店,1986:127.

讨论悲剧的学者们通常把这两类不同的经验视为一类。但是，像传统美学那样把审美现象孤立起来，只强调它的纯粹性和独立性也是有失偏颇的，也就是说，把悲剧欣赏作为一个孤立的纯审美现象来描述，也是有局限性的。我们应当扩大传统的悲剧审美的范围，要分析悲剧的原因和结果，并确定它与整个生活中各种活动之间的关系。把范围扩大之后，我们就可以探索广阔得多的领域，其中包括审美经验与其他精神活动的关系。在《毁灭者撒拉巴》的悲剧审美过程中，读者可以将撒拉巴生命的自觉结束与自身精神的升华看作一体，领悟其在自戕的过程中表现出的超常的理性与道义感召力，发现其在艰辛的生命历程中表现出的崇高精神。亚里士多德所勾勒的崇高精神首先强调悲剧感。在悲剧氛围中，主人公必须是高贵的人物，主人公的受难又必须是不必要的过失所致，也就是说，主人公自身的正义性与庄严感保留得完整，而受难则表现为一种肉体和精神的双重折磨。

《毁灭者撒拉巴》（以下简称《撒拉巴》）发表于1801年，是骚塞创作的第三部叙事长诗。骚塞在1798年开始撰写，历经两年，于1800年10月在葡萄牙完成。众所周知，大多数与众不同的作品一经出版，读者的反响是毁誉参半的。恩内斯特·本哈德-卡必什在研究中指出，纽曼主教对此诗极感兴趣，认为它是英国诗歌中最具"崇高道德"（morally sublime）的一首诗；年轻的雪莱把它看作自己最喜欢的诗歌，并且他和济慈在后来写作叙事诗时以该诗为导向。本哈德-卡必什宣称这首诗可能是骚塞长诗中最重要的一首，最具影响力和历史意义。《撒拉巴》与众不同和引人注目的最

第二章 《毁灭者撒拉巴》人物的悲剧审美研究

主要原因是其华丽的异国情调。① 1801年的《英国评论家》(*British Critic*)杂志上有一篇文章认为该诗缺乏艺术价值,骚塞只是讲了一组"恐怖故事"(Tales of terror)。② 1802年的《杂志月刊》(*Monthly Magazine*)讲到,撒拉巴的传说或故事也许太神奇了。每一件事都是一个奇迹;每一件器具都是一个护身符;每一句话都是一个咒语;诗中都是命运和魔法压倒一切,而不是人类的希望和恐惧。这些会引起人们的强烈同情。③ 1802年的《爱丁堡评论》(*Edinburgh Review*)中有一篇文章在评价骚塞作品的同时,对浪漫主义流派做出了评价:"骚塞属于一个派别的诗人,他被视为其主要的拥护者和倡导者之一,在这十年或十二年内在这个国家树立了自己的地位……这一派别的追随者们极力夸耀它的独创性。这导致了对骚塞缺点的讨论,新诗人已经抛弃了旧模式,这当然可以被承认。但是人们还没有发现他们已经创造了自己的模式。"④

该诗由12卷构成,生动地叙述了阿拉伯青年撒拉巴的冒险经历,他历尽艰险替父报仇,终于战胜人多势众的邪恶巫师。故事的起因是一群巫师预知霍德拉家族将有人打败他们,为了阻止预言成为现实,他们残忍地屠杀霍德拉一家,只有少年撒拉巴和他的母亲逃脱灾难。撒拉巴痛不欲生,发誓要为父亲报仇雪恨。他只身到巫师居住的海底宫

---

① Ernest Bernhardt-Karbisch. *Robert Southey*. Boston: G. K. Hall, 1977. pp. 84 – 85.

② Lionel Madden. *Robert Southey: The Critical Heritage*. London: Routeledge & Kegan Paul Press, 1972, p. 64.

③ Lionel Madden. *Robert Southey: The Critical Heritage*. London: Routeledge & Kegan Paul Press, 1972, p. 67.

④ Lionel Madden. *Robert Southey: The Critical Heritage*. London: Routeledge & Kegan Paul Press, 1972, pp. 68 – 69.

殿探究底细,将一个企图杀害他的巫师杀死后,得到一枚戒指,因而得知父亲是巫师奥克巴所杀。撒拉巴穿越中东地区寻找邪恶的巫师决斗,后来在海底的岩洞力战众巫师,终于将巫师首领埃巴利斯杀死。而此时海底宫殿突然倒塌,这位英雄与敌人同归于尽。骚塞在该诗中成功地塑造了一个身负使命、无所畏惧、勇往直前的青年英雄形象。

第一节 撒拉巴人物形象特征

黑格尔认为:"人格的伟大和刚强只有借矛盾对立的伟大和刚强才能衡量出来。"[①]该诗的主题人物撒拉巴的人生充满了痛苦和凶险。他的人生体验毋庸置疑是灾难性的、悲剧性的:幼年失怙、青年丧偶、恶人追杀、出生入死等等。但是他身上展现出来的行为是对人生存在的价值的肯定。撒拉巴作为英雄人物,具有典型的正面特性。这种特性在外界和内心的冲突矛盾中进一步得到彰显。

撒拉巴的故事发生在中东地区,情节和骚塞的其他长诗一样错综复杂。霍德拉整个家族遭到不知名的敌人屠杀,只有他的妻子泽依娜布和最小的儿子撒拉巴幸免于难。母子二人逃到沙漠深处,在一个魔法花园,母亲撒手人寰。撒拉巴痛不欲生,请求天使允许他追随母亲离开这个世界,但是死亡天使宣告他已被命运授记。原来撒拉巴是身负使命的人——作为霍德拉的后人他将摧毁住在海底宫殿的一群邪恶巫师。正是这群巫师预知他们命中注定会被霍德拉的骨血毁灭,于是提前下手,试图把霍德拉家族斩尽杀绝以阻止命运的安排。后来巫师首领埃巴利斯通过魔法得知毁

---

① 朱光潜.西方美学史.南京:江苏人民出版社,2015:440.

灭者仍活在人间,于是派遣阿卜杜勒去追杀撒拉巴。此时的撒拉巴已被善良的平民莫斯收养,与莫斯父女过着宁静的生活。一天,在撒拉巴祈祷时,阿卜杜勒企图用短剑刺死他。然而,突然刮起的一阵沙漠干热风击毙了巫师,虔诚的祈祷者毫发未伤,并且得到了死者的一枚魔戒,从而得知杀父仇人是谁。少年撒拉巴长大后爱上莫斯的女儿欧内莎,但是使命敦促他离开莫斯父女前去除魔。在沙漠,他母亲的灵魂命令他先到巴比伦,向天使请教完成使命需要什么护身符。而此时另一巫师洛巴巴装扮成一位老人与撒拉巴同行,诱惑他使用魔戒过舒服日子,但撒拉巴遵从天意拒绝使用魔戒,洛巴巴见此计不成便施巫术想置他于死地,平地突起的一阵旋风将巫师摔死,撒拉巴则安然无恙。

在巴格达,撒拉巴遇到武士穆罕拉布(其实也是巫师),二人一起来到天使们居住的阴森恐怖的岩洞。这些天使必须回答人们提出的所有问题,无论是好是坏。在这里,撒拉巴手上的魔戒保护他免遭穆罕拉布的弯刀所杀,而在关键时刻撒拉巴主动放弃了对魔戒的依赖,将它抛到深渊,以自己的血肉之躯和正义战胜了邪恶力量。此时天使告诉霍德拉之子,完成使命所需的护身符就是内心的信仰,而非外物。

岩洞外的骏马将撒拉巴带到一片美丽的高原,那里的宫殿金光闪闪,鲜花盛开,还有成群的舞女。撒拉巴想到欧内莎,拒绝了诱惑。此刻他吃惊地发现欧内莎正在被图谋不轨的恶人追赶,于是他杀死歹徒,而这个歹徒正是一位国王的敌人,因此撒拉巴得到国王的奖赏,获得了财富和名誉。欧内莎在名利面前非常警惕,她提醒撒拉巴不要自负和傲慢,因为命运已授记于他。但撒拉巴此刻忘记了神圣的使命,执意在辉煌的宫殿里与欧内莎举行盛大的婚礼。参加婚礼的客人散去后,撒拉巴发现新房里走出来的是死亡天使。因为他的傲慢之罪,欧内莎已死亡。撒拉巴伤心欲绝,整天沉浸在悲痛之中不能自拔,莫斯劝告他应完成自己的使命,不要再悲哀和抱怨,于是毁灭者撒拉巴再次出征。在一个荒凉的洞穴中,他被女巫麦穆娜施以法术加害,但神圣、静谧的夜晚唤醒了女巫的心灵,她转而为撒拉巴松绑,祈祷神解除魔咒,摒弃自己的罪恶,后来带着微笑死去。毁灭者埋葬了麦穆娜,继续前行。

在北极的冰雪天地中,撒拉巴发现了一个热带花园,里面住着可爱的少女莱拉。开始,撒拉巴并不知道她是杀父仇人奥克巴的女儿。奥克巴预知女儿将会死于撒拉巴之手,多年前就把她独自关在冰雪中的花园之内。孤独、毫不知情的莱拉热情地欢迎撒拉巴的到来。奥克巴得知在劫难逃,于是忍住悲哀让撒拉巴尽快动手杀死莱拉,但复仇者拒绝杀害无辜。这时死亡天使再次出现,宣布她要从撒拉巴手中接走莱拉,否则他将死去。当撒拉巴欲结束自己的生命时,奥克巴出于傲慢拔出短剑刺向他,莱拉见状冲上前挡住短剑,死在撒拉巴的怀中。莱拉的灵魂升起,在空中变成了一只绿色的鸟,为撒拉巴引路。撒拉巴来到"太古鸟"栖息的地方,"太古鸟"吩咐他先到岩石泉沐浴,洗净身上世俗的污点,如此方可完成使命。在到达海底宫殿的前一天,绿鸟(莱拉)请求撒拉巴忘记对她父亲的仇恨。撒拉巴的心灵经历了最后的净化,他决定实施摧毁,但此刻他已放弃为个人复仇的动机。他即将实施的毁灭丝毫不是出于私心,因此是纯洁的毁灭。最后他来到海底宫殿,发现并抓住了父亲霍德拉的短剑,力战以埃巴利斯为偶像的众多巫师,但他的短剑没有刺向莱拉的父亲奥克巴,而是告诉杀父仇人要忏悔。撒拉巴把埃巴利斯杀死之后,海底宫殿轰然倒塌,英雄与众敌同归于尽。最后,毁灭者撒拉巴在天堂与妻子欧内莎团聚。撒拉巴的复仇冒险经历贯串整部史诗,主旋律雄伟、悲壮。

一、肩负使命,披荆斩棘

该诗自始至终凸显自然环境给主人公人身安全带来的威胁。黑格尔认为,在典型人物性格塑造与典型环境的关系方面,"典型环境起着决定典型人物性格的作用"①。撒拉巴生存的外部世界充满了艰险,一方面来自自然环境,另一方面来自敌对势力。外部环境的空旷、黑暗、寒冷、幽邃等对主人公的生存构成极大的威胁;敌对势力的人多势众、狡猾凶残时时将撒拉巴置于生死边缘,然而,无论身在何处,遇到何种冲突,主人公总是勇敢面对,牢记使命,义无反顾地无畏前行。

该诗开头即描写撒拉巴身陷空旷和无助的境地。年幼的他与惊魂未定的母亲劫后余生,逃到荒无人烟的沙漠,面临的是令人绝望的空寂:苍穹下没有草木、没有任何遮挡物,母子饥饿、干渴,放眼望去,只有延绵不断的沙丘。沙漠很大程度上像一个无限的空间,更加衬托出年幼的撒拉巴形单影只、孤立无助。诗中有多处刻画他身临无限的、深不可测的空间。例如第五卷描写撒拉巴来到天使居住的岩洞口,那里有个巨大的湖,里面咆哮翻滚着像沥青一样黑的湍流,岩洞深处传来尖叫声,随同的巫师不敢上前,并且担心打不过守门的巨魔。

撒拉巴复仇的途中充满黑暗与寒冷。撒拉巴出征的场景是在正午的黑暗中,太阳被完全遮挡。第三卷描述罗望子树下,撒拉巴和莫斯父女一起生活的四年。其间他长大成人,阿拉伯没有比他更英俊强壮的青年,莫斯待他如父,

---

① 朱光潜. 朱光潜全集:第五卷. 合肥:安徽教育出版社,1989:320.

莫斯的女儿和他情同手足,他们衣食无忧,生活幸福满足。但总有一个念头萦绕在撒拉巴心上,他经常梦想那一天的到来:他亲手杀死杀害父亲的仇敌。终于有一天,他得到消息:"当正午的太阳被黑暗遮住时,霍德拉的儿子,请离开。"(When the sun shall be darkened at noon, son of hodeirah, depart.①)这天中午发生了日食,大自然以自己的语言传递了神秘的信息,撒拉巴在"可怕的中午"(dreadful noon)动身,莫斯父女感到悲伤,撒拉巴感到喜悦。他告诉莫斯他完成自己的使命后就返回,再也不离开。这是黑暗旅程的开端,也预示着他将独自穿过无尽的黑暗到达终点。

第八卷描写当来到女巫麦穆娜的岩洞时,已经筋疲力尽的主人公又累又饿,无边的寒冷让他昏了过去。当时的场景是天空中没有太阳,厚重的云层弥漫在空中,大雪飘落。霍德拉之子醒来后冻得全身血流缓慢,双手通红,嘴唇发紫,遭受霜冻的双脚疼痛难忍。伴随他的还有无尽的黑暗。夜晚来临,天空中没有月亮和星星,周围只有无边的白雪,在凛冽的寒风中,唯一的声音是他在深雪中嘎吱嘎吱的脚步声。

除了自然环境的空旷、黑暗、寒冷等等,撒拉巴遭受的危险更多是来自形形色色的人物,尤其是巫师群体。他们处心积虑、无处不在,时时刻刻要置霍德拉之子于死地。起初他们并不知道霍德拉的八个儿子中哪个是毁灭者,他们认为有必要把整个家族斩尽杀绝。他们施展巫术,在派人杀戮的同时,监控象征霍德拉夫妇和八个儿子共十个人的火苗,结果火苗显示霍德拉家族有一人仍活在世间,于是派阿卜杜勒到阿拉伯沙漠的每个部落中搜查,不放过任何一

---

① Robert Southey. *The Poetical Works of Robert Southey.* New York: D. Appleton & Co., 1839. p. 247.

个帐篷。为了找到毁灭者,阿卜杜勒刻意寻求魔法的帮助。他利用手中的魔戒,将毁灭者生命的火焰注入其中,这样将来找到目标时魔戒中的火苗会自动跑出来,和毁灭者的身体融合在一起。除了采用魔法,他本人也费尽心机,昼思夜想的唯一一件事就是找到霍德拉之子。不知多少次他遇到可疑的少年,便拿出魔戒检测,每一次魔戒中的火苗依然燃烧,每一次都是徒劳无获。除了阿卜杜勒采用魔法,另一巫师洛巴巴采用苦肉计,假扮成老年旅行者与撒拉巴同行,获取撒拉巴的信任,得以靠近,以便寻找机会杀死这个令他们寝食难安的青年。在一个夜晚,毫不知情的撒拉巴躺下,注视着金合欢树叶间闪闪的月亮,平静地睡去,但是:

> 他身边的黑色魔法师并没有入睡,
> 来自海底岩洞的洛巴巴
> 找到了这个可怕的青年。
> 魔法师静静地躺着,假装睡着,
> 直到身边的青年伴随着长长的均匀的呼吸
> 已睡熟。
> 他小心翼翼地起身,
> 俯下身去,查看周围……

> Not so the dark Magician by his side,
> Lobaba, who from the Domdaniel caves
> Had sought the dreaded youth.
> Silent he lay, and simulating sleep,
> Till, by the long and regular breath he knew,
> The youth beside him slept.
> Carefully then he rose,
> And bending over him, survey'd him near ... (257)

魔法师打算在夜晚趁撒拉巴熟睡之际动手,结果没能得逞,之后多次寻找借口创造机会加害他,结果都无功而返。

撒拉巴跋山涉水,穿过无际的原野,丝毫看不到人的踪迹。他忍受着饥渴的煎熬,黑暗和寒冷令他极度怀念阿拉伯沙漠中的暖风。一次他看到一点儿忽明忽暗的灯光,发现在岩洞中有一个孤独的纺纱女。她微笑着欢迎他,但并没停止纺线。他开口向她要些吃的,她用歌声回答:

> 有只母熊,住我旁边,
> 她有幼崽,一,二,三;
> 她出去捕鹿,然后回到我这,
> 我和她一起,共享吃喝。
> 现在她已出去猎捕,
> 马上回来,带着猎物。

> The She Bear dwells near to me,
> And she hath cubs, one, two, and three;
> She hunts the deer, and brings him here,
> And then with her I make good cheer;
> And now to the chase the She Bear is gone,
> And she with her prey will be here anon. (290)

纺纱女甜甜地笑着,继续纺线。她用歌声要求撒拉巴:

> 我说,现在把线缠在你的双手上,
> 我请求,把线缠在你的双手上;
> 我的线很小,我的线很好,
> 可他必须
> 比你有力,
> 谁能把我的线扯掉!

> Now twine it round thy hands, I say,
> Now twine it round thy hands, I pray;
> My thread is small, my thread is fine,
> But he must be
> A stronger than thee,
> Who can break this thread of mine! (290)

毫无防备的撒拉巴把两只手都缠上了线,发现用尽全力也挣脱不了。这时纺纱女又一次歌唱,声音变得凶狠:

> 我谢谢你,我谢谢你,霍德拉之子!
> 我谢谢你,你解不开,
> 你用我纺的线把自己绑死!

> I thank thee, I thank thee, Hodeirah's son!
> I thank thee for doing what can't be undone,
> For binding thyself in the chain I have spun! (290)

此时他才明白是女巫麦穆娜设下陷阱。总之为了找到并杀死毁灭者,巫师们竭尽所能。在与人物对抗的过程中,毁灭者被来自敌对势力的层出不穷的手段加害,出生入死,艰难前行。

无论在恶劣的自然环境中还是在狡猾的敌对势力面前,史诗展现在读者面前的毫无例外是毁灭者一往无前的情景。例如第五卷撒拉巴来到天使居住的漆黑的、深不可测的岩洞口,当洞口打开时,他没有丝毫的迟疑,从容地走进茫无涯际的黑洞,并且大声宣告自己来这里的目的。第十一卷描写撒拉巴在雪橇上穿越一条陡峭、狭窄的道路,一侧是高高的石墙,一侧是悬崖峭壁,撒拉巴并未鞭打拉雪橇的狗,但他们身上流出的血染红了道路,在上空有邪恶的巨人引发雪崩,撒拉巴若是回头必死无疑。然而,撒拉巴勇往直前,雪崩的响声在身后回荡。

敌对势力居心叵测,除了使用残酷的手段,他们还设置了一种方式的角力来瓦解撒拉巴的斗志。毁灭者经受了一系列考验,有些是表面看上去相当美好,但是对使命在身的人相当危险且难以抗拒的诱惑。第六卷描写魔法师阿拉丁实施邪恶意愿的"罪恶天堂",即是一个有力的证明。一匹骏马将撒拉巴带到一条小溪旁,他溯溪而上,发现一个宽广的山谷,最后来到一个花园,他一开始以为是伊甸园,有一个老人告诉他这是专为世间有所作为的人建造的一片乐土,因为他们承担了伟业,所以要回报他们,让他们预先享受天堂般的幸福。毁灭者放眼望去,在林间的空地上,有金子做顶的亭台,水晶般透明的溪流,芬芳的鲜花,翠绿的小草,空中传来动听的音乐和夜莺的歌声,等等,到处都是欢乐的景象。毁灭者漫步其间,感觉稍微有些饥饿时,来到了喷泉旁边的一个宴会厅,那里铺着丝绸地毯,坐着许多参加酒宴的客人。他们惬意地喝着金制高脚酒杯里的金色的设拉子(伊朗西南部城市)葡萄酒。这时来了一队衣着暴露的舞女,她们戴着铃铛脚镯翩翩起舞,诗中描写:

> 透明的衣裙,贪婪的眼
> 一览无余,娼妓的肢体
> 扭动着,熟练地做着淫荡的动作。
>
> Transparent garments to the greedy eye
> Exposed their harlot limbs,
> Which moved, in every wanton gesture skill'd. (278)

看到这一幕,毁灭者非常不悦地站起身来。他的内心有一种不可思议的力量,作为欧内莎的恋人,他认为不应该在此地久留,于是匆忙离开了宴会厅。其实在宴会上,毁灭者一口酒都没有喝,他知道酒是"罪恶之源"(the mother of sins),他只是喝水、吃水果。客人们也不再邀请他,因为他们发现这个青年不会轻易改变自己的主意。然而毁灭者的内心深处,升起不可名状的悲哀。他被生活的欢乐拒之门外,独自在这个世界流浪徘徊。但无论如何,他毅然决然地远离了这个寻欢作乐的场所。在毁灭者完成使命的道路上,片刻的安逸虽是诱惑,但他能够在享乐面前不忘初心、心无旁骛。

二、命运多舛,突破自我

古希腊艺术家承认命运的不可抗逆性。按照他们的神学解释,命运是自然而必然的生命预订,人可以知道命运的结局,但不能改变命运的必然性进程。[①] 撒拉巴的命运毋庸置疑是悲剧式的,史诗中的悲剧冲突是其行为的推动力量,而其悲剧的实质是伦理实体的自我分裂和重新和解。在毁灭者比较短暂的一生中,几乎每次他即将品尝到人间的欢乐时,一个他深爱的人就会离去。与自然环境的冲突不同的是,在人生的重大变故面前,他只能勇敢面对、战胜自我。毁灭者人格的崇高,必定体现着其内心深处某种最难、最痛的割舍。正因为如此,其人格的高度和深度也通过一系列心理冲突得以衡量。

撒拉巴年少时经历双亲相继死亡,尤其是母亲泽依娜布的突然离世让他悲痛欲绝,与至亲永别前的经历对撒拉巴的人格塑造意义深远。在第一卷中,逃到沙漠里的母子

[①] 荷马.伊利亚特.罗念生,王焕生,译.北京:人民文学出版社,1994:571.

二人走投无路,在绝望中看到一座林中宫殿,无意间惊醒了睡在合欢树下的青年阿斯瓦德,他已在此沉睡了几个世纪之久。阿斯瓦德出身富贵之家。当有人劝他和他的家人放弃邪恶的信仰时,他们没有听从。阿斯瓦德把自己人生的教训告诉撒拉巴。

当时的国王希达得要建造一座比伊甸园还要美丽的花园,在花园中央建一座世界上最好的宫殿。为了建好这座宫殿,希达得用尽了全国的金矿,从世界各地运来了珠宝、钻石、乌木。当宫殿和花园落成时,全国正在发生重大的旱灾,三年没有降雨,所有的井干枯了。而此时阿斯瓦德的父亲去世了,阿斯瓦德出于善心放走了殉葬的骆驼。

在约定当天,全国的男女老幼齐聚在辉煌的宫殿旁。他们在沙漠中支起的帐篷多得像大海中绵延不断的波浪。当国王在宫殿最高处出现时,人们大喊:"伟大的国王! 地球之神!"(Great is the King, a God upon the Earth.[①])自负的国王欣喜若狂、忘乎所以,听到亵渎上帝的话语,他不但没有制止,还命手下请智者来到华丽的殿堂。听到这些夸耀,智者笑了,笑得很可怕:

哦,国王,只有在死亡的瞬间
我们才能学会正确评价这样的事物。

O Shedad! Only in the hour of death
We learn to value things like these aright. (229)

智者认为宫殿的墙不够结实,死亡天使可以进来。宫殿不

---

① Robert Southey. *The Poetical Works of Robert Southey*. New York: D. Appleton & Co., 1839. p. 229.

够安全,刺骨的死亡之风可以吹进来。后来在死亡寒风来临时,国王和他的人民都丧生了,只有阿斯瓦德一人存活下来,不知在寂寞中过了多少年,直到撒拉巴和泽依娜布到来。

听到阿斯瓦德的忏悔,泽依娜布说出自己希望追随霍德拉而去的心愿,死亡天使听到了她的祈祷,降临在三人中间,二人都被死亡天使接走,撒拉巴失去了生命中的至亲——母亲。十二岁的撒拉巴请求天使将他也带走,但天使告诉他时机未到,上天选中他来为霍德拉报仇,完成人间最伟大的举动。在刻骨铭心的时刻,阿斯瓦德所讲的"人间天堂"(earthly paradise)的恐怖故事,成为撒拉巴日后性格塑造的前车之鉴:不能狂妄自大,尊重命运安排,保持善念,在苦行中完成使命,等等。

家庭幸福对使命在身的毁灭者来说永远是奢望。命运再一次重创毁灭者——青年撒拉巴在新婚之夜痛失爱妻。撒拉巴对欧内莎爱得真挚热烈,自从与莫斯父女告别后,无论顺境还是逆境,撒拉巴内心都保留着对欧内莎纯洁的爱情,"罪恶天堂"的舞女丝毫不能改变这份美好的情感。第八卷描写撒拉巴灭除巫师阿拉丁后,被国王赐予地位和财富,毁灭者的形象发生了改变:身穿国王赐予的"荣誉长袍",脖子上戴着成串的黄金,头上带着王冠,出行的时候有传令官在前面开道,告诉众人此人蒙受国王恩赐……毁灭者位于一人之下,万人之上,并且国王恩准了他与苦难时相知相伴的欧内莎结婚。毁灭者的内心一度是欢乐的,他认为随着阿拉丁的死亡,使命或许已经完成,而目前所得到的回报和祝福是天意。但是欧内莎心存疑虑,她希望为撒拉巴祈祷,支持他完成事业。在她看来,国王不能给予永恒的幸福。但撒拉巴渴望拥有家庭幸福,他对欧内莎说:

哦,想想更美好的事情!
上天的意图很明显:用神奇的方式
他把我们带到这里……
你的父亲也将听到我们的名气,会看到他所希望的成真。——还在流泪!
不情愿的眼睛! 不——不——欧内莎——
我不敢离开你,我自己的,——
合法的妻子。

Oh, think of better things!
The will of Heaven is plain: by wondrous ways
It led us here, and soon the common voice
Will tell what we have done, and how we dwell
Under the shadow of the Sultan' wing;
So shall thy father hear the fame, and find us
What he has wish'd us ever.—Still in tears!
Still that unwilling eye! nay—nay—Oneiza—
I dare not leave thee other than my own,—
My wedded wife. (285)

在毁灭者看来,欧内莎比所有的少女都更可爱,婚姻能让他的爱更安全。在他的请求下,欧内莎也追随了自己内心所想,同意结婚。撒拉巴的婚礼场面盛大:

诗歌,音乐,还有舞蹈,
盛大的婚礼正在举行。
五十名女奴伴随着戴着面纱的新娘
金线交织的昂贵的结婚礼服熠熠生辉,
宝石晶莹闪亮,
后面还有一百名奴隶
拿着金银器皿,

还有许许多多衣着高贵的青年，
拿着国王赐予的礼物。

> With song, with music, and with dance,
> The bridal pomp proceeds.
> Following the deep-veil'd Bride
> Fifty female slaves attend
> In costly robes that gleam
> With interwoven gold,
> And sparkle far with gems.
> A hundred slaves behind them bear
> Vessels of silver and vessels of gold,
> And many a gorgeous garment gay,
> The presents that the Sultan gave. (285)

世间人的欲望得到极大满足时，或许可以看作人生幸福的巅峰。安全、财富、名誉、伴侣等世人梦寐以求的种种美好，毁灭者撒拉巴当时几乎全部拥有。但客人散去后，毁灭者看到从婚房走出来的不是欧内莎，而是死亡天使。又一次，撒拉巴失去最爱的女人。欧内莎的灵魂提醒他不要忘记自己的任务。毁灭者终于战胜内心的悲痛，又一次坚定地上路。

在完成使命的路上，撒拉巴失去至亲和至爱意味着家庭幸福已远离他，真诚的友情多少让他感到一丝温暖，但这样的情义对于他也是转瞬即逝。第十卷描写毁灭者在冰天雪地中艰难前行，夜幕降临时漫天的雪花使他的视线变得更加模糊，已经有些眩晕的他终于看到了一点儿远处的灯光，可内心怀疑是否又是巫师的花招。他的内心夹杂着快乐和恐惧，直到他走进一个小小的、低矮的住所，发现一位纯洁的姑娘：

有个少女,躺在长椅上睡着:
被他的脚步惊醒,她高兴地、惊讶地注视着他,
没有丝毫畏惧,像一个快乐的孩子,
纯洁得不知道什么是害怕。
年青的闯入者开口说话
礼貌又客气。
听到他的嗓音,
她黑色的明眸被快乐点亮;

There lay a Damsel, sleeping on a couch:
His step awoke her, and she gazed at him
With pleased and wondering look,
Fearlessly, like a happy child,
Too innocent to fear.
With words of courtesy
The young intruder spake.
At the sound of his voice, a joy
Kindled her bright black eyes;(305)

对于莱拉的友好,撒拉巴最初是怀疑的。经历了一系列磨难,遭遇了诸多敌人的暗算,毁灭者的道路上布满了危险,他已学会用怀疑的眼光看待世界。莱拉的坦率和真诚最终使得撒拉巴接受了一份真挚的友谊,但他随后便得知莱拉的真实身份:杀父仇人奥克巴的女儿。更为残酷的是,命运已安排由他之手杀死莱拉,这一点奥克巴早已预知。而毁灭者只想杀死奥克巴,对于纯洁无辜的莱拉他无法说服自己去实施报复。奥克巴知道自己的大限未到,在莱拉出生之时他通过占星得知莱拉和撒拉巴中只能有一人活下来,后来他在七层天的死亡表上看到了莱拉的名字,从一个父亲的角度讲,对于命中注定的事情,奥克巴能做到的是减轻

女儿的痛苦,因此他不会阻拦撒拉巴杀死莱拉。而对于撒拉巴来说,无论如何也不会伤害莱拉,尤其是因为她给予他的那份美好的信任。当死亡天使来临时,毁灭者痛心疾首,为了完成复仇使命,他已无所畏惧地割舍生命中的亲情、爱情,对于这份难能可贵的纯洁的友情,他的内心无限珍惜。在友情面前,毁灭者的决定毅然决然:他决定让朋友活下来,宁愿以自己的死去捍卫友谊,以一颗未被玷污的心在天堂与妻子欧内莎团聚。奥克巴看到毁灭者宁愿自我毁灭,竟然认为是自己时机到来,于是拔出短剑刺向毁灭者,在这一瞬间莱拉挡住了短剑挽救了毁灭者。失去弥足珍贵的友情使撒拉巴内心遭受重创,然而使命在身的主人公依然只能选择忍痛前行。

毁灭者对杀父仇人奥克巴的宽恕进一步展现了其人格的力量。莱拉的化身绿鸟请求毁灭者饶恕一个已遭受惩罚的老人,并为毁灭者祈祷。他原谅了仇人,拯救了有罪的灵魂。在史诗最后魔法师们都惧怕毁灭者,只有奥克巴敢于应战,他承认自己的双手沾满了霍德拉及其子女的鲜血,毁灭者可以向他实施报复。撒拉巴恪守对莱拉的承诺,展现了仁慈的力量,丝毫没有伤害奥克巴。正是毁灭者的宽恕触动了奥克巴内心深处柔软的一面,他感动地流下眼泪。撒拉巴放下个人恩怨,对仇人奥克巴的饶恕和感化是理想人格的具体表现,从这个层面讲,撒拉巴形象已升华为理想人格模式的典范。

撒拉巴肩负使命,披荆斩棘;命运多舛,突破自我的双重特征使得其人物形象具有独特的悲剧美。车尔尼雪夫斯基说:"在整个感性世界里,人是最高级的存在物,所以人的性格是我们所能感觉到的世界上最高的美。"①骚塞通过"情境"(situation,包括外部环境和人物内心)与"情致"(亲情、爱情、友情、名誉、财富等)的冲突斗争,塑造了一个悲剧英雄的形象。在作品中,特定的情境中的当事人只有在行动上决定何去何从,才可以显出他的性格,才体现出他究竟是什么样的人,正如车尔尼雪夫斯基所说,"人格的伟大和刚强的程度只有借矛盾对立的伟大和刚强的程度才能衡量出来"②。以辩证发展的观点来说明人物性格的形成,是富于启发性的,撒拉巴的悲剧人物特征因此得以印证。

第二节　骚塞在《毁灭者撒拉巴》中的审美取向

《毁灭者撒拉巴》是骚塞以中世纪传奇文学形式创作的第一部叙事长诗。从历史角度看,该诗或许是其影响力最大、最为重要的一部史诗。约翰·亨利·纽曼主教(John Henry Newman,1801—1890)认为该诗是英国最具"崇高道德"(morally sublime③)的诗篇。在英国诗歌史上,骚塞的东方故事诗是首创之举,后来引起拜伦、雪莱等其他浪漫主义诗人效仿写作东方题材,这一切与诗人成功地塑造主题人物直接相关。骚塞传承和发展史诗艺术,把撒拉巴塑

---

① 朱光潜.朱光潜全集:第五卷.合肥:安徽教育出版社,1989:391.

② 朱光潜.朱光潜全集:第五卷.合肥:安徽教育出版社,1989:321.

③ Lionel Madden (ed.). *Robert Southey: The Critical Heritage*. London: Routledge & Kegan Paul, 1972. p.422.

造为具有崇高精神的"男版的圣女贞德"(a male Joan of Arc),并且意图将魔法师居住的海底宫殿讽喻为"既定制度的罪恶"(the evils of established systems①)。诗人在古典主义之后,勇敢地塑造了一个东方英雄的形象。骚塞发挥想象的力量,使史诗凸显体裁和题材的创新,抒发强烈的个人情感,表现出浪漫主义作家独特的审美取向。另外需要指出的是,骚塞笔下的主人公所处的东方世界并非真实的东方,其实质是对东方的异化。

一、回归中世纪传奇,树立浪漫主义的典型观

传奇文学在盎格鲁-诺曼时期风行一时。通常以诗歌或散文形式描写高贵的骑士经历的冒险或爱情故事,其人物塑造都是标准化或类型化的:这些骑士精通武术,终日在外行侠仗义,专门打抱不平。他们或是除暴安良、英雄救美,或是降魔除恶、造福一方。总之,他们都是崇尚道义和节操的侠士。与早期史诗主题人物不同的是,中世纪骑士的英雄行为不再表现为民族或国家间的争斗,而是对个人的捍卫,例如个人荣誉、利益和尊严。骚塞笔下的撒拉巴并非骑士,也不是帝王将相或神话传说中的英雄,而是阿拉伯人,幼年时邪恶巫师杀害了他的父亲及家人,他痛不欲生,决心报仇雪恨。其冒险、勇敢和忠贞行为的动机是对个人或家族的捍卫。因此,撒拉巴形象已非单纯沿袭传奇文学中概念化和公式化的典型骑士形象,从这个意义上讲,骚塞摆脱了古典主义人物塑造的条条框框,不再将理想人物等同于典型人物,表明他不再拘囿于传奇文学中骑士类型人物的最普遍最显著的特点,转而开始大胆地勾勒出某一个

---

① Ernest Bernhardt-Kabisch. *Robert Southey*. Boston: G. K. Hall, 1977. p. 94.

人的精确画像。

撒拉巴传承了骑士的美德,他的勇敢、责任和毅力贯串作品。作品开端撒拉巴与母亲逃难到荒无人烟的沙漠,午夜时分母亲的泪水和祈祷触动年幼的撒拉巴的心灵。诗中的小男孩没有丝毫的恐惧和忧愁,他皱起的眉毛显示出男子气概(in manly frowns),内心充满了男子气概的思想(manly thoughts)。他大声问母亲是谁杀害了父亲,而此时的母亲并不知道凶手是谁。少年脱口而出"我找遍世界也要找到他!"(But I will hunt him through the world!①),并且告诉母亲他已经能够拉动父亲的弓,很快他的胳膊就能有足够的力量把羽箭射入仇人的心脏。母亲去世后少年更加无依无靠,但重大的使命令他在灾难和变故面前总是义无反顾。诗中多处描写撒拉巴在复仇的路上一往无前的身影。撒拉巴曾在养父家度过几年短暂而美好的时光,青年的他爱上养父的女儿欧内莎,此时他已能够把父亲的弯弓拉满,多个迹象表明出征的时刻已到,青年必须在使命与个人的幸福之间做出选择。撒拉巴与养父和欧内莎的别离已无法避免,他告诉欧内莎自己要出发去完成任务,欧内莎以为他厌倦了沙漠帐篷中的生活。他说:"我将荣归家园,从此再不离开。"(And full of glory to the tent return, whence I should part no more.②)告别心爱的姑娘和情深义重的养父,撒拉巴面对的是无尽的艰险和死亡的威胁。在黑暗、废墟、寒冷、深渊中,多个巫师、魔鬼千方百计要置他于死地,成年后的撒拉巴历尽千难万险,九死一生,突破重围,最终

---

① Robert Southey. *The Poetical Works of Robert Southey*. New York: D. Appleton & Co., 1839. p. 226.

② Robert Southey. *The Poetical Works of Robert Southey*. New York: D. Appleton & Co., 1839. p. 248.

到达仇人居住的海底宫殿,单枪匹马迎战人多势众的巫师。史诗最后描写在毁灭者的短剑面前,邪恶的巫师围成一圈展开恶斗,他们的盾牌阻挡不住复仇者的进攻,首领埃巴利斯最终被杀死,撒拉巴以顽强的毅力完成了使命,实现了誓言。

上述关于撒拉巴形象的分析反映了传奇文学中典型的英雄人物形象。典型人物形象具有一种普遍性,即英雄应该写成什么样就写成什么样。传统的传奇文学所表现的是封建主的化身,是封建社会的上层人物而非平民,这样的人物塑造有利于维持他们身份的尊严,其实是人物塑造概念化和公式化的一种表现方式。而浪漫主义作家认为,古典主义或之前的关于人物的描述没有涵盖人的方方面面,"人之存在的某些方面被彻底忽略了,尤其是生命内在的一面,所以人的形象被严重扭曲了"[①]。因此,英雄形象的其他层面值得人们关注。就该诗主题人物撒拉巴,一位平民而言,在审美的规范意象之外,骚塞给予人物更加丰富的内涵,尤其是英雄不为人知的内心世界。

撒拉巴的英雄之路与孤单、绝望和虔诚密不可分。亚里士多德认为,完美的悲剧结构不应写好人由顺境转入逆境,而应写好人由逆境转入顺境,只有这样才能引起人们恐惧与怜悯。这位英雄常年形单影只,其身体的孤单似乎与生俱来,成为其命运的基色。当成为霍德拉家族唯一的幸存者时,少年心中悲痛得发狂,亲吻着死去的母亲的铁青色的手和嘴唇,请求死亡天使将他也带走,但是天使拒绝了他,并令他遵行天意:

"霍德拉之子!"死亡天使说,

---

① 伯林.浪漫主义的根源.吕梁,洪丽娟,孙易,译.南京:译林出版社,2008:138.

"现在还不是时候。
霍德拉之子,你被选中
去执行天意;
为你父亲的死报仇,
向你家族的仇人报仇;
为完成凡人创造的最伟大的举动,
活下去! 并记住,命运
已为你做了标记!"

"Son of Hodeirah!"the Death-Angel said,
"It is not yet the hour.
Son of Hodeirah, thou art chosen forth
To do the will of heaven;
To avenge thy father's death,
The murder of thy race;
To work the mightiest enterprise
That mortal man hath wrought.
Live! And REMEMBER DESTINY
HATH MARK'D THEE FROM MANKIND!"（231）

　　说完,天使离开,只剩下孤零零的男孩站在荒凉、空旷的沙漠中。幼年撒拉巴单薄的身影与阿拉伯荒漠无边无际的空间形成强烈的反差。长大后的霍德拉之子经年累月奔波在复仇的路上,曾经与莫斯父女短暂的相处更加衬托出分离时的痛苦,以及独自面对命运的安排时的无助与无奈。除了身体的孤独,撒拉巴一次次遭受邪恶巫师的暗算、暗杀,尽管巫师们没能得逞,但撒拉巴心中已经对身边的环境和陌生人产生极大的警觉和怀疑——他的心灵是孤独的。这一点在后来与纯洁善良的莱拉相逢的一幕中暴露无遗:莱拉得知陌生人撒拉巴又冷又饿后,拿出食物给他,撒拉巴"迟疑的眼神"(hesitating eyes)令莱拉不解,饥饿的撒拉巴面对食物的第一反应是警觉,然后拒绝食用在他看来是魔法变出的食物。后来他请莱拉原谅并吃了那些食物。他坦率地告诉莱拉,是层出不穷的敌人令他心神不定,他曾经每一天都活在敌人的陷阱、圈套和威胁中,直到他学会疑忌,是苦难和煎熬让他学会这种必须拥有的罪恶以便生存。对世界的不信任其实是撒拉巴自我保护的一种方式。毋庸置疑,他的身体和内心都是孤独的。

除了复仇之路上的孤独之外,骚塞还细致地刻画英雄一时的脆弱和绝望。在新婚之夜妻子去世之后,诗人并未直接描述撒拉巴的悲哀,但通过毫不知情的养父莫斯和陌生妇女的一段对白,撒拉巴的绝望跃然纸上。在第八卷开头,一位妇女劝告老年人(莫斯)不要到坟墓间走动,那里有一个疯子(撒拉巴),虽然不会伤害他人,但是:

> 那是一幕悲惨的景象,
> 悲惨至极。
> 他整天躺在一座坟墓上,
> 从不哭泣,
> 也不叹息,
> 即使在祷告时分
> 也不屈膝或动嘴唇。
> 我曾施舍他食物,
> 他仍一句话不说;
> 可是看上去他是如此可怕,
> 我梦到他可怕的眼神
> 半夜都被惊醒。
> 现在,你不要到那些坟墓去,老人家!

> But 'tis a wretched sight to see
> His utter wretchedness.

For all day long he lies on a grave,
And never is he seen to weep,
And never is he heard to groan,
Nor even at the hour of prayer
Bends his knee nor moves his lips.
I have taken him food for charity,
And never a word he spake;
But yet so ghastly he look'd,
That I have awaken'd at night
With the dream of his ghastly eyes.
Now, go not among the Tombs, Old Man!

莫斯没有听从妇女的劝告,因为他不想回避那位痛苦的同胞。于是,莫斯走到墓地,在傍晚时分,看到躺在坟墓间的疯子:

日晒,风吹,雨淋,
他黑色的卷发已经发锈;
他双颊深陷,
颧骨突出;
斜倚在坟墓上,
他瘦弱的手指,
无意识地拨弄着身边的杂草。

The sun, and the wind, and the rain,
Had rusted his raven locks;
His cheeks were fallen in,
His face-bones prominent;
Reclined against the tomb he lay,
And his lean fingers play'd,
Unwitting, with the grass that grew beside. (287)

莫斯根本没有认出疯子是谁,直到后来父子相认。痛苦和绝望折磨得撒拉巴面目全非,失去正常人的神智,往昔的英雄气概荡然无存。

青年撒拉巴的虔诚之心使他在关键时刻能够得到"神迹"的指引。在养父家度过四年平静的时光后,他身材魁梧,已有足够的力量拉弓射箭。诗中描写有一天他在和欧内莎摆弄霍德拉的弓箭时,一个问题萦绕在心头——何时才能用箭为父亲报仇?此时天空中飞过一群蝗虫,恰巧有一只鸟抓住一只蝗虫。鸟的爪子一松,蝗虫落在欧内莎的裙子上。二人发现蝗虫前额有神秘的文字:当太阳在正午变得晦暗时,霍德拉之子,请离开。看到这句话,莫斯父女非常担忧,但霍德拉之子心中甚感欣喜,此后他每天中午观察天空,同时制作新箭,打磨箭头,终于等到一天中午发生日食。时机已到,他在黑暗中出发,内心充满光明,坚信神会为他指路。英雄不仅时时得到神指引,而且在完成使命的过程中发扬至仁精神。

骚塞是首位以诗歌而非散文形式创作中世纪传奇的浪漫主义诗人。撒拉巴的价值超越了之前的标准化和类型化的骑士形象的价值。正如朱光潜所说,十八世纪以前的学者"把典型的重点摆在普通性(一般)上面,十八世纪以后典型的重点逐渐移到个性特征(特殊)上面"[①]。据此,浪漫主义诗歌中的人物"典型"几乎与人物"特征"成为同义词,而骚塞在典型问题上已超越过去古典主义流派及之前的类型观。撒拉巴形象不仅体现了传奇类型人物的勇敢、责任心和毅力,而且有无助、绝望和虔诚的个性化特征,即撒拉巴人物塑造体现了一般与特殊的统一,即集普遍性与个体性于一身的人物塑造理念。

---

① 朱光潜.西方美学史.南京:江苏人民出版社,2015:623.

二、运用想象的力量,聚焦自然和东方

与其他浪漫主义诗歌一样,《撒拉巴》着力表现个人的思想与情感,展示浪漫主义诗人与古典主义诗人截然不同的创作态度。"如果说十八世纪英国的古典主义诗人将诗歌视为反映现实生活和理性观念的镜子,那么浪漫主义诗人将其视为表达个人情感和展示想象力的艺术工具。浪漫主义是陌生的、具有异国情调的、奇异的、神秘的、超自然的;是废墟,是月光,是中魔的城堡,是狩猎的号角,是精灵,是巨人,是狮身鹫首的怪兽,是飞瀑,是弗洛斯河上古老的磨坊,是黑暗和黑暗的力量,是幽灵,是吸血鬼,是不可名状的恐惧,是非理性,是不可言说的东西。"[①]因此这种多元理想成为浪漫主义者反对秩序、进步等十八世纪"条理化的自然"的利器。浪漫主义者认为"必须打破这个秩序:必须通过走向过去、走向内心或走出外部世界来打碎它。必须去追求并成为具有某种伟大精神内驱力的人,这种内驱力自己无法确认;或者必须理想化某个神话使其不落凡尘,北欧神话也好,南方神话也好,到底是哪一个并不重要……"[②]在《撒拉巴》中,骚塞借助想象的力量,依据曲折跌宕的情节、虚构的细节,大胆尝试描绘鲜明的人物特征。为了达到曲折紧张的效果,骚塞聚焦自然和东方,其中不乏偶然和离奇的情境,借景抒情,表达对神秘世界的探索,烘托撒拉巴形象的崇高。

骚塞笔下的自然充满异域风情,神秘莫测。该诗中多

---

① 伯林.浪漫主义的根源.吕梁,洪丽娟,孙易,译.南京:译林出版社,2008:23.

② 伯林.浪漫主义的根源.吕梁,洪丽娟,孙易,译.南京:译林出版社,2008:137.

处出现对沙漠早晨、中午、黄昏、夜晚的描写。诗歌开头描写阿拉伯沙漠之夜：

> 夜色多么美丽！
> 露水的清凉充溢于静悄悄的空气里；
> 没有一丝迷雾和乌云。没有一点斑痕和污迹
> 来破坏这一片安详宁静的天地。
> 那天边一轮满圆的明月，肃穆而庄严，
> 滚转着穿过暗蓝色的深渊，
> 月华如水，清辉所照之处，
> 沙漠平沙的世界在扩展，
> 犹如圆形的大海，周围以碧空作镶边。
> 啊，夜色多么美，感动我心田！①

这段描写展现阿拉伯的自然景象，表现出英国人眼中的东方风情，代表着异国情调、美丽的风景、难忘的记忆和非凡的经历，同时诗人将东方与自己所熟悉的海洋进行对照，对未知的自然界进行界定。瑞士比较文学家弗朗西斯·约斯特(Francois Jost)对文学的异国情调进行了具体描述。他认为文学的异国情调就是"异样的地理和生态特征挤进了或被结合进了文学世界；它显示出写书人对那些似乎奇怪得令人兴奋、新得令人神往的国度的喜爱，并表现了写书的人醉心于不同方面的描写，即使气候与习俗的不同也能得到青睐"②。

骚塞在诗中多处描述东方自然界中大型的动物，这些

---

① 勃兰兑斯.十九世纪文学主流：第四分册 英国的自然主义.徐式谷,江枫,张自谋,译.北京：人民文学出版社,1984：115.
② 约斯特.比较文学导论.黄敏杰,王坚良,杨绮,等译.长沙：湖南文艺出版社,1988：163.

体型巨大的生物使人害怕,映衬出主题人物勇敢、聪明的形象。第五卷描写撒拉巴在沙漠中独自前行,听到大而急促的喘气声,他的手本能地抓住匕首柄,发现有一只老虎从他身边经过,此时青年观察到老虎的眼神"无精打采"(languid eye),虎头低垂,呼吸急促,舌头耷拉,他明白了老虎匆忙赶路的原因,于是沿着老虎走过的路看到老虎在远处饮水。诗人对沙漠鹈鹕也有直观的描写:当看到有人来到旁边时,鹈鹕立刻做出充满敌意的姿势,用翅膀威胁,向前探出长长的脖子恐吓撒拉巴。撒拉巴知道它是为了保护幼鸟,于是他内心祝福鹈鹕,继续前行。

  骚塞不遗余力地涉足自然环境中黑暗、神秘莫测的区域,甚至运用丰富的想象去勾勒不可知的领域里超自然的一面,来印证撒拉巴的内心的强大。在日食发生时,天空越来越黑暗,动物们认为夜晚来临,鸟儿们纷纷归巢,猫头鹰出来了,鬣狗的眼睛在黑暗中闪着光亮。在昏黑和暗淡中前行的他隐约看到在幽暗中有个模糊的身影,似乎是母亲的轮廓和面庞,告诉他到巴比伦去,向天使要护身符来完成使命。这个身影边说话边靠近他,仿佛要给他一个母亲的亲吻,撒拉巴迎上前,结果发现是风吹在自己的脸颊上,眼前只是一片黑暗。他大声呼唤母亲,希望能见到她一面,听到她回答在死亡到来的时刻,母子能够相见。说完天空放亮,黑暗消失,撒拉巴期待完成伟大的行动,于是满怀希望地继续前行。

  除了地面上的景象,骚塞的视线不时转向鲜为人知的地下。对洞穴和海底等的描绘,使撒拉巴出生入死、赴汤蹈火的自然空间得以延伸、拓展。在第五卷中,撒拉巴来到一个被称作"地狱之口"的漆黑的洞穴,在那个地方,只有用死去的杀人犯的手拿着蜡烛才可以通过,守门的是巨蟒,要扔给它们人头吃才可以不受伤害。而整部史诗发生的背景——邪恶巫师所在的海底宫殿,巫师们在那里密谋,施展魔法,要到达那个地方需要经过深不可测、燃烧着熊熊的地狱般的毒焰的深渊。宫殿里面有吸血鬼。占卜用具也非同寻常。那是一个儿童的头骨,盛放在盘子里,只有眼睛是活的,嘴能够讲话,等等。在骚塞眼中,海下面的空间黑暗、深不可测、危险重重,唯有撒拉巴式的英雄才敢步入。

骚塞笔下的自然现象时常带有明显的神话色彩。第二卷中,阿卜杜勒趁着撒拉巴跪在地上祷告,举起匕首就刺,撒拉巴全然不知。而此时突然刮起一阵干热风(simoon),瞬间击毙了阿卜杜勒,近旁的撒拉巴毫发未伤。撒拉巴手上的魔戒能够防妖辟邪,起到护身符的作用。邪恶精灵洛巴巴企图抢走这枚魔戒,于是他趁撒拉巴熟睡,要把魔戒偷偷摘下来。但此刻恰巧飞来一只黄蜂,蜇了撒拉巴的手指头,而且正蜇在靠近魔戒的位置,手指头肿胀后魔戒再也无法脱下,显然撒拉巴得到了神的保护。不仅仅是黄蜂和沙漠风,只要撒拉巴遭受阴谋诡计的陷害或类似的算计,大自然中总有保护神挫败敌人来保护撒拉巴,让他去完成使命。有些自然现象的出现是毫无征兆的,在现实世界极为罕见,尤其和大不列颠几乎没有相似之处。

诗中随处可见的阿拉伯元素不断强化着东方概念。"巴比伦""也门"等名称营造出东方氛围。有时仿佛在不经意之间,骚塞不着痕迹地展现东方画像。例如莫斯一家拿出椰枣和罗望子果实挤出的汁液,在罗望子树荫下招待远方来的客人;从沙漠土井中打上来的井水以及贮存西瓜的方式也具有地方风格。骚塞对宴会场景细节的描写凸显东方风情:远处空气中弥漫着指甲草花的芳香,近处飘散着食物的香味,客人们喝金质的高脚杯里的金色的设拉子酒,似藏红花般柔和的光线,舞女的脚镯……诗中还描写了封建时期东方的富有和奢华,例如当时的国王要建造一座比伊甸园还要美丽的花园,在花园中央建一座世界上最好的宫殿。为了建好这座宫殿,国王用尽所有的金矿,从世界各地收集的钻石、珠宝、丝绸、象牙等都运到这里,甚至有一种深埋在地下的无叶无果的叫作乌木的树也被发掘出来。花园里有全世界的奇花异草,还有些树是整棵移过来的,因为国王等不及小树长大。这些元素无一不在诉说无尽的东方故事。骚塞讲述了西方人真实而又虚幻的东方体验,将撒拉巴存在的背景与遥远而陌生的世界融合。

撒拉巴复仇的故事发生在中世纪的中东沙漠地区,远离欧洲大陆的民主和现代文明。骚塞在已有的对东方了解的基础上,运用想象力,把东方描绘成一个黑暗的、妖魔横行的领域。其中的每个地方都令读者感到新奇:海底宫殿、岩洞、沙漠、巴比伦、幼发拉底河等。这些地方或是无人能及,黑暗幽深;或是不毛之地,荒无人烟;或是残垣断壁,阴森恐怖。主人公面无惧色地出入这些常人不能也不敢涉足的空间,对于在工业文明进程中已逐渐远离自然环境、对东方不太熟悉的欧洲读者来说,东方成为一个远离实际生活和科学的空间。"因此东方似乎并不是熟悉的欧洲世界向外的无限延伸,而是一个封闭的领域,欧洲的一个戏剧舞台。"[1]在东方这个十分恐怖的领域,诸多迷信充斥其中。祭祀、预言、命运、占卜等成为东方人生活中司空见惯的事情。东方的统治者是暴君,东方的人民是臣服的,与西方倡导的民主和自由不同,东方按照自己的方式生活。因此,东方在时间、空间和制度上都被排除在欧洲和欧洲文明之外,成为恐怖、毁灭、邪恶、乌合和野蛮的象征。

然而,西方人又尝试着以自己已有的知识去理解东方。

---

[1] 萨义德.东方学.王宇根,译.北京:生活・读书・新知三联书店,1997:80.

他们对于"异国的、遥远的东西,出于这样或那样的原因,总是希望能降低而不是增加其新异性。人们往往不再停留于将事物要么判断为全新,要么判断为烂熟的做法;一个新的中介类型出现了,这一类型使人们将新事物,第一次看见的事物,视为以前认识的事物的变体"①。

其他类比包括邪恶巫师居住的"海底宫殿"(Domdaniel),骚塞认为此处也运用了类比:"难道海底宫殿不可以类比为给人类带来巨大灾难的政治制度吗?"②尽管如此,有一点毋庸置疑,那就是至少从字面看仍然是东方背景。骚塞选择了阿拉伯人作为主人公,显然是为了凸显其理想中的英雄人物形象。和另一部作品中的法国中世纪女英雄贞德一样,撒拉巴也是理想的人物,也不是英国人。萨义德认为"欧洲之所以要对穆斯林、奥斯曼或阿拉伯进行表述是因为他们总是将这种表述视为控制可怕的东方的一种方式,其对象与其说是一般性的东方还不如说是通过这种表述而为西方读者所了解的、不再那么可怕的东方"③。

总之,骚塞在塑造撒拉巴的过程中,对传奇故事的主题人物形象进行发扬光大,打破古典主义崇尚理性的清规戒律,注重情感与内心世界的表达,同时发挥想象力的作用,不再局限于模仿自然,为人物塑造提供了更广阔的思路和空间。简而言之,撒拉巴形象的产生基于统一性和多样性的融合,其中包含对独特真实的细节的再现,以及神秘模

---

① 萨义德. 东方学. 王宇根,译. 北京:生活·读书·新知三联书店,1997:74.

② Chad A. B. Wilson, Resisting Alterity: Hybridity and Allegory in Nineteenth-Century British Literature, University of Houston, 2004. p. 41.

③ 萨义德. 东方学. 王宇根,译. 北京:生活·读书·新知三联书店,1997:75.

糊、令人悸动的勾勒。它是个人的,也是集体的;它是复仇,也是宽恕;它是对生命的爱也是对死亡的爱。撒拉巴形象的价值体现在它"是怀旧,是幻想,是迷醉的梦……是孤独,是放逐的苦痛,是被隔绝的感觉,是漫游于遥远的地方,特别是东方,漫游于遥远的时代,特别是中世纪"①。需要指出的是,骚塞笔下的主人公所处的东方是东方化了的东方。因此,在《撒拉巴》中,骚塞关于史诗主题人物塑造的价值取向已截然不同于往昔,呈现出典型的浪漫主义特征。

第三节　撒拉巴形象的美学意义

从《撒拉巴》中读者可以看到英雄复仇之路上经历的痛苦、毁灭和死亡,主人公的命运多舛和出生入死成为该部史诗的情节构建基础。从美学角度看,撒拉巴形象具有多重审美价值,尤以其悲剧性最为突出。历来悲剧的审美意义不仅被文学家重视,而且为美学家所欣赏。亚里士多德在《诗学》中论证过悲剧的审美意义。他认为悲剧是对一个严肃、完整、有一定长度的行动的模仿,"悲剧是借激起读者的怜悯和恐惧来达到情绪的净化"②。骚塞展开丰富的想象,使该诗的主体结构和情节结构实现了内在的协调统一,采用多种诗作技巧营造悲剧气氛,运用二元对立艺术激发读者的震惊和恐惧,使其在鉴赏主人公崇高精神的过程中,心灵得到净化。

---

　　① 伯林.浪漫主义的根源.吕梁,洪丽娟,孙易,译.南京:译林出版社,2008:24.
　　② 朱光潜.悲剧心理学.张隆溪,译.北京:人民文学出版社,1983:73.

撒拉巴悲剧形象是浪漫主义作家打破古典主义崇尚理性、注重形式、主张说教的表征，是关注读者情感和内心的创新之举。十八世纪，无论在艺术、政治还是其他领域，人们都有一套极端烦琐的秩序。各种形式、清规戒律、礼节，让人们过着密不透风且井然有序的生活。启蒙运动中具有代表性的人物丰特内勒（Bernard de Fontenelle）曾说："一部政治、道德或批评著作，甚至文学著作，考虑到它所涉及的内容，如果出自一位几何学家之手，会更完美。"①由此可见古典主义时期恪守规律之风盛行，其后果是到了十八世纪的最后十几年，出现了"感伤主义"文学流派，开始夸大情感作用。到了十九世纪浪漫主义产生之际，古典主义的规则和理性成为众矢之的，"任何能摧毁、破坏这种生活的东西都受到欢迎"②。如果把十八世纪的诗人看作自然的写照者和解释者，浪漫主义诗人则是精神上或情感上新天地的开辟者和探索者。正如王佐良所说："对于后世，它（浪漫主义）开创了以音乐、气氛之美为主要因素的一类诗。"③

一、主体结构营造悲剧气氛

在《撒拉巴》中，骚塞首先在主体结构上营造了伴随英雄一生的悲剧氛围，表现在命运的必然性和确定性方面。

"命运"在撒拉巴形象上表现出双重含义。首先，它是外在于人物且支配着人物的神秘力量；其次，在神秘力量支

---

① 伯林. 浪漫主义的根源. 吕梁,洪丽娟,孙易,译. 南京：译林出版社,2008：33.

② 伯林. 浪漫主义的根源. 吕梁,洪丽娟,孙易,译. 南京：译林出版社,2008：135.

③ 王佐良. 英国浪漫主义诗歌史. 北京：人民文学出版社,1991：42.

配下的注定的未来,在诗中表现为既定的撒拉巴个人或霍德拉家族即将完成和最终确定的人生图景。诗中的神谕是隐晦但又非常确定的力量。这种力量以预言的形式出现,牵制并决定人物的命运。"牵制力的每一造作都经由人类自身行动这一中介而奏效,带来人们未曾预料也不曾企盼的事情。"①例如,邪恶巫师对撒拉巴的追杀源于他们通过巫术得知他是未来的终结者,将会断送他们的生命,摧毁他们的住处。巫师们想尽一切办法要去阻止命运的安排,因此,虽然和撒拉巴素未谋面,但是势不两立的局面已然形成,杀死撒拉巴成了他们的首要任务。其实最初巫师并不知道撒拉巴具体是哪个,只知道他是霍德拉八个儿子中的一个。在巫师们看来,最为妥当的办法是杀死霍德拉全家十人,于是奥克巴被委以充当凶手的任务,因为他凶狠残暴。巫师们的安排看上去万无一失。然而,命运的必然性在奥克巴的谋杀过程中已初露端倪:他竟然失手了。而这次失手有些不可思议:杀霍德拉家的前八个人时非常顺利,一刀一条人命(needed no second stroke),当开始杀第九个时,突然出现的一团云雾阻挡住奥克巴的视线,于是他在云雾中挥舞匕首,可是匕首的尖回过来刺向自身,并且有一个声音让他住手,警告他"不能改变命运之书所写的内容"(Thou canst not change what in the Book of Destiny is written)。此后巫师们尽管人多势众,懂得巫术并提前采取行动尽力去逃脱神秘的诅咒,但无论如何努力,都未能逃脱神秘的力量的安排。英雄的命运是什么,以及为什么是撒拉巴成为毁灭者而不是其他人,并没有明确的原因,神谕是决定一切的力量。

---

① 雅斯贝尔斯.悲剧的超越.亦春,译.北京:工人出版社,1988:99.

命运的确定性表现在它是一种注定的结局,和撒拉巴相关的任何人都无法逃脱。如果说邪恶巫师对撒拉巴的杀害还能够找得出原因,那么后来纯洁无辜的莱拉死在撒拉巴手中更加表现出命运的注定和不可更改。巫师奥克巴是撒拉巴的杀父仇人,却是莱拉的慈父。他通过法术得知女儿命运中有劫难,出于一个父亲的恐惧和爱,他把莱拉安置在一个冰天雪地里的花园中,因为没有人能够涉足那么寒冷的地方。以防万一,他还为她安排了卫士。一旦有心怀恶意者靠近,卫士将置之死地。奥克巴千方百计保护自己的女儿免受伤害,但最终也未能逃脱命运的安排。撒拉巴与莱拉的相逢是偶然的,相处是友好的,直到奥克巴出现。奥克巴深知撒拉巴的危险性,早在莱拉出生时他就通过占星得知撒拉巴和莱拉中只有一个能活下来,并且他曾经在七层天的死亡表上看到过莱拉的名字。因此当看到莱拉和撒拉巴在一起时,他便打算顺应命运的安排,直接要求撒拉巴动手,避免女儿遭受更多的痛苦。至于自己,他很清楚撒拉巴目前还不能杀死他,因为他的大限未到。出于本心,此时的撒拉巴想复仇杀死凶手奥克巴,但无论如何也不会杀死莱拉,他认为奥克巴在撒谎。这时死亡天使出现在他们面前,证实奥克巴所说属实。命运的不可掌控性通过莱拉的结局再一次表现出来。撒拉巴迟迟不肯动手,并且宁愿自己死去也不愿伤害莱拉。奥克巴知道撒拉巴违背了神谕,抓住时机将匕首刺向撒拉巴,但莱拉迎上去用身体挡住撒拉巴。莱拉被父亲亲手刺死,倒在了撒拉巴的怀中,最终仍然是死神将莱拉从撒拉巴手中接走。

　　通过以上分析不难看出,《撒拉巴》悲剧气氛的出现,源于主人公的陌生而险恶的命运。敌对的事物威胁着撒拉巴,令他无法逃脱。无论主人公走到哪里,也无论他看到什么、听到什么,冥冥之中总有某种东西掌控局面,不管他做了什么或者期望什么。这种注定的结局营造出了强烈的悲剧氛围,因为正是命运这种必然的、无法逃避的特征打消了读者所有的希望,使人陷入无能为力的境地。诗中多处写到由神秘力量支配的各色人物的命运,他们的出现像一个个音符在撒拉巴充满挫折和打击的人生交响乐中奏响,读者被这一环扣一环的主体结构引向主题人物悲剧命运的深处。

　　情节结构的完整性是叙事长诗《撒拉巴》根本的品质,展现了撒拉巴完整的人生幻象。在诗中,撒拉巴的命运作为一个整体凸显出来,正是这种完整的、确定的、终结了的人生具有完整的悲剧冲突过程,产生了悲剧艺术效果。亚里士多德在《诗学》中给出了"完整性"的确切定义:"一个完整的事物由起始、中段和结尾组成。"[①]这便要求诗人必须恰当地组织故事,而不能随着自己的兴致开头或结尾。诗中撒拉巴的一生是完整的、确定的、终结了的,他所经历的一切是一个完整的冲突过程,达到了悲剧艺术效果。

　　撒拉巴的故事由巫师的阴谋发端,并未继承它者。中间的情节承上启下、清晰明朗,在主人公的逆境、顺境之间转变,依照可然与必然的原则依次组织起来;结尾自然地承继发展过程,与故事开端呼应,成为整体的一部分。与传统的叙事诗不同的是,《撒拉巴》中除了读者耳熟能详的一些名称是现实元素,或者源自其他作品以外,其情节基本来自虚构,诗人并未从传统故事中寻找题材。这是浪漫主义史诗的创新所在。尽管只有少数人熟悉东方,撒拉巴的故事仍深受读者喜爱。总体来说,撒拉巴故事的情节之间有因果、突转和发现三种关系,实现了情节之间的内在完整性。

　　因果关系是驱动情节向前发展的主导力量。每个事件

[①] 亚里士多德.诗学.陈中梅,译.北京:商务印书馆,1996:74.

发生之前都有具体的原因,表现出来就是前因后果:巫师密谋导致撒拉巴身陷险境;年龄尚小,等待时机实施报复;时机成熟,踏上征途;对巫师构成威胁,磨难不断;力量有限,寻求护身符庇护;使命在身,越过重重自然阻碍;力量强大,摧毁邪恶巫师;等等。尽管是虚构的情节,但这些情节的发生绝非随意,它们之间的逻辑关系使得整个故事情节成为一个有机整体,撒拉巴的一生由此确定下来,不会飘忽不定。

突转关系可以理解为在整个行为过程中,事件的发展从一个方向转至相反的方向。例如,护身符事件是突转关系很好的说明。为了完成使命,撒拉巴不辞辛苦地寻找护身符的护佑。在巴比伦天使的岩洞中,巫师穆罕拉布举起弯刀砍向撒拉巴,但是他的胳膊无力地悬在空中,因为撒拉巴手中的魔戒阻止了对主人的侵害行为。他怒火中烧,故意说撒拉巴得到魔戒保护,因为撒拉巴信仰的是魔法和咒语。撒拉巴把魔戒从手上摘下,将它抛入深渊。此时穆罕拉布认为自己的激将法得逞,心中窃喜,再次举起弯刀企图杀死撒拉巴,撒拉巴冲上去与他扭打在一起,最终将恶人推进深渊。按照事件发展的原定顺序,现在天使应该告诉他护身符在哪里,但天使告诉撒拉巴的是护身符就在此处,信仰就是护身符。撒拉巴不必到处寻找,原来护身符就在自己身上,寻找护身符的行动就此转化为寻找仇敌的历程。

欧内莎的获救和死亡是突转的另一例证。撒拉巴将欧内莎从罪恶天堂拯救出来,后来得到国王赐予的地位和财富,二人即将过上安逸、幸福的生活。撒拉巴不想在复仇的路上继续走下去,他宁愿等待命运的召唤。但欧内莎内心保持着警醒,她认为命运已将撒拉巴做了标记,他首先应该完成自己的使命,这样才是真正的成功。撒拉巴决意举行婚礼。他们的婚礼盛大、隆重,主人公的欲望与义务之间的冲突暴露无遗。接下来的欧内莎死亡事件彻底粉碎了撒拉巴的欲望,欲望和责任之间的突转令人措手不及,形成强烈的冲突。正如康德所说:"每个人都能意识到情感倾向、欲望、激情与责任、正当行为之义务的区别———一方面,那从外面攫住他的情感倾向、欲望、激情是他情感或感知或经验本性的一部分;另一方面,责任、正当行为之义务往往与享乐的欲望和情感偏向相冲突。"①欧内莎死亡事件成为撒拉巴的行为过程剧烈转变的标志,经历了情感折磨的撒拉巴的人生轨迹又重新回到复仇路线上来。

"发现",正如该词本身的含义,指的是从不知到知的转变,"即置身于顺达之境或逆败之境中的人物认识到对方原来是自己的亲人或仇敌"②。这里有两种情况:一种是一方身份确定,因此发现只是另一方的事;另一种是双方需要互相发现。例如,纺纱女与撒拉巴在岩洞中的相遇情节很好地说明了事件之间的发现关系,这类情形是撒拉巴的单方发现。在风雪、黑暗和饥饿中寸步难行的撒拉巴看到远处岩洞中有微弱的灯光,他挣扎着前行,发现岩洞中有位女子独自在火堆旁一边纺线一边歌唱,气氛宁静平和。见撒拉巴到来,她冲他微笑了一下,继续唱歌纺线。撒拉巴此时感觉气氛友好,于是开口要食物吃,女子以歌声回答眼下没有食物可吃,并且邀请撒拉巴帮忙用双手缠线。看到她甜甜的微笑,撒拉巴内心没有防备地把线缠在自己手上,结果发现线越缠越紧,最后无法挣脱,此时女子的狰狞面目显露出来:她是女巫麦穆娜。此类事件反映了撒拉巴冒险经历中的不幸。有时,双方是互相发现,例如撒拉巴和欧内莎在"罪恶天堂"中的经历,撒拉巴奋力解救处于危险中的年轻

---

① 伯林.浪漫主义的根源.吕梁,洪丽娟,孙易,译.南京:译林出版社,2008:73.

② 亚里士多德.诗学.陈中梅,译.北京:商务印书馆,1996:89.

女子,后来认出被坏人追赶的女人原来是欧内莎,而欧内莎无论如何也想不到会在此时遇到撒拉巴。

无论事件的因果、突转还是发现,都包含着共同的成分——苦难。这些苦难包含痛苦的行动,甚至是毁灭性的行动,例如麦穆娜在真相暴露后让母熊吃掉撒拉巴。尽管后来母熊并未张口,但撒拉巴还是遭受了被关到地牢的磨难。而撒拉巴和欧内莎在"罪恶天堂"经历了恶人的围追堵截,在冲破铁门、越过悬崖等一系列冒险后才得以逃脱,逃出后不久撒拉巴便遭受了欧内莎死亡所带来的痛苦。由此看出,组成情节的事件之间有内在的联系,命运与苦难交织在一起,将撒拉巴复仇经历营造为一个有机整体。骚塞组织情节的技巧使读者在阅读的过程中,仿佛看到撒拉巴肩负使命,看到其充满苦难和艰辛的一生,对其经历事件的过程和结局感到惊悚并为之动容。

二、诗作技巧唤起读者的怜悯和恐惧

骚塞运用多种诗作技巧抒发强烈的情感,引发读者的共鸣,使读者在对撒拉巴产生悲悯之情的同时对其冒险经历感到惧怕。首先需要界定"怜悯和恐惧"的含义。朱光潜认为,悲剧中的怜悯与同情不同,与多愁善感的东西不同。他将怜悯描述为"由于洞见了命运的力量与人生的虚无而唤起的一种普遍情感"[①]。例如,年幼的撒拉巴与母亲在沙漠中逃亡,他未解命运之谜,曾问为什么霍德拉家族遭受灭门之灾:

"为什么我的兄弟姐妹被害?

---

① 朱光潜.悲剧心理学.张隆溪,译.北京:人民文学出版社,1983:78.

为什么我的父亲被杀?
我们可曾忘记祈祷,
或向上天举起不洁之手?
我们可曾不热情接待陌生人
让他们转身离开帐篷?……"

"Why are my brethren and my sisters slain?
Why is my father kill'd?
Did ever we neglect our prayers,
Or ever lift a hand unclean to Heaven?
Did ever stranger from our tent
Unwelcomed turn away?"(226)

骚塞使用多个问句表达少年心中的疑惑:为什么遭受这样的苦难? 这是年幼的撒拉巴对人生重大变故的痛苦思索,他想找到原因,并未从外界入手,他是一个敢于承担责任、有男子气概的少年。读者感觉到他深刻的自省是超越了他的年龄的。

当少年相依为命的母亲去世时,诗人运用重复手法,刻画少年心中的哀恸。看到死亡天使将母亲带走,少年大喊"还有我! 还有我!"(Me too! me too!)以及"带上我!"(Take me too!)。简略的话语流露无尽的悲哀,重复出现的"我"让读者聚焦年少的撒拉巴孤立无援的存在和内心的伤痛。骚塞接着用重复的语言描绘痛苦得发狂的撒拉巴亲吻母亲"铁青色的手"(livid hand)和"铁青色的嘴唇"(livid lips),母子二人生离死别的一幕让人哀怜:一边是鲜活的生命;一边是冰冷的死亡。尽管年少,撒拉巴必须承受眼下的痛苦,死亡天使告诉他命运已将他做了标记,他必须去执行天意。怀着内心的创伤的撒拉巴要承受远远超过普通少年的重担,让读者不禁为年少的他感到悲悯。

骚塞混合使用多种修辞手法增加对读者的吸引力和感染力。例如,头韵从声音的角度赋予撒拉巴婚礼盛况极大的表现力:"盛况正在进行"(pomp proceed)、"五十名女仆伴随"(following fifty female)、昂贵的长袍"金光闪闪"(gleam gold)、"衣着华丽的男子"(gorgeous garment gay)、"对新娘的祝福"(blessings on the Bride)等等,这些词读起来朗朗上口,渲染了婚礼的盛大、豪华,摩擦音的使用有利于抒发强烈的感情,给人身临其境的感觉,加深了读者的阅读体验。等到婚礼客人散去,骚塞设问:"从新房里走出来的是谁?"读者很自然地认为是新娘欧内莎,但回答是那么突然,对仍然沉浸在美好的结婚盛典中的人来说,好像晴天霹雳一般:"是死亡天使。"此处,骚塞使用"突降"(anti-climax)手法,突出强调青年撒拉巴在瞬间经历了人生的大喜大悲,无法抗拒命运的无常和虚幻。

除了刻画撒拉巴遭受的生离死别的痛苦之外,骚塞运用修辞手法对人物内心的寂寞和孤独给予了充分的关注,诱发了读者的悲剧情绪和恻隐之心。例如,诗人使用头韵强调撒拉巴前往巴比伦的途中在沙漠时的感受。夜晚来临,撒拉巴默默地准备了"一个人的饭"(solitary meal),"寂静"(silence)和"孤独"(solitude)使他想起过去,但耳朵仍保持警醒,他唯一听到的生命之声来自蜥蜴。此处"solitary"、"silence"和"solitude"等词相继出现,是对撒拉巴沙漠之旅的真实写照,衬托撒拉巴孤寂、悲凉的心情。大多数人也曾有过与他人隔离或缺乏接触而产生的不被接纳的痛苦体验,但是撒拉巴完成使命的过程中的大部分时间,都是这种孤独的、悲剧式的体验。"只有透过悲剧情绪,我们才能感觉到在事件中直接影响我们的,或存在于总体世界中的紧张不安和灾难。"①

骚塞通过创设多种恐怖意象抒发情感,引发读者的恐惧。例如,诗中的女巫与吸血鬼联合作恶的意象极其令人惧怕。巫师们在得知奥克巴对霍德拉家族的屠杀失手留下了活口后,急于找到撒拉巴的藏身之所。女巫首领科奥拉施展巫术,用咒语将霍德拉的尸体召至海底宫殿,询问到哪里能找到撒拉巴。为了胁迫霍德拉说出真相,她抓起地上的吸血鬼抽打霍德拉的脖子,吸血鬼趁势紧紧缠住霍德拉的脖子,抬起头将牙齿牢牢地钉入霍德拉的脸,致命的毒液流进每个伤口中。此处对吸血鬼意象的细节描写表现出撒拉巴的敌对势力的凶残,令人不寒而栗、惊骇不已。诗中多处出现妖魔鬼怪的意象,不时引发读者惊惧的感觉。惊惧,其实是灵魂的一种状态。当惊惧感产生时,人们心中只剩下面对的对象,而不再关注其他。这是一种对痛苦或死亡的忧惧,因而恐怖事物,不管是什么形状,也不管大或小,都能够令人产生崇高感。事实上,或隐或现,无论在何种情形下,"恐怖都是崇高的主导原则"②。

三、二元对立艺术激发崇高感

看到诗中有关危险和痛苦的描写,读者首先是恐惧,接着是惊奇和赞美,因为"凡是能够以某种方式激发我们的痛苦和危险观念的东西,也就是说,那些以某种表现令人恐惧的,或者那些与恐怖的事物相关的,又或者以类似恐怖的方式发挥作用的事物,都是崇高的来源;崇高来源于心灵所能

---

① 雅斯贝尔斯.悲剧的超越.亦春,译.北京:工人出版社,1988:30.
② 伯克.关于我们崇高与美观念之根源的哲学探讨.郭飞,译.郑州:大象出版社,2010:102.

感知到的最强烈情感"①。关于悲剧与崇高的关系,朱光潜认为:"美学家们很喜欢明确各'种'美之间的关系和区别,例如崇高与优美、悲剧性与喜剧性、抒情性与史诗性等等。颇为奇怪的是,也许除了伯克之外,他们都没有想到悲剧与崇高的美是密切相关的。例如,叔本华和黑格尔都详细讨论过悲剧,也讨论过崇高,但却没有论证它们之间的关系和区别。其他论者依照康德的榜样,对悲剧根本未做任何论述。毫无疑问,如果美学理论忽略了历来正当地受到尊重的悲剧这种艺术形式,就够不上称为美学。"②

《撒拉巴》中,骚塞运用二元对立艺术,展示了光明与黑暗的对抗,凸显光明与真主无限的力量,给读者带来灵魂的净化。其实,"即便亚里士多德也没有跟我们讲清楚何为净化,但有一点可以肯定,它是触及每一个人灵魂深处的经验。它使人更深刻地接受实在,不是作为一个旁观者,而是亲身投入其中"③。光明与黑暗的对立有时是自然现象,有时是主题人物内心的感受。诗中多数情况下,妖魔出没和危险的地方是黑暗的;主人公朝着目标前进的空间是黑暗的;内心无助和寂寞时四周也是黑暗笼罩;等等。与之相对的是光明:在妖魔的宫殿中霍德拉家族的生命之火是光明的;撒拉巴与养父在沙漠帐篷中度过的岁月是光明的;撒拉巴在祈祷时内心是光明的;等等。例如,在日食发生的当天中午,撒拉巴临行时分,四周一片漆黑,鸟儿们认为夜晚来

---

① 伯克.关于我们崇高与美观念之根源的哲学探讨.郭飞,译.郑州:大象出版社,2010:87.
② 朱光潜.悲剧心理学.张隆溪,译.北京:人民文学出版社,1983:4-5.
③ 雅斯贝尔斯.悲剧的超越.亦春,译.北京:工人出版社,1988:19.

临纷纷回巢,猫头鹰开始出没,养父莫斯喉头哽咽,劝阻撒拉巴等到光明出现,能看清道路时再出发。撒拉巴安慰养父说神会为他指路,然后迈着坚定的步伐离开了帐篷,走进深深的黑暗之中。此刻,自然界的黑暗与撒拉巴内心的光明形成对照,内在的光明战胜了外界的黑暗。英雄辞亲割爱,以一颗大无畏的心战胜了黑暗带来的恐惧,令人惊叹。

巫师们依仗埃巴利斯的力量无恶不作,因为他们学会的咒语和魔法能使心愿得逞,甚至能让太阳在正午变黑,整个国家都在遭受他们的折磨。女巫科奥拉施展魔法前要举行恐怖的仪式,祈祷埃巴利斯给予超自然的力量,以"圣化"脚下的土地:

> "我把这片土地
> 奉献给埃巴利斯和他的仆人们;
> 唯有他们可以进入,
> 其他一概不许进来!
> 任何能够呼吸的生命,
> 任何有活力的生物,
> 如果进入必将粉身碎骨!"

> "To Eblis and his servants
> I consecrate the place;
> Let enter none but they!
> Whatever hath the breath of life,
> Whatever hath the sap of life,
> Let it be blasted and die!" (295)

这个仪式必须在黑暗中进行,要有男人和女人做祭品,这样咒语才会灵验。埃巴利斯给予巫师的是黑暗和死亡的力量。而巫师们对埃巴利斯绝对臣服,例如,去阿拉伯寻找毁灭者的巫师的身份是"埃巴利斯的仆人"(Servant of Eblis)。在撒拉巴看来,巫师们其实是"地狱的仆人"(Servant of Hell)。撒拉巴从未惧怕过巫师和埃巴利斯,他的内心光明磊落,虔诚的信仰使他在重重困难和遭受重大打击的情形中,能够保全自身并且战胜黑暗的恶势力,正如天使告诉撒拉巴的,"信仰是最好的护身符"。

按照亚里士多德的看法,悲剧情景产生净化灵魂的作用。读者对英雄充满了同情,设身处地想便会为自己担心和忧惧。但因经受住了这些情感的磨难,读者得到了解脱。他升腾,因为他受到震撼,情感的自由是已趋秩序化的激情的结果。在观看撒拉巴悲剧式一生的过程中,读者超越了痛苦和恐怖,因此得以向基本实在迈进。面对撒拉巴的悲剧,读者得到自己的解脱。"当观众被唤起,并为他边观看边逐渐滋长的领悟所引导,他就意外地遇到了基本实在,并在其中发现他生命的道德意义和道德鞭策。"[①]

通过主人公撒拉巴的悲剧,读者可以清楚地认识到自己的潜在可能,即不管发生什么,都能够坚持到底。"人类的知识和能力总是不可避免地要受到限制。每一个人和每一个固定的结构都有其决定性的限制,但没有什么限制是绝对的。每一个限制都能够被克服,但有时只有付出毁灭人格或结构这样的代价,方可实现。"[②]当经受厄运的考验时,主人公就证明了人类的自尊和伟大。人可以在任何劫难中都勇敢而坚定;只要活着,就可以重建自己。撒拉巴形象带给读者勇气的力量,不止是生命力那种公然挑衅的能

---

① 雅斯贝尔斯. 悲剧的超越. 亦春,译. 北京:工人出版社,1988:76.

② 雅斯贝尔斯. 悲剧的超越. 亦春,译. 北京:工人出版社,1988:14.

量。这个力量可以仅仅在于挣扎生存桎梏的自由,在于勇猛无畏的灵魂连同其坚定性及真实性一道所显示的从容赴死的能力。当悲剧主人公最终自由地选择了毁灭,并以一个自由人的身份迎向死亡的时候,他向读者揭示出每一个人都可能做到的:勇敢地承担使命,超越自我的局限。

综上所述,英雄撒拉巴体现了极致"美"的内化表现形式——人格的崇高。撒拉巴肩负复仇使命,战胜外界的艰险,突破自身的局限,以悲情的力量展现了勇气和毅力的价值。骚塞在塑造主题人物方面具有典型的浪漫主义审美取向,给了启蒙运动最沉重的打击,启蒙主义的整套理念扼杀了人们的活力,以一种苍白的东西代替了人们创造的热情,代替了整个丰富的感官世界。骚塞挣脱理性束缚,开创性地使用艺术想象和艺术象征,而非词语,来传达生命和世界的神秘,把人同自然的神秘性联结起来,赋予浪漫主义史诗创作自由的观念,人物塑造个性化的理念。正如雨果评价的,"浪漫主义其真正的定义不过是文学上的自由主义而已"①。诗人采用中世纪传奇,展开丰富的想象,通过塑造东方英雄的形象,揭示命运和苦行的关系以及责任和毅力的回报。总体来看,撒拉巴形象具有强大的逾越创伤的缺憾力量。撒拉巴在接连不断的矛盾冲突中遭遇重大的、不应有的,但又是必然的失败,承担巨大的痛苦,激发读者悲痛、奋发向上的审美震撼,为史诗带来交响乐般的感受,其悲壮旋律引发读者的共鸣。因此,《毁灭者撒拉巴》主题人物的悲剧美学特征赋予该史诗永恒的艺术魅力。

---

① 雨果.雨果论文学.柳鸣久,译.上海:上海译文出版社,1980:92.

第三章
《麦道克》人物的文化审美研究

萨义德在《文化与帝国主义》一书中阐述"文化"这一概念的双重含义。首先,文化涵盖人类活动的一切实践,诸如描绘、交流和再现等艺术,它们具有相对于经济、社会和政治领域的自律性。同时,它们通常以美学的形式存在,其主要的目的之一是娱乐。① 文化后来被积极地与民族和国家相联系,从而将"我们"与"他们"相区别,并且几乎总是带有某种程度的仇视他国的情绪。这个意义上的文化就成为身份的来源,而且是导致刀光剑影的那种来源。从这个意义上讲,"文化成为一个舞台,各种政治的、意识形态的力量都在这个舞台上较量。文化不但不是一个文雅平静的领地,它甚至可以成为一个战场,各种力量在上面亮相,互相角逐"②。

文化审美涉及文化与审美两大领域,二者均与人类共有的精神、情感和心理息息相关。人类在创造历史的过程中,也创造了自身的文化,培育了自己的审美情感。不同时代、不同地区的人们所创造的文化和培育的审美情感在表现形态上各具特色,但都是人类在认识、把握和改造世界时共同的反映。在《麦道克》中,读者可以看到欧洲文化与美

---

① 萨义德. 文化与帝国主义. 李琨,译. 北京:生活·读书·新知三联书店,2003:,前言2.
② 同上,前言第4页。

洲文化并置,威尔士王子带领少数英国人在遥远的美洲建立领地,在文化的冲突和融合中获得控制权。那么,帝国主义国家是否有权利来统治那些"野蛮人"？带着疑问和思考阅读该诗,读者或许可以从中发现骚塞的文化审美取向。

《麦道克》于1805年出版,是骚塞创作的第三部史诗,主要讲述威尔士王子麦道克在12世纪时到美洲殖民的故事。在发表前,骚塞计划把它写得能与《荷马史诗》相媲美,柯勒律治相信这首诗将比维吉尔(Virgil)的《埃涅阿斯纪》(Aeneid)更受欢迎。① 该诗发表后,读者反响不一,评论家们对它毁誉参半。有评论家认为该诗能和弥尔顿的《失乐园》(*Paradise Lost*)相提并论,也有人认为里面的一些威尔士和阿兹特兰名称使它难以理解。② 华兹华斯在1805年的一封信中说,他对这首诗非常满意,作者给读者带来大量美丽的图画和描写,整个故事充满生机。华兹华斯认为其中一个名叫卢埃林(Llewelyn)的人物塑造得最好,使他很感兴趣。③ 但他在另一封信中说,骚塞未能勾勒出一位英雄的形象,把麦道克塑造得平淡、可鄙,令人感到倦怠。④ 华兹华斯的妹妹多萝西认为该诗中的女性人物除了埃里雅布(Erillyab)以外,其他人物与同时代小说塑造的人物没有

---

① Ernest Bernhardt-Kabisch. *Robert Southey*. Boston: G. K. Hall, 1977. p109.

② W. A. Speck. *Robert Southey: Entire Man of Letters*. New Haven: Yale University Press, 2006. p. 112.

③ Lionel Madden. *Robert Southey: The Critical Heritage*. London: Routledge, 1972. p. 100.

④ Lionel Madden. *Robert Southey: The Critical Heritage*. London: Routledge, 1972. p. 100 - 101.

太多不同。① 约翰·费里尔认为骚塞对人物的命名令人难以忍受,一些名字诸如 Goervy,Rodri,Llaian 等,威尔士人可能会比较感兴趣,而其他一些名字可能谁都不会感兴趣,例如 Tlalala,Tezozomoc,Ocelopan 等。② 1805 年,《帝国评论》上有一篇匿名评论对该诗的语言特点进行进一步评价,认为该诗的语言单调、冗长、无趣,缺乏生机和力度,若非如此,该诗与《失乐园》相比毫不逊色;该诗的主要特征不是表现在烈火和庄严上,而是温柔与人性。弥尔顿让人震惊,骚塞触动人的心灵,前者让人敬慕,后者令人喜爱。③ 西蒙斯在 1945 年出版的骚塞传记中指出,这首诗是骚塞五部史诗中"最长的、最不成功的、最单调的"作品。④ 本哈德-卡必什认为骚塞最好把第一部分的结尾当作整首诗的结尾。他还认为威尔士叙事充满各式各样的浪漫情趣:爱国、风景、伤感、自由等等。骚塞的史诗成为 18 世纪涉及美洲印第安人的英国诗歌方面至高无上的成就。⑤

《麦道克》由两部分构成:麦道克在威尔士和麦道克在阿兹特兰。第一部分的开头描述年轻的威尔士王子麦道克陷入困境。他的父亲欧文·格温德(Owen Gwynedd)夺取了侄子塞涅萨(Cynetha)的王位当上威尔士国王,后来还弄

---

① Lionel Madden. *Robert Southey:The Critical Heritage*. London:Routledge,1972. p.101.

② Lionel Madden. *Robert Southey:The Critical Heritage*. London:Routledge,1972. p.103.

③ Lionel Madden. *Robert Southey:The Critical Heritage*. London:Routledge,1972. p.104.

④ Jack Simmons. *Robert Southey*. London:Collins Press, 1945. p.209.

⑤ Ernest Bernhardt-Kabisch. *Robert Southey*. Boston:G. K. Hall,1977. pp.117-118.

瞎了塞涅萨的双眼。格温德去世后，他的六个儿子为了争夺王位展开内斗。最终排行第三的王子大卫(David)在杀害了两位兄长，关押和流放弟弟们后登基。最小的王子麦道克不愿卷入纷争，他联合了塞涅萨之子卡德瓦隆(Cadwallon)和一些大胆的冒险家，决定到美洲开始新的生活。到达美洲后，麦道克一行人受到土著的欢迎。麦道克从土著中挑选了一个名叫林克亚(Lincoya)的青年做向导，开始探索密西西比河流域。他们很快到达阿兹特兰——阿兹特克(Aztec)族的家园。麦道克吃惊地发现阿兹特克人用儿童祭祀他们的神灵，于是他决定干预该族的事务，阻止阿兹特克族用儿童作牺牲的行为。他鼓励一个爱好和平的霍门(Hoamen)部落拿起武器反抗阿兹特克族选取儿童祭祀的做法。为了进一步保护霍门部落，麦道克到阿兹特克人的首都与他们的首领交涉。在这个地方麦道克看到高大的建筑、成堆的人头骨和尸体，以及其他令人恐惧的景象。阿兹特克首领向麦道克展示他们有多么了不起，没有人敢反对他们。

麦道克决定制止阿兹特克人的野蛮行为，他煽动力量薄弱的霍门和阿兹特克部落展开斗争，后来演化成战争。尽管阿兹特克族兵力强大，但麦道克运用威尔士先进的技术和战术战胜了对手。战斗结束后，霍门部落抓获了大量俘虏。正在这个时候，阿兹特克族的首领患上致命的疾病。令阿兹特克人吃惊的是，麦道克不但没有把俘虏祭献给神灵，而且释放了他们，并且帮助阿兹特克族的首领恢复了健康。这一切的结果是阿兹特克和霍门达成了废除人类祭祀的协议。这引起了阿兹特克祭司的不满，他们试图阻止这个做法，但未能奏效。首领最后决定整个部落放弃传统的拜物教信仰，接受上帝的一神教，因为它建立在爱的基础上。

后来麦道克返回威尔士,招募更多威尔士人来美洲定居。在此期间,他遇到诗人欧文·塞维利奥克(Owen Cyveilioc)。诗人告诉麦道克可以到吟游诗人大会讨论移民事宜。在大会上,有诗人预言麦道克将来能够建树像亚瑟王一样的丰功伟业。后来麦道克劝说侄子卢埃林一起到美洲,结果没有说服对方。卢埃林依旧留在本土,夺回威尔士王子的头衔。麦道克回到原籍所在地,在那里他得知有人要把他父亲的尸骨从坟墓中移出来进行侮辱。麦道克命人将父亲的尸骨抬到船上运往美洲,以免后顾之忧。在威尔士逗留期间,麦道克劝说已当上国王的兄长大卫,希望他把兄弟罗德里(Rodri)从监狱里释放出来。大卫当时大为恼火,后来被麦道克临别的话语感动,决定释放罗德里。然而,罗德里在获释前逃跑了。当麦道克将要动身返回美洲时,罗德里乘坐小船与他相遇。罗德里告诉麦道克,他和卢埃林打算联手推翻大卫,恢复合法国王的地位。在麦道克为威尔士潜在的斗争感到不安时,卢埃林表示如果他登上王位威尔士将会更好。在月色中,麦道克一行乘风破浪驶向美洲。

该诗第二部分叙述麦道克返回美洲后的事件。留在美洲的英国人和霍门人都在期盼着麦道克的归来,那天他们聚集在海滩上,相逢的时刻充满欢声笑语。麦道克发现他的定居点"麦道克国"一切都好,只是他的人和阿兹特克人之间不断产生冲突,因为阿兹特克人又重新开始信奉拜物教。不仅如此,霍门部落的教士也鼓动本族人信奉拜物教,他们又开始用儿童祭祀神灵,这回是用无辜的孩子喂一条大蛇。麦道克得知后非常愤怒,谴责那个鼓动用儿童献祭的教士是个叛徒,并杀死了那个教士和蛇。这一举措使得霍门人重新信奉基督教。阿兹特克部落的大祭司泰佐佐莫克(Tezozomoc)开始反扑,将矛头直接指向麦道克。他告诉族人神灵们将不再眷顾他们,除非他们杀死外国人。

有两个阿兹特克青年来到麦道克的领地,抓走麦道克和一个名叫赫尔(Hoel)的孩子。林克亚的女友科塔尔(Coatel)发现麦道克和赫尔被藏在岩洞中,她悄悄放走了他们,后来被人发现,自己被送上祭台。此时,阿兹特克人开始围攻麦道克的领地,结果被领地的威尔士妇女打败。麦道克返回领地后,把威尔士人、霍门人联合起来,一起迎战阿兹特克人。战斗异常激烈,麦道克杀死了阿兹特克族首领科尼考廷(Coanocotzin)。威尔士人越战越勇,推翻了拜物教的神庙。阿兹特克人聚集在一起,推举了新的首领继续战斗。其中一场水上战斗很有特色,威尔士人的先进的船只和装备派上了用场,他们大获全胜。阿兹特克人不想放弃,他们到一座神圣的山上举行迷信的祭祀仪式,这时火山突然喷发,将祭司们烧死。看到这一幕,阿兹特克人认为自己的神灵不再保佑自己,于是纷纷投降。最后阿兹特克人离开自己的故园向南边的墨西哥方向迁移。

第一节 麦道克人物形象特征

麦道克在该部史诗中的形象具有两面性。在欧洲文化环境中,身为王子的他是谦和礼让的绅士,对亲人上敬下爱,维护王族的利益;到美洲之后,他是精明强悍的殖民者,对土著恩威并用,强势开辟新世界的领地。

一、家族卫士

首先,麦道克离开威尔士的动机源于对家庭的爱护。无论身处何方,他最挂念的人是他的兄弟姐妹。麦道克是威尔士国王格温德最小的儿子,他尊敬兄长,并且希望兄弟之间能够和睦相处。史诗开端描述他重返威尔士,见到老人于里安(Urien)时的激动之情溢于言表,因为老人曾给予他父亲般的关爱,照料他长大。麦道克像爱父亲一样爱于里安。麦道克首先问他自己妹妹高尔维尔(Goervyl)的情况,然后问大卫等哥哥的情况。这表明麦道克一直挂念着自己的家庭成员,他的离开并非逃离家人,而是不想看到兄弟之间起争端。于里安慢吞吞的回答说明他懂得麦道克内心的牵挂,他欲言又止,尽量选用合适的词语讲述发生在麦道克家族内部的悲惨的故事。麦道克听完后闭上眼睛痛苦地呻吟,这一举动表明他与家族荣辱与共,无法忍受弟兄间的残害,不忍心看到这一切发生。

麦道克重视手足之情,这一点从他对封建宗法伦理的遵循体现出来。他对大卫的王后的尊重也源自家族意识。大卫的王后爱玛(Emma)出身金雀花王室,该王室与麦道克的家族有宿怨,因此,当得知兄长与金雀花王室联姻时,他大为震惊,按捺不住地与大卫激烈争吵。但当看到爱玛责备的眼神时,他马上脸红了,真诚地请王后嫂嫂原谅,解释自己的失态是出于对家族的热爱,而嫂子现在已然成为家族的一员。王后自然也很感激,她以微笑感谢这位文雅的王子(Thanking the gentle Prince)。这一切平息下来后,麦道克在大卫的婚宴上吟唱父王的荣耀。在他眼中,父王英勇善战,拥有无可比拟的权力和智慧,建立过卓越的功勋,取得过诸多重大的胜利。麦道克对父王的赞美和对往昔的怀念表明他有强烈的家族意识,他对爱玛的接纳是因家庭的纽带已将他们联结起来。

麦道克对父亲的敬重也通过他对父亲遗骨的珍重体现出来。得知敌对势力将在午夜时分把父亲的尸体从坟墓里挖出来,带到非圣洁之地进行侮辱后,为了避免大规模的伤亡,麦道克决定亲自到现场制止该行动。他戴起头盔、挂上号角,与手拿长矛和盾牌的将士们一同前往墓地。在那里,一群天主教牧师在做大不敬的事:他们用铁锹和鹤嘴锄打开墓室,找到了石棺。恰在此刻,全副武装的麦道克出现在他们面前。麦道克的脸庞被牧师们手中的灯照亮,他的脸由于内心激动变得苍白。他的面部轮廓极似他的父王,令牧师们见到后心惊胆战。他大叫一声"住手!",吓得牧师们四下逃窜。麦道克将父王的尸体重新装殓后盖上棺材,在封口处盖了三次图章。他决定将棺材带到船上运往美洲,为父亲的尸骨在新世界找到安放之所,某一天他自己的尸体也将安放在父亲身边。

麦道克体恤弱小,对侄子和妹妹关爱备至。他知道自从兄长赫尔(Hoel)在战乱中死去,嫂子和侄子生活艰难,于是他用了三年时间,历尽曲折在荒无人烟的山中找到他的侄子。在侄子面前,他弹奏竖琴,吟唱赫尔的爱情故事。他的侄子被琴声打动,靠在他的膝盖上,请求他再演奏一遍。麦道克欣然提高嗓音,为侄子再次演唱。侄子倚靠在叔叔膝盖上的一幕充满了亲情的温暖。麦道克为了解救侄子于困苦,决定带他漂洋过海到美洲。

麦道克对妹妹高尔维尔的爱通过妹妹对他的思念衬托出来。在麦道克离开威尔士的两年中,高尔维尔每个夜晚都注视着月光下的大海,内心知道希望渺茫但仍期盼着哥哥能够出现在海面;当于里安告诉她麦道克还活着并且很快就会来到她面前时,她感到震惊,因为幸福来得太出其不意,她甚至一度觉得于里安在嘲笑她。而麦道克回到威尔士首先要见的人是他妹妹,而不是当时的国王——哥哥大卫。

二、异域殖民者

在美洲,麦道克热衷于干涉美洲人的事务。他想尽办法获取美洲人的信任,挑起各部落之间的争端。作为欧洲人,麦道克想干涉美洲事务首先需要使自己的身份合法化。麦道克介入部落争端貌似是一场壮举,真相却是其不可告人的统治企图。诗中描述阿兹特克部落牧师来到霍门部落索取儿童做供品时,麦道克恰好在场,因为霍门女首领埃里雅布邀请了他。想到用人祭祀的恐怖场面,麦道克浑身颤抖,本能地拿出短剑要冲上前去,但被他人制止。接下来的一幕是麦道克获取霍门部落信任的重要事件:他弯下腰亲吻即将被用来祭祀的儿童的脸颊时,发现霍门人纷纷围着自己下跪,似乎在恳求他。麦道克意识到此刻美洲人对他的信任是一个良机,于是严肃地对上帝发誓要保护他们。霍门人被他的勇气和誓言感动,这也是美洲人接纳欧洲宗教的发端。

麦道克逐步使自己的干涉合法化。身为欧洲的"陌生人",麦道克与阿兹特克部落首领的初次交锋并不顺利。在阿兹特克首领心目中,祭祀仪式是美洲人的活动,与欧洲人无关;另外,活人是奉献给美洲神灵的祭品,任何人没有特权阻止对神的崇拜。麦道克深知月亮在美洲人心目中的重要性,他决定利用月亮转变自己的身份。接下来与美洲首领的对话证明了他利用知识达到个人目的的企图。麦道克说他们一行人离开祖国漂洋过海,乘风破浪来到美洲,其间见到月亮的阴晴圆缺,他们见证了月亮的新生,而他们自身也随之获得了新生。麦道克了解美洲文化,知道阿兹特克作为农耕部落崇拜自然力量。阿兹特克人相信每一项人类活动和每一个自然因素都由特定的神灵掌管,认为自然力量使得人类的生产和生活成为可能,因此人类的命运依赖于神的意志。麦道克的话意味着他认为自己的身份已经从欧洲人变成了美洲人。这表明在美洲麦道克成功地利用月亮漂白了自己的身份,成为真正意义上的美洲人。

麦道克逐步瓦解土著的拜物教信仰,实施全方位的殖民入侵。麦道克领导霍门部落打败阿兹特克部落后,以签订和平协约为名,提出两个要求:首先,所有受麦道克保护的部落将获得自由;其次,所有这些部落将不再进行人祭。对阿兹特克人来说,第二个要求是无法接受的。阿兹特克部落首领坦率地告诉麦道克此事超越了自己的权限,自己无法改变族人的信仰,因此建议麦道克和部落牧师商议此事。麦道克明白阿兹特克首领不甘放弃原始信仰,于是举办了一场盛大的辩论,目的是转变阿兹特克人的拜物教信仰,让他们改信基督教。最终,麦道克一方达到了目的。

诗中,麦道克多次将语言视为实施殖民计划的武器。例如,麦道克初到美洲时的向导林克亚后来成为他的追随者。每当林克亚指着广袤的土地告诉麦道克这些地方可以去征服时,他总是露出满意的神情。为了让林克亚更好地为自己服务,麦道克教他说英语。这一场景颇似鲁滨逊在荒岛上教星期五的一幕。尽管麦道克教给林克亚的第一个单词是什么人们无从知晓,但他和鲁滨逊教土著说英语的目标是一样的——使自己成为主人。

身处欧洲、美洲两种文化之中的麦道克具有矛盾性的人物特征。麦道克为了避免同室操戈离开故土威尔士,这表明他是一个具有慈爱之心的人。而他初次来到美洲后并不满足于自己的客人身份,想方设法干涉土著部落事务,将自己变成主人,这表现了他作为侵略者冷酷的一面。他没有和土著民族和平共处,一直在寻找机会挑起争端,最终发动战争,利用先进武器征服了土著,这样麦道克在美洲的身份实现了从陌生人到闹事者再到殖民者的转变。在美洲的地位稳固后,他重返威尔士,马上又变成了仁慈的弟弟,他希望自己的故园永远没有战争,希望自己的哥哥们和平地生活。他珍惜手足之情,宁可放弃王子的身份,然而他在美洲无时无刻不想实现自己的统治,不惜以无辜的美洲土著的生命为代价。麦道克为故乡的战事感到不安,却热衷于在美洲发动战争,实现殖民统治。这两种矛盾的人物特点集中反映在一个人身上,表明他对威尔士和美洲持有不同的态度。

第二节 骚塞在《麦道克》中的审美取向

该诗的出版和骚塞的个人理想有密切的联系。骚塞在20岁时致力于写作,因为他需要挣钱实现自己的理想——和柯勒律治在美洲的森林里建立乌托邦。事实上在1797年他放弃了这一理想。评论家们对麦道克人物的文化内涵发表了不同见解,例如,普拉特在其著作《罗伯特·骚塞和英国浪漫主义语境》中认为《麦道克》事实上是骚塞对在美洲建立大同世界的清晰的构想,骚塞的美洲梦因政治和民族问题变得复杂起来。① 书中谈到史诗开头叙述麦道克到海外建立社区是为了过宁静的生活,后来他的野心日渐膨胀。为了实现个人目标,他返回威尔士招募社区成员。这样,他的社区并未融入美洲文化,而是建立在自己的欧洲文化基础上。麦道克在美洲的行为表现出明显的种族优越感,他认为自己的民族在宗教和道德等多方面优于美洲土著部落。麦道克热切期望统治美洲部落,其形象更像一位帝国建造者或殖民者。本哈德-卡必什的《罗伯特·骚塞》一书认为该诗中威尔士与美洲的关联反映出骚塞自己在两

---

① Lynda Pratt. *Robert Southey and the Contexts of English Romanticism*. Hampshire: Ashgate Publishing Limited Press, 2006, p. 125.

地间旅行,在美洲建立新的社会制度的计划。① 从这个角度讲,麦道克是骚塞的代言人,前者在美洲的开拓冒险包含后者的梦想。

通过描绘麦道克在美洲的所见所闻,骚塞在诗中多处彰显欧洲"文明"与美洲"野蛮"的对立。从物质层面来说,欧洲人在饮食、装备等生活的方方面面都更加复杂、先进;美洲人相对简单、落后。在情感层面也是如此。欧洲人和美洲人的初次相遇已经表现出两种文化的差异,麦道克一行人在美洲上岸,引来许多土著到海滩围观。"陌生人通常可能被视为怪物"(Strangers might often be considered monsters②),看到陌生人的帆船、奇怪的装束、长着胡须的脸、白色的皮肤,土著流露出吃惊的表情。同时,威尔士人眼中的美洲人也是非常奇异:他们的服装简单、宽松,裸露着四肢,深棕色的皮肤完全暴露在阳光下。眼前的一切对初来乍到的欧洲人来说,仿佛是到了另一个世界。在后面的章节中骚塞细致入微地描写美洲人的奇特装束。在一次祭祀仪式上,普通祭司们身穿白色的祭服,大祭司身穿血红色的礼服,下唇戴着绿松石做的垂饰,头戴的绿色羽毛冠与翡翠耳坠的颜色相呼应,这一切在欧洲人的眼中是那么奇异。

来自旧世界的威尔士人在新世界保持着种族优越感,他们没费什么周折便在美洲建立了殖民地麦道克城(Caermadoc),以纪念麦道克王子(in memory of the Prince

---

① Ernest Bernhardt-Kabisch. *Robert Southey*. Boston: G. K. Hall, 1977, p.110.

② Nigel Rapport and Joanna Overing's. *Social and Cultural Anthropology: The Key Concepts*. London: Routledge Press, 2000, p.12.

Madoc)①。土著友好地对待到来的欧洲人,他们对威尔士人此行的目的一无所知。在美洲人的第一印象中,白人有些像不速之客。在美洲文化中,土著对陌生客人是相当友好的,他们有建造"陌生人之屋"②(Stranger's House)来欢迎陌生人的文化传统。骚塞在该部分注明每个印第安人的村落都有这样的房屋。旅行的人来到村落附近,应当停下脚步说"你好",因为直接进入村落会被视为鲁莽和不礼貌。听到问好,两名成年男子会先把旅行的人带到"陌生人之屋",然后回到村子告诉居民有陌生人到来。全村的人会热情招待陌生人,甚至在给他补充给养之后给他烟草,接下来会非常友好地和他聊天。③

在该诗中,威尔士人和美洲人的文化差异体现出两个民族不同的生活方式和人生观。人类学家列维-斯特劳斯认为"食物"和"性"包含人类社会生活中最基本的二元对立。④ 他在《野性的思维》一书中指出:"两个决心结盟的群体会交换食物。"(The two groups resolved to ally themselves and to exchange their respective foods.⑤)食物是文化载体,从根本上说,两个民族的文化差异可以从饮食风俗上体现出来。《麦道克》中欧洲人饮用的蜂蜜酒

---

① Robert Southey. *The Poetical Works of Robert Southey*. New York: D. Appleton & Co., 1839. p. 375.

② Robert Southey. *The Poetical Works of Robert Southey*. New York: D. Appleton & Co., 1839. p. 337.

③ Robert Southey. *The Poetical Works of Robert Southey*. New York: D. Appleton & Co., 1839. p. 363.

④ 列维-斯特劳斯. 嫉妒的制陶女. 刘汉全,译. 北京:中国人民大学出版社,2006:278.

⑤ Claude Lévi-Strauss. *The Savage Mind*. London: George Weidenfeld and Nicolson Ltd Press, 1966, p. 69.

(metheglin)是一种令土著印象深刻的饮料,它由麦道克从威尔士带到美洲,在此之前,美洲的霍门部落从未饮用过。这种酒是蜂蜜发酵而来,过量饮用会刺激人的大脑,令人失去理性。麦道克在与霍门部落女首领埃里雅布会面时带来蜂蜜酒以示友好。埃里雅布非常谨慎地、优雅地抿了一口,这个举动表现了她的警惕性。她与麦道克的对话体现出两个民族之间的微妙关系。饮酒后埃里雅布问麦道克:"您能教我们制作这种稀有饮品的技艺吗?"(Canst thou teach us / The art of this rare beverage?①)麦道克回答:"会有人教你们的,我们可以成为一个民族。"(Ye also shall be taught, that we may be / One people.②)女首领使用"我们",礼貌地将威尔士人和美洲人区别开;同时,她使用"稀有"以及后文中的"favor""above"等词以示对外来文化的尊重。身为首领,她懂得霍门部落和麦道克一行的结盟取决于后者的意志,为了部落的尊严以及个人的荣誉,她可以称赞但不能奉承对方。在她眼中,麦道克已然是麦道克城的首领。麦道克"成为一个民族"的回答表明欧洲文化占上风的强者心理。诗中表明埃里雅布的儿子阿玛拉塔(Amalahta)成了欧洲文化的牺牲品——他在宴会上过量饮用蜂蜜酒,失去理智,无意间泄露了造反的秘密,破坏了行动计划,导致自己最终的失败。

  骚塞在诗中通过不同的食物来展示欧洲和美洲文化的差异。美洲土著的饮食简单天然,欧洲人的则相对复杂。例如,女首领埃里雅布的宴会上只有一些新鲜的水果;普通

---

① Robert Southey. *The Poetical Works of Robert Southey*. New York: D. Appleton & Co., 1839. p. 379.

② Robert Southey. *The Poetical Works of Robert Southey*. New York: D. Appleton & Co., 1839. p. 379.

的威尔士人食用以牛奶和蜂蜜为原料的制成品,例如软凝乳、奶酪、蜂蜜酒等,有时还会在食品中加入颜料使之看起来更加诱人。从威尔士乡村居民莱莲(Llaian)招待麦道克的食物可以看出威尔士人普遍食用加工食品,他们在天然食物中加入人工元素。显然,欧洲文化比美洲文化增加了更多人为因素。

两种文化的对立从不同的就餐方式体现出来。欧洲人有明显的就餐规则,这一点从对国王大卫婚宴的描述中可以发现。"客人们在宴会桌旁就座"(the guests were seated at the festal board[①]),这句诗说明威尔士人遵守宴会厅里的座次安排。骚塞在注释中注明"皇家大厅的秩序是依法建立的"(The order of the royal hall was established by law[②])。显而易见,皇室宴会的座次安排有严格的规定,国王通常坐在大厅中央,身旁是国务重臣等。对大卫婚宴的描写表明皇家宴会的就餐者的数量和座次受规约管制:根据身份,国王、大臣和贵客在大厅坐上座,其他人在次位,这是欧洲等级制度的表现。威尔士宴会并非仅仅满足人的胃口,从另一个层面讲,它展示了统治者对权力和秩序的欲望。与之相反,美洲土著的宴会简单、随意。例如,部落首领在海滩上招待麦道克一行时,土著没有阶级之分,他们像一个大家庭一样围坐在一起。骚塞对就餐方式的描写表明两个民族处于社会发展的不同阶段,相比较而言,骚塞认为欧洲文化更为先进。

与欧洲人相比,美洲土著在思想和物质方面处于原始

---

① Robert Southey. *The Poetical Works of Robert Southey*. New York: D. Appleton & Co., 1839. p. 42.

② Robert Southey. *The Poetical Works of Robert Southey*. New York: D. Appleton & Co., 1839. p. 360.

阶段,这一点在武器装备和战略战术上表现出来。麦道克在美洲第一次军事行动的胜利归功于先进的技术和策略,而这些对于美洲人来说是闻所未闻的。在和土著开战前,麦道克警告士兵提高警惕。但是他的侄子卡德瓦隆很自负,认为土著只有木矛和骨箭并且无知,根本抵御不了欧洲武器的进攻。麦道克将这次战争和撒克逊之战相比,分析获胜的优势所在。于里安提醒麦道克这次他们面对的是一个民族,而不是一小撮敌人。威尔士人认为自己这次一定能够获胜,但是美洲人会反抗,接下来会和他们进行无休止的战争。于里安向麦道克提议,不仅仅要在身体层面战胜对手,而且要在精神上征服他们。他提出了两个战略步骤:"首先在激战中展示你的力量,但要放过倒下的士兵,不追赶逃兵。"(First prove your power/ Be in the battle terrible, but spare/ The fallen, and follow not the flying foe.①)通过释放战俘,麦道克可以获取更高层次的胜利:得到释放的战俘内心会对麦道克充满疑惑、感激和敬畏。爱和惧怕交织在一起,这样能够动摇土著人的民族主义感。感恩戴德的土著是无法得知和理解威尔士人的战略意图的。

　　骚塞在诗中多处表达欧洲文明和美洲野蛮的思想倾向。例如,在第一部分的第六章,骚塞描绘了美洲土著文化中恐怖的场景。在阿兹特克城,麦道克看到四座由骷髅堆砌的塔楼,周围是成堆的人头,他感到惊骇;阿兹特克王让麦道克看女首领埃里雅布丈夫的骨架,已被制成灯柱,将在晚宴时点亮。在麦道克眼中,美洲土著神秘、野蛮。骚塞将麦道克塑造为欧洲海外开拓者的典型形象:有能力、有魄

---

① Robert Southey. *The Poetical Works of Robert Southey*. New York: D. Appleton & Co., 1839. p.340.

力、有毅力处理复杂事物，热衷于开辟新的领地。诗人把麦道克塑造成高尚的、文明的代表，尤其是在美洲，因此作品中多处流露出诗人的"欧洲中心主义"与"文化霸权主义"思想倾向。

第三节　麦道克形象的美学意义

本章认为麦道克形象其实是在与其他地域的比较中建构起来的自我，总之是在一个异于威尔士、异于欧洲的新世界中确立起来的自我。这个新世界与他之前靠先验建构起来的美洲世界有所不同，但相同的是在与这个世界的比较中，欧洲人的优越感、骄傲感无不呈现出来。来自威尔士的王子麦道克待人接物讲究的是体现自己的高贵感绅士风度，文明的他不允许在自己生活的世界出现野蛮和愚昧的思想和行为。然而，麦道克眼中的"野蛮和愚昧"其实是一种文化的差异：当欧洲人到了美洲时，文化的差异让他们觉得异族的文化卑劣，欧洲人的优越感以及中心主义便产生了。

萨义德指出："每一文化的发展和维护都需要一种与其相异质并且与其相竞争的另一个自我的存在。……不管东方的还是西方的，法国的还是英国的，不仅显然是独特的集体经验之汇集，最终都是一种建构——牵涉到自己相反的'他者'身份的建构，而且总是牵涉到对与'我们'不同的特质的不断阐释和再阐释。"[①]麦道克一行在美洲通过打击拜物教确立基督教的中心位置，从而奠定了欧洲文化的基础。

---

① 萨义德.东方学.王宇根，译.北京：生活·读书·新知三联书店，1999：246.

在和拜物教竞争的过程中,有几件事促成了威尔士人的胜利。首先,军事胜利是宗教胜利的先决条件。战败的拜物教徒相信因为欧洲人是上帝的选民,所以欧洲人拥有超级的军事力量,在上帝的保佑和帮助下取得战争胜利。阿兹特克人下意识地认为美洲人不像欧洲人那么强大。在战争中,威尔士人释放了美洲俘虏,表面上看是出于仁慈之心,究其原因是麦道克有足够的信心获胜,他深知土著的木棒、弓箭等科技含量低的武器无法抵御威尔士人的枪炮弹药。

对欧洲人来说,语言也可以当作武器来确立霸权,这一点在诗中出现多处。例如,塞涅萨利用形式逻辑的推理方法使土著相信,如果阿兹特克人停止用活人祭祀,就能证明对上帝的虔诚。他用归纳推理使得阿兹特克人相信基督教的上帝和美洲人的宇宙之父(Universal Father)是相同的。麦道克在和阿兹特克人宣战前鼓舞士气时说:"我们的知识是力量,上帝是实力。"(Our knowledge is our power, and God our strength. ①)事实上,威尔士人采取了多种语言策略,利用"上帝"来维护他们在美洲的优越位置,例如,在基督教与拜物教的辩论环节,欧洲人声称他们的民族是"一个被选中的特殊的民族"。(one chosen, one peculiar Race.②)塞涅萨提到在人类繁衍的同时,灵魂受到恶魔的干扰,罪恶和痛苦也来到这个世界,人类开始抛弃真理,上帝的真理只留给了欧洲人,当地球上其他民族迷惑地在雾中游荡,在黑暗中迷失时,上帝的光与欧洲人同在。塞涅萨的话意味着他们属于来自欧洲的神圣的民族,他们来到美

---

① Robert Southey. *The Poetical Works of Robert Southey*. New York: D. Appleton & Co., 1839. p. 339.

② Robert Southey. *The Poetical Works of Robert Southey*. New York: D. Appleton & Co., 1839. p. 342.

洲是为了把美洲人从错误和悲惨中解救出来。由此可见，威尔士人对美洲土著的拜物教有偏见，并自负和傲慢地将拜物教归为邪恶的他者。

诗人对辩论的描写也表现出自己对基督教的偏向。骚塞是这么描写土著听欧洲人关于上帝的演讲的："他们张着嘴站着，眼睛发呆，注视着他的面容，仿佛是在听上帝的声音。"(They stood with open mouth, and motionless sight, / Watching his countenance, as though the voice/ Were of a God. ①)诗人对美洲人面部表情的描写表明他们对欧洲文化缺乏了解，同时显示了欧洲人在宗教信仰方面的优越感。骚塞接下来通过描写阿兹特克的祭司们狼狈的情形进一步展示了欧洲人的宗教优越感：

> 但是他们自己，
> 得知真相后大为震惊，
> 默默地将头转向他们的发言人，大祭司泰佐佐莫克；
> 他同样脸色苍白、哑口无言，
> 他打起精神要开口讲话，却说不出话来，
> 他支支吾吾，极度局促，
> 羞愧难当。

> Stricken by the truth, were silent; and they look'd
> Toward their chief and mouth-piece, the High Priest
> Tezozomoc; he, too, was pale and mute,
> And when he gather'd up his strength to speak,
> Speech fail'd him, his lip falter'd, and his eye
> Fell utterly abash'd, and put to shame. (343)

---

① Robert Southey. *The Poetical Works of Robert Southey.* New York: D. Appleton & Co., 1839. p. 342.

在以上诗行中,骚塞讽刺性地描述了美洲普通祭司们的迷惘以及大祭司泰佐佐莫克当众出丑的尴尬。原文中"mouth-piece"一词是隐喻用法,意味着泰佐佐莫克是整个阿兹特克民族的代言人。如果他在辩论中理屈词穷,他的民族将输掉比赛。"脸色苍白"和"哑口无言"表现出泰佐佐莫克的羞耻感,"脸色苍白"说明他内心慌乱无助,在强势的威尔士人面前失去了战斗力,这种感觉无法言表。在上帝眷顾的、真理在手的威尔士人面前,他无言以对;他失去了讲话的能力,眼睛流露出内心的窘迫。这段描写表现了信奉基督教的欧洲人在拜物教神职人员面前的自信和傲慢,证明了骚塞对基督教的偏爱。

萨义德在《东方学》中谈到"西方中心主义"时指出:"一群生活在某一特定区域的人会为自己设立许多边界,将其划分为自己生活的土地和与自己生活的土地紧密相邻的土地以及更遥远的土地——他们称其为'野蛮人的土地'。换言之,讲自己熟悉的地方称为'我们的'、将'我们的'地方之外不熟悉的地方称之为'他们的',这一具有普遍性的做法所进行的地域区分可能完全是任意的。之所以用'任意'这个词是因为'我们的领地'与'野蛮人的领地'这一想象的地域区分并不需要'野蛮人'对此区分加以确定。只要'我们'在自己的头脑中做出这一区分就足够了;在此过程中,'他们'自然而然变成了'他们',他们的领土以及他们的大脑都因而被认定为与'我们的'不一样。"[①]萨义德言明,他者身份的存在事实上是出于"我"的需要,这个"他者"只有在场,才能对"我"的身份进行最好的建构。

麦道克的"文明"身份通过清除土著的"野蛮"行为逐渐

---

① 萨义德. 东方学. 王宇根,译. 北京:生活·读书·新知三联书店,2007:68.

变得清晰起来，在这一过程中，欧洲和美洲两种文化的对立在前者的强势推进下日益激化。从本质上讲，该诗中基督教和拜物教的对立表现了在信仰方面压迫者和被压迫者的冲突。麦道克的侄子卡德瓦隆曾后悔没有将拜物教斩尽杀绝，他认为在军事胜利之后威尔士人应当在麦道克的领导下推倒拜物教的祭坛，把拜物教偶像扔到火中烧掉，在拜物教神庙的废墟上竖起胜利的十字架，否则在"有毒的杂草和荆棘"(noxious weeds and briers)上面播种，会扼杀种子的生长。① 卡德瓦隆明确指出铲除异教的途径，在他看来，烧光偶像和神庙不失为彻底扑灭拜物教复兴火焰的有效方法。在欧洲人眼中，美洲的拜物教是"有毒的"(noxious)，基督教应该"大获全胜"(triumphant)。卡德瓦隆的话表明欧洲人意图消灭美洲拜物教诸神，用他们的基督教文化来取代土著的信仰，这无疑表明了他们在文化上的霸权主义。

哪里有压迫，哪里就有反抗。在基督教铲除异教的过程中，祭司们被迫放弃自己在部落生活中的卓越身份和突出作用，因此他们的反抗最为强烈。他们有共同的反抗精神和目标，并且采取多样化的反抗策略。他们的第一个办法是处决亲欧者。作为对其他人的警告，偶像崇拜者们选择麦道克的向导林克亚做人祭。在拜物教徒眼中，林克亚是个告密者，是为欧洲人提供消息的人。林克亚的遭遇是偶像崇拜者们愤怒地报复的结果。反抗的祭司们认为任何亲基督教的人都应该被拜物教徒排斥在本民族之外。显然，大多数拜物教徒积极联合起来反对欧洲人的上帝。为了阻止欧洲人威胁他们的神明，拜物教徒采取了另一个策略：擒贼先擒王。两个阿兹特克武士成功地抓获了麦道克

---

① Robert Southey. *The Poetical Works of Robert Southey*. New York: D. Appleton & Co., 1839. p.376.

和一个名叫赫尔的孩子,并将他们带到阿兹特兰。阿兹特克人欣喜若狂,认为这是他们在民族斗争中获取的巨大胜利。骚塞细致地描写了麦道克被放在祭坛上的一幕:阿兹特克大祭司把手抬起,在他将要对麦道克实施人祭的瞬间,他的眼神是欣喜的。整个阿兹特兰在那一刻沉浸在欢乐的海洋中。土著相信战神墨西利(Mexitli)听到了他们的祈祷,他们将用自己最高贵的祭品——陌生人首领的血肉向神表达他们的崇拜。

阿兹特克人以自己的方式维护民族的尊严。例如,一个阿兹特克人被俘后被带到麦道克面前。麦道克发现土著对面临的危险态度漠然,却用坚定的目光注视着自己。对阿兹特克人来说,生和死都不能动摇自己的信仰。当麦道克提起"和平"时,土著的眼睛闪烁着蔑视的光芒。他问麦道克:"你在寻求和平?"(Seek ye peace?[①])这名俘虏认为威尔士人内心懦弱,他们盲目地相信一旦民族间的争端结束便能与土著和睦相处。事实上,土著清醒地意识到只有当阿兹特克人的武器栽种在威尔士人的坟墓上时,和平之树才会扎根繁茂,否则他们手中的刀剑就不会停止挥舞。这名俘虏明确地告诉麦道克,阿兹特克民族将战斗到没有一个陌生人活在他们的土地上。在麦道克看来,阿兹特克民族中的恐怖主义与野蛮主义需要被清除。麦道克认为这些美洲土著只能被统治,也许入侵他们的信仰在当前是个合适的做法。他把非白人的、非欧洲的、非基督教的文化与可接受的西方文化分开,然后把它放在恐怖、边缘、次等、野蛮等贬低性的标签下面。在麦道克看来,攻击这些范畴里的东西就是保卫欧洲的文明精神。

---

① Robert Southey. *The Poetical Works of Robert Southey*. New York: D. Appleton & Co., 1839. p.387.

麦道克在美洲推行基督教的行为不仅引发了阿兹特克人的反抗,而且触发了亲欧的霍门部落的对立情绪。霍门的偶像崇拜者秘密发誓反抗女首领埃里雅布,因为她与麦道克关系密切并且配合欧洲人行动。埃里雅布的儿子阿玛拉塔是谋反者的代表人物,他被迫接受基督教,内心并不虔诚。谋反者们没有足够的力量与欧洲人抗衡,他们暂时屈服于白人的控制,不敢表现出不满。一旦机会来临,他们会依照计划进行报复,将斗争进行到底。这些人怀有复仇的愿望,迟早会出其不意地暴动。威尔士人明白一旦美洲人重新信仰拜物教,两个民族之间的纽带会断裂,自己将失去对土著的精神控制。麦道克担心他们的殖民地位会受到威胁,他们的身份将重新退化为陌生人。他的担心逐渐变为现实。霍门人为了表达对蛇神的虔诚,开始用儿童祭祀大蛇。其中一个亲欧的霍门人说蛇神是恶神(the Wicked One),引发了霍门祭司尼奥林(Neolin)的驳斥:

> 谁说是恶神?
> 它是我们列祖的神!尼奥林大喊。
> 海洋之子,为什么要我们抛弃祖先的信仰?
> 你们白人遵从自己心中的上帝;
> 却把不同肤色、不同语言、不在同一块土地、有不同规则的上帝给我们。
> 只有蛇神理解红种人的祈祷,
> 了解他的需求,并且爱他。

> Who says the Wicked One?
> It was our fathers' God! cried Neolin.
> Sons of the Ocean, why should we forsake
> The worship of our fathers? Ye obey
> The White Man's Maker; but to us was given

> A different skin, and speech, and land, and law.
> The Snake-God understands the Red Man's prayer,
> And knows his wants, and loves him. (379)

欧洲人和美洲人在信仰方面的冲突根深蒂固。尽管霍门部落在麦道克的帮助下获得自由,但他们依然认为接受基督教是对自己祖先的背叛。这两个民族之间的差异是上帝无法弥补的。红种人(the Red Man)有他们的传统思想和信仰,眷恋他们自己的神,因为他们确信美洲人的祈祷只能被美洲的神理解。美洲的拜物教徒一次又一次地抵制欧洲基督教的精神控制。两个民族之间的冲突越来越激烈,阿兹特克人面临的局势也越来越严峻。基督教的上帝与美洲诸神之间的对抗逐渐演变为一场彻底的战争,此时的麦道克已无需任何借口来征服这片新的土地。殖民主义拥护者法国人茹尔斯·哈曼德(Jules Harmand)说:"种族与文化的等级是存在的。我们属于高等民族和文化。还要承认,优越性给人以权力,但反之也附有严格的义务。征服土著的基本合法性存在于我们对自己优越性的信心,而不仅是我们在机器、经济与军事方面的优越性,还有我们的道德优越性。我们的尊严就存在于这种优越性上,而且它加强了我们指挥其余人的权力。物质力量不过是达到这个目的的手段。"[①]

威尔士人认为土著需要被统治,有必要以各种方法去消灭和驱逐。在麦道克的带领下,他们激烈地,有时甚至是无情地争夺更多殖民地,拼命地移民,当然还统治所管辖的领土。最终,为了避免王室纷争而来到美洲的威尔士王子

[①] 萨义德.文化与帝国主义.李琨,译.北京:生活·读书·新知三联书店,2003:20.

成功地在美洲夺得了土地。虽然麦道克在新世界必须考虑居住的问题,但他内心希望的是多占有土地,因此他必须对原住民有所处置。麦道克的行为意味着重新谋划、占领和控制本不属于自己的、遥远的、已被他人居住和占有了的土地。麦道克一行以优越的物质条件为基础,运用军事和科技的力量,宣扬和普及自身文化的种种价值观和行为模式,在美洲推行欧洲的统治制度,确立自身的殖民者身份,达到重塑土著的价值观的目的,迫使美洲土著部落接受白人的文化,服从白人的利益。简言之,麦道克行为的结果是通过思想的渗透来控制土著民族的灵魂,然后把这个新世界变为欧洲白人的文化殖民地。因此,他的行为吸引了更多欧洲人来到美洲,同时引起美洲土著不可名状的苦难。

在历史上,欧洲大国的形象是在19世纪被支撑和塑造而成的。[1] 对于试图获取最大利益的欧洲白人殖民者来说,麦道克成了他们心目中的理想形象。依靠科学知识和现代技术,欧洲人在征服落后国家和地区方面占有巨大优势。正如萨义德所说,"当一个民族自身已达到高度成熟的状态并且拥有巨大的力量时,它就会走向殖民,将其他落后民族纳入这一民族的语言、习俗和法律之中"[2]。美洲当时处于贫穷、落后的原始状态,很容易成为欧洲文明的攻击对象,成为转嫁国内矛盾和冲突的发泄口。随着欧洲和美洲文化冲突的加剧,麦道克的身份逐渐改变,他从原来的"陌生人"渐渐变成美洲未来的主人。尽管如此,麦道克在美洲的处境并不十分安全,他的内心总是充满焦虑,因为他总是

---

[1] 萨义德.文化与帝国主义.李琨,译.北京:生活·读书·新知三联书店,2003:19.

[2] 萨义德.东方学.王宇根,译.北京:生活·读书·新知三联书店,1999:279.

面临着来自美洲未知文化的新威胁。为了维护利益,他千方百计巩固自己的优势地位,伺机与土著开战。英帝国的作战英雄哈里·史密斯爵士曾说:"对野蛮人的战争,不是靠公认的法则,而是靠常识。"(War against savages cannot be carried out according to acknowledged rule but to common sense.①)

就欧洲人本身而言,战争意味着体力、智力的竞争;对土著来讲是为了捍卫民族信仰。阿兹特克人在战场上拼命是为了保卫他们的偶像崇拜,他们在战斗中流血,甚至牺牲自己的生命以显示他们对美洲诸神的坚定信仰。战争最终导致了阿兹特克的毁灭。土著的城邑被毁坏,他们的君王被杀,他们的偶像被推翻在地。骚塞在诗中描绘了阿兹特兰城可怕的屠杀场面:城内的街道上,土著的尸体堆积如山,血流成河;城外,土著为成千上万个死去的同胞挖的坟墓深、宽且长,他们共挖了十个这样的坟墓……胜利的威尔士人推翻了由头骨建造的塔楼,把偶像抛到烈焰中,把灰烬撒在风中。来自欧洲的基督徒用虚假的仁慈和真正的策略使拜物教销声匿迹。麦道克杀害拜物教徒和摧毁拜物教寺庙的行为是种族歧视和霸权主义在文化侵略中的具体表现。该诗结尾显示,双方的较量以阿兹特克人的迁移告终。整部史诗由两部分组成,结尾各不相同:"麦道克在威尔士"的结尾是麦道克驶向美洲;"麦道克在阿兹特兰"以阿兹特克人向南方移民收尾。这首诗的最后一部分描写了阿兹特克人的迁徙,揭示了欧洲人和美洲人的不同命运。欧洲基督教和美洲拜物教之间的竞争以欧洲白人的征服和美洲原住民的彻底失败告终。欧洲人粗暴地消灭美洲的偶像崇

---

① Elleke Boehmer. *Colonial and Postcolonial Literature*. New York: Oxford University Press, 2005, p. 20.

拜,实质上违背了上帝的仁慈和意志。本章认为,麦道克的力量和信心源自他的种族,并且他相信上帝赐福于他的民族。他所谓英雄主义体现的是他个人的勇气和民族的力量。在欧洲殖民者和他们的君主眼中,他是英雄;而在被殖民者眼中,他是侵略者和强盗。美洲土著虽然失去了家园,但从未放弃对欧洲人的抗争,并且他们永远不会放弃自己的文化传统。任何人都不应被迫放弃自己的文化传承。欧洲文化和美洲土著文化之间的对立短时间内不会消除。

本章认为,"文明"的欧洲人是虚伪的,他们的规约和习俗不能让人们免受伤害;落后的土著比较纯朴,他们待人真挚、友好,能够维系人们之间美好的情感。欧洲人傲慢、野心勃勃,不尊重贫穷落后的民族的传统和信仰,并以"野蛮"和"不人道"为名进行攻击,暗中获取自己的利益。欧洲人自从来到美洲,无时无刻不在展示自己的优越性。然而事实是,正如欧洲人创造了自己的历史一样,美洲人也创造了自己的文化和种族认同。没有人能否认悠久的传统、习惯、民族语言和文化地理的延续性。萨义德说:"更充满同情、更具体、更相对地考虑他人,要比考虑自己更有益、更困难。但这也同时意味着不去企图统治他人,不去把别人分类,分高下,特别是,不去不停地强调'我们'的文化和国家是天下第一(或者在这一方面,不是天下第一)。"[①]这说明民族文化之间必然存在差异,除了通过冲突,还可以通过没有高低之分的互相影响、交换、合作、重组,增强彼此之间的联系,使彼此交融。

浪漫主义时期的骚塞通过12世纪的麦道克实现了在美洲建立大同邦的梦想,通过塑造美洲土著的"他者"形象,

---

① 萨义德.文化与帝国主义.李琨,译.北京:生活·读书·新知三联书店,2003:478.

形成土著"野蛮"、欧洲人"文明"的文化对立。骚塞在这种对立的背景下呈现麦道克形象，引发读者用新奇和带有偏见的眼光去看待美洲土著，从而创造了一种和威尔士人完全不同的民族本质。萨义德认为："我们阐述表现过去的方式，形成了我们对当前的理解与观点。"①这种欧洲中心的民族文化赋予麦道克一种精神方面的强势，使其能够成功地在美洲开辟领地，"最重要的是，它使殖民地人民臣服了，其方式是，把他们排除在文化，甚至白种人的基督教欧洲观念之外，使他们失去自己的特征，只是作为低等生物而存在"②。面对不可理解的美洲他者，如果欧洲人认为自己与土著在本质上是同一的，那么他就会根据自己的民族文化价值来判断他者，并超越自我与他者之间可能存在的巨大差异以寻求共同的文化价值。显然该诗中的欧洲人把土著想象成与自我根本不同的他者，因此麦道克一行很难接受他者的民族文化，既没有对自我进行否定，也从未对他者的文化价值观念和意识形态进行真正肯定，因此不会对他者进行真正全面的了解和判断，这种欧洲中心文化习性一旦形成便难以改变。麦道克认为自己在文化和道德上高人一等，这就意味着他很难质疑自己及自己所来自的社会的价值观念，因此不能真正理解在他看来是无价值的被殖民的他者。

---

① 萨义德. 文化与帝国主义. 李琨，译. 北京：生活·读书·新知三联书店，2003：3.

② 萨义德. 文化与帝国主义. 李琨，译. 北京：生活·读书·新知三联书店，2003：316.

第四章
《克哈马的诅咒》人物的神话审美研究

远在人类有文字之前,神话就产生了,并在各民族中世世代代口耳相传,直到被记载下来。"神话,正是人类远祖留给我们的一份最早的精神文化遗产和信息密码。"①神话是"通过人民的幻想用一种不自觉的艺术方式加工过的自然和社会形式本身,是用想象和借助想象以征服自然力,支配自然力,把自然力加以形象化"②。中外神话中有各式各样神的形象,他们被赋予了不同的精神内涵。中国古代的神的重要特征是"不食人间烟火,没有平凡人的情欲",如尧、舜、伏羲、女娲等,都是崇高而圣洁的,他们不苟言笑,从不戏谑人类,更不会嫉妒和残害人类,注重道德与品行的修养,并且尊贤重能。③ 除此之外,"神谕"在神话中是一个不可或缺的内容,更是其发展的主线。"古希腊人相信有一种超越于神和人之外的力量,对神和人具有同样的约束力,这就是'神谕',它神秘莫测,难以改变。神谕的威力规范着世界的一切流程。何谓神谕? 神谕就是未被古希腊先民征服

---

① 钟浩.神话·世界神话·东方神话.求索,1993(5):64.
② 马克思,恩格斯.马克思恩格斯全集:第42卷.中共中央马克思恩格斯列宁斯大林著作编译局,编译.北京:人民出版社,1979:29.
③ 闫德亮.中国古代神话的文化观照.北京:人民出版社,2008:315.

的自然环境和未被认识的社会发展的客观规律。"①总体来说,神话体现了一种扬美抑丑、求真向善的精神导向。"神话和人类的审美活动和艺术活动存在广泛而深刻的联系,西方的美学思考在一定程度上涉及神话这个重要的精神现象,从而形成一种值得关注的神话美学。"②因此,人们有必要意识到神话对社会思潮和文学创作的深刻影响。

《克哈马的诅咒》(以下简称《克哈马》)是骚塞创作的第四部长篇史诗,发表于1810年,分为两部分,共分24章。本哈德-卡必什认为该诗写得非常引人入胜。它集中体现了一种邪恶的幻象,尽管这种幻象很怪诞,但其中依然存在恐怖和象征。它让人们认识到有一个邪恶的普通人,而不是住在海底的魔法师,有极度的权力欲,希望统治宇宙。骚塞认识到拿破仑的崛起不仅是对革命的背叛,而且对整个人类来说是一场彻底的灾难。拿破仑自己是邪恶的化身,一个反基督的人,试图让全人类听他指挥。骚塞当时倾向于从道德的角度来看待政治现实,因此他笔下的克哈马被塑造成了一个时代的教训,一个永恒的原型。③

本章结合美学的学科属性对《克哈马》的人物进行神话审美研究。该诗取材于印度神话,叙述婆罗门祭司克哈马的儿子企图强奸平民少女凯雅尔,结果被凯雅尔的父亲拉都拉德杀死。克哈马在儿子阿瓦兰死后为其举行了盛大的葬礼,并且召唤儿子的灵魂以实现其未了的心愿。随后阿

---

① 张岚. 神谕的不可逆转——希腊神话传说特征探析之二. 西安联合大学学报,2002(1):67.

② 颜翔林. 神话的美学探询——西方神话美学札记. 湖南师范大学社会科学学报,2009(1):123.

③ Ernest Bernhardt-Kabisch, *Robert Southey*, Boston: G. K. Hall, 1977, p.98.

瓦兰的灵魂出现,告诉克哈马复仇的渴望。克哈马一心为儿子报仇,利用权势及巫术,残酷地对拉都拉德施以魔咒:拉都拉德将得不到自然的恩赐,受到无尽的折磨、生不如死且求死不得、失眠终生等等。然而,拉都拉德却因不受死亡的威胁,得以突破重围成功地救出自己的女儿。拉都拉德身心忍受着常人无法想象的巨大折磨,为了不连累女儿,他悄悄地离开了家乡。凯雅尔失去了父亲的保护,遭到阿瓦兰幽灵的恫吓,幸好被"象头神"救下,且幸运地被摩诃迦叶(Casyapa)之子善神艾力尼亚(Ereenia)带到天庭。迦叶惧怕人王克哈马的权势,不敢庇护凯雅尔。艾力尼亚将她带到克哈马的敌人——主神因陀罗①(Indra)主政的天堂,她获得了暂时的帮助。但不久之后,凯雅尔又回到人间和父亲艰难度日。

克哈马长期以来不停地举行祭典,向毁灭之神"湿婆"②(Seeva)献祭,祭品人间稀有——从未被人骑过的马。再有一天,祭典就大功告成,克哈马将实现统治天堂和地球的愿望。为了保证祭品的纯洁,克哈马派士兵严加防范,以防有人玷污祭品。然而,偏偏有人出其不意地骑上祭品,破

---

① 因陀罗既是婆罗门教中的神,又是佛教中的菩萨。在"吠陀时代"他极具保护力,是众神之首的天帝。他是雷雨之神,同时又是战神。他手持金刚杵,维护天界道德。他曾拓宽天空,释放七河之水,杀死巨龙,成为三界的统治者,又是刹帝利种姓的保护神。《梨俱吠陀》描写了因陀罗战胜象征干旱的恶魔的伟业:"天帝因陀罗,施展神力量,制服弗栗多,彼之魔力量。正是因陀罗,有此大胆量,斩除该恶魔,雨水得解放。"

② 湿婆是印度教的三大主神之一,又称三目神、楼陀罗等,既司毁灭,又司维持与创造,还司生殖与舞蹈。湿婆自由随性、无拘无束,但品德高尚、用情专一,坚持正法与苦行,且身体健壮、相貌堂堂,是具备男性一切优点的大神,深受印度人的爱戴。

坏了祭祀。此人正是拉都拉德,他只求一死。但克哈马命人杀死卫兵,继续让拉都拉德遭受生不如死的诅咒。克哈马重新开始旷日持久的祭祀并最终完成了这项重大的祭典,他下一步的企图是征服地狱,获得永生。邪恶的克哈马有无尽的欲望,他打算占有凯雅尔,于是和凯雅尔谈条件,答应事成之后解除对拉都拉德的诅咒。凯雅尔拒绝了克哈马的无耻要求,结果遭受身患麻风病的诅咒。

艾力尼亚决心拯救凯雅尔,他来到湿婆居住的凯拉萨山(Calasay),敲响了山上的银铃。此刻,整座山放射光芒,传来一个消息,告诉艾力尼亚去寻求阎罗①(Yamen)的帮助。艾力尼亚找到凯雅尔和拉都拉德,三人一起来到地狱。阎罗告诉三人他自己在等待一个时机——克哈马的来临。果然,克哈马来到地狱,他挑战并且废黜了阎罗,自认为已实现对地球和地狱的统治。他志得意满地再一次要求凯雅尔与他共享长生不老的生活,却又一次遭到拒绝。最后湿婆发威,来到地狱恢复了阎罗的力量,战胜了克哈马。该诗的结局是克哈马被打入地狱,在地狱无尽的折磨中实现永

---

① 阎罗的起源可以追溯到至少公元前 2000 年,在诗集《梨俱吠陀》中已出现。印度神话以及往世书记载他心地善良,有同情心,按照人善恶的不同程度公正地给予报应。印度神话中人死后都要下地狱去见阎罗,在那里阎罗会根据人在人世间的作为决定人进哪一层地狱然后转世投胎,有善行的人还能得到尊重。神话《罗摩衍那》记载:"刚沙死后,黑天安慰孟军说:'您说的话令人信服,遵照您的意愿,魂归阴曹的刚沙将得到应有的尊重,并给他安排合适的位置。'"阎罗的职能是在人的轮回转世中体现出"因果报应,轮回转世"的普遍性和绝对性。阎罗的形象,传统上是狰狞恐怖。《罗摩衍那》记载阎罗是"一个手持木棍、相貌狰狞的人,瞪着火球似的通红的眼睛"。阎罗在地狱中断事清正,赏罚分明,与阳世徇私枉法形成鲜明的对照。这也是人们的一种美好希冀,希望自己从人世的不公正中得到解脱,渴望一个政治清明的社会。

生;凯雅尔与艾力尼亚携手在天堂共度时光;拉都拉德终于得以入眠,醒来时"与所爱的人相逢,再也不分开"。

该诗带有浓郁的印度神话色彩。印度神话最早的记载见于公元前一千几百年的诗歌集《梨俱吠陀》。"吠陀"意为知识,里面记载印度的天神(司掌白昼)密多罗(Mitar)、印度的酒神与月神苏摩(Soma)、冥王阎罗。阎罗统辖着先人的亡灵,其领地是一个光明美好的极乐世界。随着佛教传入中国,大量佛教神话被中国人熟悉。如在中国家喻户晓的阎罗王,源于佛教沿用的印度古代神话中的阎罗。在生产力不发达的古代,印度社会三大种姓的划分——婆罗门、刹帝利、吠舍——实际上是不发达的古代社会的三大分工,它们各自履行着自己的社会职能,既互相区别又互相补充,缺一不可。婆罗门是社会的统治力量——主要是指精神和思想领域;刹帝利为贵族武士阶层,履行着防卫的职能;吠舍是社会的生产力量,维系社会的繁衍。学者钟浩认为语言产生于社会实践也反映社会现实。① 几乎所有的印欧语系民族的神话存在着一个三元结构,例如印度神话存在的三元结构是:大梵天(创造之神)、毗湿奴(保护之神)、湿婆(毁灭之神,同时又是重建者和生殖崇拜对象)。印度神话具有三位一体的多神观念与结构模式。正如金克木所说,印度神话中"无上帝",表现出多神论的观念;但在众多的神中又有三大主神:梵天、毗湿奴和湿婆。这三大主神分司创造、保存和毁灭。② 印欧语系民族神话中的三元结构模式就是印度神话的内部结构模式,金克木在《〈蛙氏

---

① 钟浩. 神话·世界神话·东方神话. 求索,1993(5):65.
② 金克木. 印度文化论集. 北京:中国社会科学出版社,1983:32.

奥义书〉的神秘主义试析》①一文中的图示如下：

在《克哈马》中，最终决定克哈马结局的是三大主神中的毁灭之神湿婆。该诗表明，在三位一体的神中，湿婆威力最大。梵天和毗湿奴曾经争权夺势，是湿婆出面结束了他们的纷争。湿婆高大得超出想象：梵天用了一千年也没能探寻到湿婆的高度，毗湿奴同样也未能得知。

就叙事文学而言，神话是"对一系列行动的模仿，这些行动接近或处于欲望的可以意料的极限"②。天上的神祇爱美女，彼此之间也有争斗。他们身处仙境，有时抚慰、帮助困境中的人类，有时俯视人间的苦难，总之，神话运转在人类欲望的最高层次。马克思指出神话的审美价值："神话和英雄史诗萌生于较低的发展阶段，始终是后世审美的楷模。"③在《克哈马》中，骚塞成功地塑造了一个把持地球、天堂甚至地狱的极权者——恶魔克哈马的形象。他有常人不能及的施展咒语的能力，对权力有极端的渴望，为了满足自己的私欲不断地实施一系列卑鄙的行为，在这个过程中其报复性的惩罚给善良的普通人带来多重灾难，其严重程度远远大于读者能够想象的现实生活中的实际情况。就克哈马本身而言，他拥有的力量越多，邪恶程度越强，罪过也就

---

① 金克木.《蛙氏奥义书》的神秘主义试析.哲学研究,1981(6):72.

② 弗莱.批评的解剖.陈慧,袁宪军,吴伟仁,译.天津:百花文艺出版社,2006:192.

③ 梅列金斯基.神话的诗学.魏庆征,译.北京:商务印书馆,2009:18.

越大。通常人们认为美学"研究美学范畴,研究美学范畴之间的区别、联系和转化,研究美学范畴体系"①。因此按照这个标准,对《克哈马》人物进行神话审美研究,首先应探讨其人物行动的极限性与美学范畴之间的关系问题,在此基础上,本章将进一步研究审美范畴问题,主要是研究作者的审美取向和人物的审美价值问题。

第一节 克哈马的"极限性"特征

神话具有一种特性,即"将一般的意象呈现于具体的、感性的形式,即所谓的形象性"②中。克哈马在作品中被塑造为极端权力者,在不同情形下他被称作"万能的国王"(the Almighty Rajah)、"全能者"(Man-Almighty)、"无所不能的暴君"(the Almighty Tyrant)、"人间之神"(Man-God)、"地狱之主"(Lord of Hell)等等,他内心缺乏道德约束,对权力有无限的野心,当大权在握时忘乎所以,横施淫威,无恶不作。克哈马形象是丑恶、卑劣人物的典型,可以说是最早被人类认识、最基本的审美形态——优美与崇高的对立面。克哈马的"极丑"表现在方方面面,难以用某个词概括。"美只有一种典型;丑却千变万化。因为,从情理上说,美不过是一种形式,一种表现在它最简单的关系中、在它最严整的对称中、在与我们的结构最为亲近的和谐中的一种形式。因此,它总是呈现给我们一个完全的但却和我们一样有限的整体。而我们称之为丑的那种东西则相

---

① 叶朗.中国美学史大纲.上海:上海人民出版社,1985:4.
② 梅列金斯基.神话的诗学.魏庆征,译.北京:商务印书馆,2009:1.

反,它是我们所没有认识的那个庞然整体的一部分。"① 克哈马主宰世人命运,他恣意逞性,排斥世人,干涉人间事务主要是为了维护自身特权。他向世人索取献祭,并令世人盲目服从其个人意愿,其内心的极度丑陋主要表现在以下两个方面。

一、野心无限,统占三界

克哈马对权力怀有极度的图谋。在接连不断地征服了地球上的各个国家之后,他奴役了所有的国王,但他并不满足于做地球的主宰,开始觊觎天堂和地狱,企图通过盛大的祭祀和其他法术攫取掌控天、地、人三界的力量。在第六章中,"众神之父"(the Father of the Immortals)摩诃迦叶与儿子艾力尼亚的对话表现出他们对克哈马发展态势的担忧。摩诃迦叶父子认为克哈马的权力大到颠覆宇宙秩序的程度,以致地狱里的死刑犯认为出头之日快到了感到高兴,天堂有福的神暂停了他们的欢乐开始担忧,等等。在神话中,通常神祇主宰着人类的命运,他们远在天上却对世间了如指掌,有时甚至为了维护自己的特权而干涉人间的事务。他们向世人索取献祭,并令世人遵从他们的法则和规律。而《克哈马》中的众神首领摩诃迦叶一反常态,对人间的婆罗门祭司开始威胁到天庭的安全束手无策,这一幕可以看作神的悲剧和讽刺。

克哈马的野心彻底颠覆了神话世界所遵循的秩序,作为世间人,他控制了人间后,打破常规,对权力无限的贪心指向天庭。在如期完成祭献仪式后,事实上他一度占据了天庭,胁迫摩诃迦叶和众神屈居其下且不得不离开天庭。

---

① 雨果.雨果论文学.柳鸣九,译.上海:上海译文出版社,1980:37.

众神之父(摩诃迦叶)告知众神:

> 很快你们会感到地面像发生了地震
> 这标志着大能量的祭牲完成:
> 这个世界,整个天庭,所有一切,
> 是克哈马的。接下来
> 整个七重天,甚至主神,
> 都准备撤离,
> 远离这个被征服的世界,
> 远离这个国王的势力范围。

> Soon like an earthquake will ye feel the blow
> Which consummates the mighty sacrifice:
> And this World, and its Heaven, and all therein,
> Are then Kehama's. To the second ring
> Of these seven Spheres, the Swerga King,
> Even now, prepares for flight,
> Beyond the circle of the conquer'd world,
> Beyond the Rajah's might. (590)

克哈马的权力欲促使他不但颠覆了"君权神授"说,而且还颠覆了神话世界本身的固有秩序:他占据天堂金殿,完全控制了地球和天堂,成为人天之王。其结果是原有的天堂规则遭到破坏,所有的恶神欢呼雀跃,发出快意的狂呼,在人间和天堂肆意游荡,维护克哈马的权威。围绕在克哈马身边的众恶神其实是靠自私之心和恶性结合在一起,他们效忠于克哈马,目的是纵情个人欢乐,置责任或体面于不顾。这样的天庭是善神无法脱身的厄境,是世间人凯雅尔和拉都拉德人生灾难和悲剧的根源。在颠覆君权、神权和维护个人极权的过程中,克哈马极端邪恶的野心昭然若揭。

大权在握的克哈马的另一个极端欲望是实现永生——这一人类永远无法突破的局限。在古印度神话中,很久很久以前,世上没有死亡之说,那时的人们长生不老,不知道什么是罪恶,在大地上生活得幸福、安宁。后来随着人类的繁衍生息,生灵多到了人满为患的地步。创造之神梵天命死神去消灭生灵,死神被委派到人间执行梵天的命令,从此人间有了生死。印度神话说明人的生死由神掌控,即便是死神本身也只是在执行天命。克哈马对拉都拉德的诅咒源于其子阿瓦兰之死,他意识到在人世间无论权势有多大,在生死面前也无能为力,因此他的权力欲里面包括对生命的掌控。对永生的追求是克哈马随心所欲按照自己的意愿推翻自然规律的表现。人类在神话世界中的特殊性意味着人并没有绝对的自由,不能摆脱自然、超自然和自身的限制而独立存在。克哈马不断挑战神的权威,其目的是企图实现个人对永恒持有权力的欲望,试图在时间和空间上完全打破权力的局限。第二十四章描写自我膨胀到极限的克哈马在地狱长驱直入,坐上"地狱之王"(Lord of Hell)阎罗的宝座,并命阎罗献出"长生玉液"(the Amreeta of Immortality),饮下后得到永生。至此,克哈马认为自己已征服地狱,成为不朽之神:

> 此刻万能之人的心中洋洋得意;
> 太圆满了!他大声喊道;
> 我已战胜死亡和命运。
> 现在,湿婆!看看你的住所吧!
> 从今以后,我们开始平起平坐,
> 现在我们都是神;我们将要打仗,
> 这是神和神的战争!

Then the Man-Almighty's heart elate;

> This is the consummation! he exclaim'd;
> Thus have I triumphed over Death and Fate.
> Now, Seeva! Look to thine abode!
> Henceforth, on equal footing we engage,
> Alike immortal now; and we shall wage
> Our warfare, God to God! (615)

克哈马内心充满极度喜悦之情,对湿婆已失去敬畏心,丧失了对秩序的崇拜。他不具备无所不知的能力,却企图满足无所不能的野心。克哈马希冀不断膨胀的野心能够实现自己不朽的愿望,无须再祈祷湿婆,从本质上讲是对制度和规约的亵渎。

二、自私无限,横施淫威

其实丑陋的人性本身并非等同于恶的范畴。文学作品中一些人物形象展现的是丑陋人性中滑稽或喜剧的一面,例如莎士比亚的历史剧《亨利四世》中的福斯塔夫爵士。福斯塔夫以幽默和坦率的方式展现他的丑行,是一个复杂的喜剧形象。他是一个没落的封建贵族,身上带有浓厚的封建寄生生活的特点,身材臃肿,好酒贪杯,纵情声色。他是王子放浪形骸的酒友,既吹牛撒谎又幽默乐观,既无道德荣誉观念又无坏心。他是军人,却缺少一个封建骑士的荣誉观念和勇敢。即便如此,福斯塔夫的丑角滑稽搞笑的形象历来受到众人喜爱。

本书认为福斯塔夫的人性丑而不恶的原因首先在于他不道德行为动机的模糊性、方式的随意性和结果的无害性没有让周围的人或读者产生恐惧戒备心理。他身边的市民阶层,就是他能联系到的广泛群众,和他一起愉快地自我享受。因此,从塑造戏剧人物的角度分析,福斯塔夫这个角色更多展现的是五光十色的平民社会中的芸芸众生。无论他有多么非同寻常的经历,无非是在对社会各个阶层的生活进行体验和把握,并以独特的方式生存下去。其次,他的行为所显露的天真幼稚又使其周围的人们对他产生爱怜。他生活在封建社会向近代市民社会过渡的时期,没有新兴市民阶级的进取心,却染上了他们的享乐思想,利用拍马、吹牛、逗乐来谋取生活。再次,福斯塔夫和亨利王子的亲密关系使周围的人在一定程度上原谅他。作为一个破落爵士,福斯塔夫既能与王子把酒言欢,也能与平民百姓玩到一起。他甚至在酒馆里与王子做游戏,扮演王子的父亲,大家还都玩得开心。福斯塔夫尽管长得如酒桶,但是脑筋很机敏,吹牛不打草稿,偶尔也能蒙混过关。因此其丑陋的人物形象集中表现的是大千世界幽默诙谐的一面。

与福斯塔夫滑稽的丑陋不同,克哈马的丑更多地表现出人性的恶,结果是给众生带来诸多苦难,这些苦难强大到凭借人类本身无论如何无法战胜。克哈马集诸多邪恶的人性于一身,在其拥有特权的时候,其内心的丑陋超过现实生活的普通人。第二章"诅咒"集中刻画了一个极端自我、无视公平正义的当权者形象。克哈马与儿子的亡灵对话中,阿瓦兰奚落克哈马——"您不是像神一样无所不能吗?"(Art thou not powerful—even like a God?)阿瓦兰要他对拉都拉德实施报复,并且是"长年累月、漫长的报复"(lasting, long revenge)。只有看到报复,他才能缓和不幸的感受:

> 只有看到复仇。为我报仇!
> 报仇,十足的,应得的报仇!——不是一带而过的
> 突然的惩罚——这样
> 让这个混蛋死去,本身没有痛苦,
> 我要的是长年累月、漫长的报复。

> Only the sight of vengeance. Give me that!
> Vengeance, full, worthy vengeance! —Not the stroke
> Of sudden punishment, —no agony
> That spends itself, and leaves the wretch at rest,
> But lasting, long revenge. (570)

克哈马立刻答应儿子的要求,脸上浮现出"可怕的骄傲"(dreadful pride)的神情,吩咐手下把凶手带来,当看到拉都拉德时,他"令人害怕地皱眉"(dreadful frown),漠视一位父亲在危急时刻救女心切的实情,丧失仁慈、公正之心,置这位父亲但求一死的请求于不顾。

克哈马对拉都拉德实施诅咒的动机是对弱者进行旷日持久的报复。克哈马诅咒拉都拉德终生免受武器、石、木、水、火、毒蛇、猛兽之害,时间和疾病也不能将他带走,这样克哈马将拉都拉德的一生枉判为遭受其随心所欲惩罚的一生。克哈马的手段残忍,带有明显的超现实色彩:诅咒拉都拉德将受到全方位无尽的折磨,再也享受不到甜美的果实,饥饿却吃不到食物,接触不到水,永远无法解除干渴,大自然馈赠的风和雨露也感受不到,等等。比生无可恋更为残酷的是:只要克哈马当权,拉都拉德就求死不得,伴随着心中和脑海中无法遏制的烈火对他的折磨,失眠终生。其报复的结果是无辜的人受到非人的虐待,正义无处伸张。克哈马的诅咒使得拉都拉德每时每刻都活在巨大的痛苦之中却无力摆脱。父女二人无家可归,他们尽可能远离克哈马的势力范围,整日在野兽出没的荒郊野外流浪。其实父亲并不感到恐惧,因为他已丧失所有的希望。只是每当夜晚来临的时候拉都拉德不能入睡,凯雅尔看到父亲如此痛苦也备受心灵的煎熬。为了宽慰女儿,父亲只好假装入眠。

直到有一天深夜,拉都拉德觉得再也不能这样连累女儿,为了减少凯雅尔的痛苦,父亲悄悄离开了相依为命的女儿。凯雅尔失去了父亲的保护,生存变得更加艰难,在漫无边际的丛林中她听到猛虎的咆哮,遭受阿瓦兰的幽灵的追赶,无尽的恐惧笼罩在她周围。

克哈马对凯雅尔威逼利诱的动机是通过婚姻关系满足个人的控制权。他注意到凯雅尔的眉毛上有个特殊的印记,预示着她将饮下"长生玉液"。由于克哈马企图在征服地狱后获得永生,因此他臆断凯雅尔是他的未婚妻。为了占有凯雅尔,道德沦丧的克哈马谋划首先放弃对拉都拉德的诅咒,然后让凯雅尔在利益面前就范。克哈马告诉拉都拉德他们二人之间的宿怨已经偿还,他要收回对拉都拉德的诅咒。拉都拉德马上感觉到心头和脑子里燃烧的烈火已荡然无存,身心都不再痛苦。在这个前提下,克哈马转向凯雅尔说命运已选择她做克哈马的新娘,这样她便可以成为人间和天堂的女王,他们的结合是命中注定,二人终将成为唯一永生的一对人。在得知少女坚决不从的情形下,他企图让饱受折磨的父亲说服女儿,作为交换条件,可令拉都拉德免受诅咒之苦。并且他要拉都拉德命令女儿鞠躬感谢命运的恩典,同时威胁拉都拉德如果不遵从天命,诅咒将再次降临。最终这位百折不挠的父亲断然拒绝了克哈马的无耻要求,克哈马气急败坏,说父女二人是"固执的笨蛋"(obstinate fools),反抗也没用,下回见面时必须完成命运的安排,等等。

神话作为虚构文学的基本模式之一,"其中人物的行动力量绝对高于普通人,并能超越自然规律"[①]。克哈马完全

---

① 弗莱.批评的解剖.陈慧,袁宪军,吴伟仁,译.天津:百花文艺出版社,2006:前言5.

漠视他人存在的价值,极端形式的自私自利也就意味着"极端的丑"。当我们说克哈马的形象是丑的,在审美层面也就意味着对于其否定性评价与判断的形成。人类原来无法道出的某种东西被道出了,原来未曾领会的某种价值关系被领会了。因此,大权在握、缺乏道德约束力的克哈马成为弱势父女的灾难的缔造者,其危害程度远超人类的现实生活,体现出典型的"极限性"特征。如果说克哈马的野心和自私是丑陋的,那就意味着对于克哈马人性中否定性的评价与判断基本形成,这可以看作审美活动中负面因素的否定性价值的形成。神话的形式使人性的丑得以无限放大,人类原来在自然界中无法实施的某种特性以极致的方式被呈现出来,天堂和地狱作为虚拟的空间拓展了美学语境,并且被人领会。柯汉琳曾引用玛克斯·德索的话说明丑的审美意义,即"丑令人厌恶又令人着迷,令人痛苦又令人注意"①。克哈马丑陋的形象不仅引起人们的注意,而且达到令人感到惊异的程度。正是惊异这种原始的心灵状态,穿透一切为人熟视无睹的事物的外表,将人从一种自然态度或者日常性漠然与迟钝状态中唤醒,不抱任何隐秘目的地思考宇宙、天空、世界和人的存在。

第二节 骚塞在《克哈马的诅咒》中的审美取向

诺斯罗普·弗莱认为通常魔怪意象表现的是"地狱及

---

① 柯汉琳.丑的哲学思考.文艺研究,1994(3):44.

其他与人的愿望相反的否定世界"①。他同时指出,亚里士多德在《诗学》第六章中按照六方面对诗歌作品重要性的大小进行排序,序列前三为"情节、人物、思想"②。因此,作为史诗构成要素的人物和情节最能够体现作者的创作主旨。骚塞于1838年在该诗的再版前言中说明《克哈马》是他经过"深思熟虑的设计,精心撰写的诗歌"③。本诗再版开篇词是"善有善报,恶有恶报"(Curses are like young chickens; they always come home to roost.④),对全诗的基调起到统领作用。现从骚塞对情节和人物的处理两方面探讨其创作思想。

一、情节衬托人物,突出邪恶

在叙事文学中,情节的构成离不开事件、人物和场景。如果说事件是史诗的基础,那么人物不仅是事件的发端,而且是事件的推动者。事件是塑造人物形象的首要条件,人物对事件的感觉、态度和反应以及在某一特定事件中的行为,构成其性格的重要组成部分。正如荷马在《奥德赛》中精心安排了一系列引人入胜的情节来刻画人物形象,骚塞在《克哈马》中通过扣人心弦的事件和场景烘托人物形象,突出人物特点。

《克哈马》第一章描述克哈马儿子的葬礼一幕,有三个

---

① 弗莱. 批评的解剖. 陈慧,袁宪军,吴伟仁,译. 天津:百花文艺出版社,2006:前言 8.

② 弗莱. 批评的解剖. 陈慧,袁宪军,吴伟仁,译. 天津:百花文艺出版社,2006:76.

③ Robert Southey. *The Poetical Works of Robert Southey*. New York: D. Appleton & Co. Press, 1839. p. 566.

④ Robert Southey. *The Poetical Works of Robert Southey*. New York: D. Appleton & Co. Press, 1839. p. 565.

重要特征。第一,这一事件发生的场景非同凡响。午夜时分的印度皇城,无人入眠,城市的天空被火把照得发红,全城的人不分长幼尊卑,都挤在大街上观看盛大的葬礼,妇女们为了视线不受阻挡甚至甩掉她们的面纱。从众人的反应来看,与其说这是一场悲哀的仪式,倒不如说是节日狂欢的一幕。葬礼的场面宏大,走在葬礼队伍前列的是光着头顶的婆罗门,他们唱着丧歌,此时,有一万只鼓同时敲响,一万个声音一起呼唤克哈马儿子的名字,声音不断回响,但显然死者已听不到。第二,殉葬场面恐怖。当火葬的柴堆点燃时,将殉葬的克哈马儿子的两个妻子和长长的一列奴隶都围着火堆,他们中有人漠然,有人反抗,特别是其中的一个妻子明显进行过抗争,但终究被当权者的势力征服。周围的人把手中的火把投入火堆,殉葬的人们手拉着手,一个接一个地跳到火堆中,直到被烈焰吞没。第三,现场人物心情不同。拉都拉德和凯雅尔父女在众目睽睽之下走来,面色苍白,被弓箭手团团包围。围观的人上下打量着"悲惨的父亲"(wretched father)和"不幸的孩子"(unhappy child),众人感到疑惑,想探查究竟。这就是那位胆大的父亲?是他给了阿瓦兰致命的一击?是他即将承受克哈马可怕的愤怒?人们根据克哈马平时的所作所为,已得知等待拉都拉德的将是什么。他们都为拉都拉德哀叹。他们当中没有一人喜欢死去的阿瓦兰,他们清楚只有极端严重的罪恶才会激起一位父亲不顾一切地回击。克哈马是唯一为死者感到悲痛的人。看到主人悲痛,克哈马的奴隶们十分欣喜,这一刻他们不再羡慕他。克哈马遭受丧子之痛后意识到自己仍然是人,不能被灾难豁免,自己无法掌控命运,没有能力主宰生死,这成为他后来盘踞天堂和地狱、妄想主宰命运的助推剂。因此,葬礼情节渲染出克哈马权势浩大、践踏生命、不得人心的一面,克哈马其实已经被列在民众的对立面。

民众迫于他的淫威,只能心谤腹诽。

在英国浪漫主义运动之前,与克哈马有相同的"恶"的特点的一个人物是约翰·弥尔顿的《失乐园》中的撒旦。弥尔顿通过两个事件呈现撒旦形象,一个是始祖受撒旦引诱而失去地上乐园,一个是撒旦反抗上帝失去天上乐园。在《失乐园》的第一卷中,撒旦是神的对立面,是一个败而不馁的战士,一个视死如归、桀骜不驯的英雄,他拥有高大的身躯,具备骁勇善战的个性,无所畏惧地进行反抗,张扬对完全自由的渴望。他意志坚定,富有谋略。当看到地狱中其他魔鬼灰心丧气时,他马上发表了一段鼓动他们反叛上帝的激情演说:

> 战场上的失利算什么?
> 一切都没有丢失:坚强不屈的意志、
> 永不改变的复仇心、无法消除的憎恨,
> 以及永不消灭、永不妥协的勇气……①

于是撒旦及其追随者开始策划谋反,兴兵作战,用尽心机引诱人类"失足",进而开始自己的复仇计划,甚至自告奋勇独自承担远征的任务。

而在第二卷中,撒旦的形象开始有了些许新的变化。他在地狱之门邂逅了他的女儿兼情妇"罪"。"罪"生动妖艳,撒旦和她相爱,致使她怀了孕,后"罪"生下了儿子又兼为孙子的"死"。自那以后,不论是在上帝的审判和驱逐之前,还是在地狱深渊,"罪"和"死"都相对而坐,无法分开。这是极具象征意味的,即撒旦给人类带来了无尽的罪恶和

---

① 弥尔顿.失乐园.朱维之,选译,北京:人民文学出版社,1998:181.

死亡,他是人类世代痛苦和不幸的根源。这完全照应了撒旦在地狱的急激宣言:"无论做事或受苦,但这一条是明确的:行善本不是我们的目的,而作恶才是我们唯一的乐事。"①这是弥尔顿对撒旦形象做出的本质说明。

《失乐园》中的撒旦形象多年来一直是学界关注的重点,其复杂性激发人们尝试从不同角度、不同方面去诠释。西方对弥尔顿笔下撒旦形象的评论可大致分为三个流派:"撒旦派""正统派"和"调和派"。"撒旦派"是指以布莱克为代表的评论者,他们的大致观点是"撒旦是《失乐园》的主角"。布莱克曾经评论:"弥尔顿在书写上帝和天使时,好似备受挟制,手带镣铐;但写起魔鬼和地狱来,却是挥洒自如。这是因为作为一个正义的诗人,他和魔鬼撒旦实质上是属同一帮派的,他的内心也有撒旦的叛逆和嚣张,只是作为当局者,他自己没有觉察到自己的心罢了。"②"正统派"指从基督教传统出发,认为弥尔顿笔下的撒旦形象一定是邪恶的魔鬼形象的一种批评声音。例如学者罗利(Sir Walter Raleigh)写道:"弥尔顿认为堕落的天使就是异教徒的偶像神,这种说法可能来自杰罗姆等人,这些堕落者就是诱惑人类不再崇拜真神。"③罗利认为弥尔顿不仅将撒旦视为魔鬼,而且将魔鬼的范围扩大至非真神(异教神)。变化只在读者,那么描述撒旦的情节不是说明撒旦的,而是用以磨砺

---

① 弥尔顿.失乐园.朱维之,选译.北京:人民文学出版社,1998:180.

② 弥尔顿.失乐园.朱维之,选译.北京:人民文学出版社,1998:369.

③ 蒂利亚德,布鲁克斯,等.弥尔顿评论集.上海:上海译文出版社,1992:161.

读者思想的。① 持相同观点的学者认为,人们之所以误读撒旦,是因为他们想让撒旦成为他们想要的那样,而这并非弥尔顿的原意。"调和派"首先肯定弥尔顿对撒旦形象的成功塑造,然后分析弥尔顿笔下的撒旦形象所引起的思考以及可能引起的问题,如弥尔顿笔下撒旦的哪些方面引起人们的反思。这一派以蒂利亚德(E. M. W. Tillyard)、布鲁克斯(Cleanth Brooks)等人为代表。蒂利亚德批评了那些攻击弥尔顿笔下的撒旦形象的研究者(如艾略特),他认为弥尔顿对撒旦的塑造以及围绕撒旦这一魔鬼象征发展出来的思想体系,是与其人生经历紧紧相联系的,任何将弥尔顿笔下的撒旦形象孤立出来的研究都不够严谨。② 布鲁克斯认为:"弥尔顿不是什么不自觉地站在魔鬼一边,更没有颠倒是非。他是个伟大的戏剧诗人,他要给他笔下的人物形象充分发挥的自由。他完全地投入到撒旦的形象中为撒旦辩护,正如他完全地投入到亚当的角色中为亚当辩护一样。"③

本章认为,弥尔顿在英国史诗创作领域把《圣经》中的反面人物撒旦作为主人公来塑造,不仅颠覆了史诗创作中描绘正面形象的传统风格,而且还旗帜鲜明地把自身的社会理想、反抗思想融入《失乐园》。弥尔顿笔下的撒旦也曾挑战神的权威,有充分的"恶"的特征,但撒旦被赋予了革命者的斗争精神。弥尔顿在描写撒旦时不自觉地把撒旦刻画

---

① 蒂利亚德,布鲁克斯,等. 弥尔顿评论集. 上海:上海译文出版社,1992:528.
② 蒂利亚德,布鲁克斯,等. 弥尔顿评论集. 上海:上海译文出版社,1992:258.
③ 蒂利亚德,布鲁克斯,等. 弥尔顿评论集. 上海:上海译文出版社,1992:467.

成一个反抗暴政、渴望自由的形象,这个形象承载了弥尔顿对自由和平、公平正义的渴望。这种渴望在当时的黑暗社会是无法实现的,他感到失落无奈,将撒旦刻画为英雄是对现实的讽刺。

与撒旦不同的是克哈马掌控世界局面并非出于承担社会责任。该诗第二章中克哈马与阿瓦兰灵魂的对话反映出前者追求权力的动机是出于满足个人对儿子的溺爱。阿瓦兰知道自己作恶多端,死后需要经过漫长的等待方能重见天日,并且死神阎罗还要对他的恶行进行审判。他指责克哈马没有让自己获得重生,没能使自己的肉身不死从而逃避阎罗的判决。阿瓦兰抱怨命运的力量过于强大,他的灵魂处于极大的痛苦之中,将要到地狱受罚,相反其他灵魂却注定能够升入因陀罗的天堂,在极乐世界享受快乐的时光。克哈马对儿子所说的话感到气愤,因为他已经用咒语让阿瓦兰免遭疾病、烈火、刀剑等带来的死,想不到他竟然死在一个农夫的手中。此时的克哈马没有反省自己和儿子的过失,相反他决定攫取原本由阎罗掌控的生死大权,这样阿瓦兰的命运就可以由自己控制,从而逃避善恶的报应。克哈马父子二人的对话表明他们是自私之心和恶性发作的结合,具备典型的魔怪特征。由克哈马统治的世界已成为一个邪恶的世界,克哈马用咒语控制他人,满足自己的私欲。他居心叵测、欲壑难填,成为极端的个人独裁的代表。

二、正反两类人物,凸显价值观

价值是塑造人物形象的重要条件。无论人物善恶美丑,他们身上往往折射出特定的价值。应当指出,骚塞除了通过情节来衬托人物形象外,还运用对比手法塑造人物,揭示人物的内心世界及其与外界的关系,使人物承载的寓意更加丰满,从而更加确切阐明作者的价值取向。"丑容纳于艺术时,它的职责在借反称来加强美的效果(美的就是起同情的),起快感的事物借这些反称而显得更有力,更叫人欢喜。"①在其他人物,尤其是少女凯雅尔的美德和贞洁映衬下,克哈马的邪恶与残暴愈发明显,孰是孰非不言而喻。美和丑两者的关系正如雨果所说,"丑就在美的旁边,畸形靠近着优美,丑怪藏在崇高的背后,美与恶并存,光明与黑暗相共"②。

史诗中,克哈马报复心强、专制、纵容等特点表现了他是一个虐待狂,而屡遭磨难的凯雅尔始终保持着充满爱心的圣洁形象。凯雅尔的噩梦始自克哈马儿子的图谋不轨,后来凯雅尔遭受克哈马的纠缠利诱。在克哈马眼中,凯雅尔比世间所有的女子都美好。他厚颜无耻地对凯雅尔说,如果做他的新娘,可以让她和自己平起平坐,做天堂和人间的女王。凯雅尔不为权势所动,后来因为拒绝克哈马求婚遭受患麻风病的诅咒,但凯雅尔内心竟感到欢喜,这样可以免受克哈马侵扰。与粗鄙自私的克哈马相反,凯雅尔富有爱心,时时为他人着想。她在危境中被一位年轻的善神甘达婆救下,并被带到无忧无虑的天堂,可她念念不忘在地球上受苦受难的父亲,请求甘达婆将她送回大地,因为她不能让父亲独受折磨。第七章中,天帝因陀罗(Indra)赞美她虽然是大地的女儿,但是内心的责任感指引她获得神圣之灵。毋庸置疑,无论从外表还是内心看,凯雅尔都是美的象征。

"神话的感知总是充满了这些感情的质。它看见或感到的一切,都被某种特殊的气氛所围绕——欢乐或悲伤的

---

① 克罗齐.美学原理.朱光潜,译.北京:商务印书馆,2017:102.

② 雨果.雨果论文学.柳鸣九,译.上海:上海译文出版社,1980:30.

气氛,苦恼的气氛,兴奋的气氛,欢欣鼓舞的或意气消沉的气氛。"①学者周来祥认为:"依量的标准,美可分为偏于内容的美和偏于形式的美,一般来说,社会美偏于内容,偏于善;自然美偏于形式,偏于真(自然的合规律性)。"②本书认为凯雅尔的美体现在她的真与善。最初艾力尼亚将她带到天庭时,摩诃迦叶不愿庇护她。摩诃迦叶除了担心此举会招致克哈马的愤怒,同时顾虑恒河的源头会被凯雅尔污染。当少女的手碰到圣河的源泉时,河水没有收缩,这个事实证明凯雅尔是纯洁无辜的,摩诃迦叶的担心是多余的。骚塞用了优美的诗行描写凯雅尔的光华照临万物的一幕:圣河的水在凯雅尔指间流淌,仿佛在跳跃、歌唱,因为凯雅尔的到来变得神采飞扬,以独特的方式欢迎她;仁慈的"生命之树"低下它神圣的头,将露珠滴在凯雅尔身上为她疗伤;等等。在天庭祥和的气氛中,凯雅尔受伤的心灵渐渐愈合。她黯淡的脸颊绽放出生命的红晕,黑色的眼睛像夜色中的恒河水一样深邃,又像月光一样熠熠发亮。凯雅尔天生高雅,世间万物都爱她。她的外表毫无疑问是美好的,她无须任何装饰,饰品在她身上似乎成为瑕疵,会破坏她的完美。她仿佛是上天的杰作,纯洁无瑕。当她来到湖边时,鱼儿们会像箭一样飞速游来聚拢在她周围,注视她;鸟妈妈听到凯雅尔的脚步声,会悄悄离巢,飞上前去欢迎她。听到凯雅尔的歌声,羚羊会前来靠近,虎妈妈会扔下自己的孩子去听她歌唱,蛇会迷恋得不由自主地从灌木丛中溜出来,淘气的猴子会暂停嬉戏。听到凯雅尔的歌声,自然界也会安静下来,连微风都不再吹动小草、晃动树木,一切是那么安静怡人。凯雅尔与周围世界是和谐的。

---

① 卡西尔.人论.甘阳,译.上海:上海译文出版社,2004:119.
② 周来祥.论美是和谐.贵阳:贵州人民出版社,1984:1.

凯雅尔内在的美通过她的信念与美德表现出来。无论身处何境,她虔诚地信仰诸神,尤其是穷人的守护神玛利亚塔里(Marriataly)。拉都拉德在遭受克哈马诅咒初期,吃惊地发现自己接触不到水,当干渴的他把手伸向水的时候,水自动退却,连风在他面前也静止不动,当知道自己求死也不行时,他彻底绝望了,开始抱怨毗湿奴没有办法拯救他,湿婆也摧毁不了克哈马的诅咒。凯雅尔却劝告父亲不要错怪天神,天神们并非真的被蒙蔽了双眼,他们已化身人间,以慈悲和正义为怀,关注着人间的苦难。她说这些话时眼含泪水,眼中流露出虔诚的热爱,双手紧紧抱住玛利亚塔里的神像,内心充满感激之情。在凯雅尔心中,玛利亚塔里关爱那些供奉她的穷人。凯雅尔念念不忘女神曾经对她施以救助,对女神表示由衷的感激。那是在阿瓦兰葬礼之后,克哈马命令士兵将凯雅尔带上前来,凯雅尔死命地抓住河岸边玛利亚塔里的塑像,心里祈祷女神能够怜悯她的遭遇。此时士兵无情地拽住她的胳膊,由于力量太大,突然间神像倾斜,凯雅尔和拖拽她的士兵一起滑到河里,以此得以幸运地逃脱。诗中多处描写凯雅尔陪伴着遭受失眠困扰的父亲,心中默默祈祷女神减轻父亲的痛苦,可见她对女神的虔诚。

凯雅尔对女神玛利亚塔里的信念体现在一朝一夕的朝拜仪式上,凯雅尔无论在顺境还是逆境中,尽自己最大可能,在身体、语言、思想多个维度,时时、处处展现她的虔诚。这与克哈马想满足个人欲望时祭祀湿婆,后来权力欲膨胀时对湿婆不恭形成对比。拉都拉德和凯雅尔走投无路时只能在荒野的树林里栖身,用树枝搭起亭子勉强遮蔽风雨。即便在这样的情形下,凯雅尔每天准时进行对女神玛利亚塔里的感恩仪式,用她那天使般的嗓音倾诉对女神的忠诚。她优美的声音打动了身边的事物:小溪他变得清亮,风也会跟着虔诚地起舞。在凯雅尔进行拜神仪式的过程中,她的父亲一直看着她。此刻,他仍然忍受着头脑中烈火燃烧般的痛苦,但凯雅尔对神的赞美使他多了一些忍耐,脸上浮起一丝带着忧伤的微笑(melancholy smile)。凯雅尔献给神的最珍贵的祭品不是酥油、水果、花环等等,而是一颗顺从、坚毅和无敌的心。这颗心能够压制痛苦,顺应天意。这是信仰的力量。拉都拉德也得到感化,被诅咒的焦灼的内心也能够忍耐,暂时处于平静和满足之中。

　　凯雅尔以受伤的心灵抚慰周围的世界,时时为他人着想,挂念他人的安危。她的美体现在她的忧郁之中。关于忧郁,波德莱尔有自己独特的看法:"我发现了美的定义,我的美的定义。那是某种热烈的、忧郁的东西,其中有些茫然、可供猜测的东西……"①凯雅尔的忧郁来自她对父亲的牵挂。诗中多处描写凯雅尔的眼睛,总是满含着对父亲遭受痛苦的担忧。当她得知克哈马的诅咒使得拉都拉德生不如死时,她眼中饱含泪水(streaming eyes),又不想让父亲看到,于是她将头埋下,藏起自己的忧伤;当不得不和父亲离开家园和玛利亚塔里神像时,她内心深深地叹息,头晕目眩(dizzy eyes),因为她不知道他们在何处才能安身。他们在荒野流浪,无尽的绝望已让他们失去恐惧的感觉。某个夜晚,他们看到风中飘着白色的旗子,这是猛虎吃人的警告,凯雅尔这位不幸的少女(unhappy maid)对此毫不在意,因为她只关心父亲悲惨的境遇(miserable lot)。黑夜中她看不到父亲的眼睛,但眼前总是浮现父亲被痛苦烧灼得通红的眼睛,她希望黑夜能够为父亲带来清凉。她渴望用自己温柔的手抚慰父亲的额头,又担心手的重量给父亲带来

---

① 波德莱尔.恶之花.郭宏安,译.桂林:广西师范大学出版社,2002:109.

痛苦。拉都拉德为了避免女儿担忧,假装睡着,发出均匀呼吸的声音,凯雅尔热切的眼睛(gushing eyes)里充满了希望,她以为是女神玛利亚塔里减轻了父亲的痛苦,这才闭上疲惫的双眼。凯雅尔的忧郁不等于忧愁。她的忧郁是弱势的个体在面对强权时的一种生存的力量,这种力量在凯雅尔年轻的灵魂深处,不断积累下来,从而形成一种潜在的生命状态。凯雅尔的忧郁是她身处困境时的一种生存模式,一种纯正、率真的生命质地,它关乎一个善良的人的生存质量,关乎人类的高贵优雅的气质。因而凯雅尔的忧郁是美的,是一种高贵清丽、凛然不可侵犯的美。忧郁的凯雅尔与普通的忧郁者那种冰冷淡漠的表情不同,她的内心蕴含着强烈的生命热忱和精神活力。正如波德莱尔所说:"忧郁淤积下来的反抗的、叛逆的、潜在的生命热力,就像地下的岩浆,到处寻找突破口,随时准备着显示爆破的力量,击破现实的黑暗和罪恶。"[1]

除凯雅尔外,该诗中还穿插了拉都拉德的美,通常"史诗因穿插而加长"[2]。骚塞描绘了拉都拉德这位男性人物的画像,尽可能地运用想象的力量把描写的情景展现在读者面前。拉都拉德形象展现了美的另一种状态——雄伟。关于"雄伟",克罗齐给出的定义是"一种惊人的道德力量的不期而然的出现"[3]。拉都拉德为了阻止克哈马势力进一步扩大,孤身来到戒备森严的祭祀场所——湿婆的圣地,挑战克哈马的权威。根据克哈马的祭祀安排,在正午时分他将杀死那匹用于祭祀的马。为了保证这匹马的纯洁,一年

---

[1] 孔凡娟,恶与美的交锋——波德莱尔的诗歌美学观念及其在创作中的体现. 安徽文学,2008(8):97.
[2] 亚里士多德. 诗学. 陈中梅,译注. 北京:商务印书馆,1996:126.
[3] 克罗齐. 美学原理. 朱光潜,译. 北京:商务印书馆,2017:104.

以来从未有人用手碰到它的鬃毛,马嘴也从未系过缰绳。完成祭祀后,克哈马就能掌控天堂和地球,不再受到命运的控制。在这关键时刻,众多卫兵围成一圈看护这匹马,以防发生意外玷污祭品。这匹马走向祭坛的路上有成行的弓箭手,数不清的人站在弓箭手后面,身穿白袍的婆罗门站在队伍前面,他们手拿克哈马用于祭祀的斧头。克哈马此刻坐在大殿内金色的长座上,旁边的侍者用孔雀羽毛做成的扇子为他扇风。克哈马期待的时刻到来了,他起身拿起斧头,准备杀死祭品。在这紧要关头,拉都拉德大喊一声,从人群中冲出来,抓住马的鬃毛,跳上马背,在圣地疯狂地飞奔。成千的弓箭手拉弓放箭,弓箭像暴风雨一般射向拉都拉德,但这是徒劳,因为受了诅咒的拉都拉德不会被杀死。看到这一幕,克哈马气得嘴唇发白,双手紧攥,命手下捉拿拉都拉德。拉都拉德心如止水,嘴角甚至有一丝可怕的微笑。对于一个勇敢的绝望者来说,任何形式的死亡都是解脱。面对敌人人多势众,平民拉都拉德以大无畏的精神展现了正义的力量,树立起高大的人物形象。

面对残暴的强权者,拉都拉德毫不畏惧。他出生入死救护女儿凯雅尔以及后来拯救善神艾力尼亚,反映出他的仁爱之心,做事有担当,这使得他的形象愈发悲壮。克哈马占据天堂后,用雷电制造恐怖声势,整个天空和大地在震动。惊魂未定的凯雅尔抱住父亲的脖子,此刻她渴望和父亲一起承担苦难。在拉都拉德心中,女儿是他最爱的人(best beloved),永远是他最牵挂的人(to be loved the best),最值得他爱的人(best worthy)。他知道凯雅尔的心愿,此刻只有他能安抚凯雅尔那颗忠贞的心。他答应女儿再也不会离开,同时希望女儿在他迷茫时为他指引方向,在他痛苦时待在他的身旁。拉都拉德在遭受诅咒的痛苦时,能够给予女儿温柔的微笑和坚强的保护。他以伟大的父爱保护女儿,同时用责任和义务教女儿学会坚强。父女二人相依为命,在荒野流浪。因为有父亲在,凯雅尔悲哀的眼睛(mournful eyes)发现了一片阳光明媚的林间空地,有一棵老榕树能为他们遮风挡雨。在凯雅尔看来,这棵树就像一座庙宇,他们终于找到栖身和祈祷的地方。

拉都拉德对他人的关爱不仅局限于自己的女儿,他对艾力尼亚的救助充分表明他的仁爱之心是一种大爱。善神艾力尼亚为了帮助凯雅尔,被恶魔抓住,绑在海底的古墓中。在克哈马掌控了天堂和地球后,善神无法施展威力。父女二人长途跋涉终于到了海边,拉都拉德知道救艾力尼亚的任务绝非一两天可以完成,但依然毅然决然地纵身跳下深海,找到关押艾力尼亚的死亡大厅。艾力尼亚被沉重的铁链捆绑在岩石上,旁边还有凶狠可怕的恶魔监视。拉都拉德面无惧色,力战恶魔,连续打斗了六天六夜,终于在第七天,恶魔筋疲力尽倒在拉都拉德脚下,艾力尼亚获救。拉都拉德的仁爱超越了人、天的界限。

显然,诗中克哈马的诅咒在给拉都拉德带来厄运的同时给予了他超自然的力量,使他能够在他人危难的时刻出手相救。从这个意义上讲,诅咒使拉都拉德等善良的人因祸得福。拉都拉德不受水淹、火烧之死,正是这种神奇的豁免使他能够在烈焰中救出凯雅尔,救出被关押在海底的善神艾力尼亚。在克哈马祭祀即将完成的关键时刻,他破坏了克哈马的计划却得以自保。在第二十章该诗临近结尾时,拉都拉德父女在艾力尼亚引导下乘上了一只特殊的船,该船由看不见的船员掌控,他们三人将一起迎战克哈马。拉都拉德的经历诠释了该诗开头"善有善报,恶有恶报"的道德寓意。

克哈马虽然大权在握,但人们并没有觉得他高大。其权力来源是祷告和祭祀,不是自身英勇善战。他用祭祀神灵的方式获得权力,直至权力大到天帝的雷霆都不能击破。占据天庭后,克哈马霹雳一般来到地狱,试图闪电征服地狱,进而攫取掌控命运的大权,得到永生。最初地狱之主阎罗实施抵抗,阻挡了克哈马的进攻。但克哈马在彻底完成盛大祭祀后,权力达到巅峰,再次发动袭击,连续攻破八重地狱之门,将阎罗的脖子踩在脚下。克哈马作为征服者,形象并不高大,虽然气势汹汹,但力量是祭祀所赐,他本身没有谋略才能;他居心叵测、欲壑难填,令人效忠于他,是一个极端的独裁者。虽然一时掌控局势,但缺乏英雄人物的豪迈气概和高贵灵魂,其人格非但没提升到神圣的高度,反而降低到妖魔层次。

史诗人物能够反映作者特定的价值取向,同时也能够反映现实。亚里士多德强调"诗人的职责不在于描述已经发生的事,而在于描述可能发生的事,即根据可然或必然的原则可能发生的事"[1]。英国作家乔治·奥威尔从正面向人们坦承自己的创作动机:"我之所以写一本书,是因为我有一个谎言要揭露。"[2]萨特同样认为审视现实是作家不可推卸的责任:"对我们作家来说必须避免让我们的责任变成犯罪,也就是使后代在50年之后不能说:他们眼睁睁地看着一场世界性灾难的来临,可他们却沉默不语。"[3]在《克哈马》中,人物结局与开篇词的完美呼应进一步印证了骚塞的道德立场:身经百难的凯雅尔得到永生,其形象从人间少女升华为天使;克哈马从权力的神坛跌落,被降服在地狱永世

---

[1] 亚里士多德.诗学.陈中梅,译注.北京:商务印书馆,1996:81.

[2] 奥威尔.奥威尔经典文集.黄磊,译.北京:中国华侨出版社,2000:6.

[3] 萨特.词语.潘培庆,译.北京:生活·读书·新知三联书店,1989:228.

不得翻身。

在评论界,众多学者比较一致地认为,克哈马的东方暴君形象影射的是现实中的波拿巴·拿破仑(1769—1821)。骚塞选择了印度作为叙事背景而不是英国本土,显然表明他想批判的是暴政和独裁,并非自己的国家。同时这使他能够在行文中随时批判腐败和不道德行为,有利于表达对时政的态度和立场。骚塞在给友人的信中也曾将克哈马比作不可一世而最终身败名裂的拿破仑。卡罗尔·博尔顿(Carol Bolton)认为,克哈马形象反映了骚塞对当时拿破仑帝国的扩张的态度。① 1804 年,法国公民投票通过了共和十二年宪法,法兰西共和国改为法兰西帝国,拿破仑称帝,从教皇手上拿过皇冠亲自戴在自己与妻子的头上,寓意"自己奋斗出的皇位",从此成为"法国人的皇帝",这一称号与诗中克哈马打破世界秩序,自封为"万能的国王"有异曲同工的效果。诗中唯我独尊的克哈马其实是耽于野心和荣耀的国王,渴望征服世界创建自己的帝国。

在创作《克哈马》的过程中,法国革命从最初的"自由、平等、博爱"逐渐演变为一场不受控制的暴力革命。1793年,前法王路易十六被处决后,神圣罗马帝国与大英帝国、普鲁士王国、西班牙帝国、荷兰和撒丁王国组成第一次反法同盟。但这个联盟在 1797 年因联军被拿破仑率领的法国意大利方面军打败,被迫议和而土崩瓦解。1799 年欧洲列强趁拿破仑的军队被困于埃及,再次发起反法战争。这次神圣罗马帝国联同大英帝国、俄罗斯帝国、奥斯曼帝国组成了第二次反法同盟。同年年底拿破仑只身返国,发动雾月

---

① Carol Bolton. *Writing the Empire: Robert Southey and Romantic Colonialism*. London: Pickering & Chatto Publishers Limited, 2007. p. 212.

政变,任首席执政官,并取得法国军政大权,成为法国第一执政,1800年迫使第二次反法同盟解体。1805年,奥、英、俄三国组成第三次反法同盟,法军和奥地利军队在乌尔姆激战,反法同盟投降;拿破仑随后联合了德国境内各诸侯国组成"莱茵邦联",把它置于自己的保护之下。1806年英、俄、普鲁士组成了第四次反法同盟,普军几乎全军覆没,拿破仑因此占领了德国大部分地区。1807年法军又在波兰大败俄军,拿破仑与俄国沙皇亚历山大一世签订了和平条约,在此前一年拿破仑颁布了《柏林敕令》,宣布大陆封锁政策,禁止欧洲大陆与英国的任何贸易往来。自此,法国在欧洲大陆的霸主地位得到了确立。法国带给英国的威胁不止于此,拿破仑对东方的侵略计划触动了英国的利益,他曾试图阻断英国对印度的贸易路线,这对英国在印度施政产生了直接影响。在这样的形式下,骚塞意识到法兰西的帝国统治其实是一种独裁,热爱自由的法国人民与好战的拿破仑处于分离之中,人民受制于拿破仑正如诗中的平民被克哈马压制,虚构的东方暴君带给人民的威胁和灾难与现实社会中的西方独裁者如出一辙。

在英国政府对法国扩张做出防御反应的同时,骚塞对待法国大革命的态度从早期的拥护变得日趋保守。不过骚塞并不认为是自己的价值观和原则发生了改变,他说:"法国成了民主的叛徒……并不是我改变了立场。我仍站在原处,注视着太阳升起的地方,但现在太阳已在我的身后落下。"[1]在骚塞看来,是这个变幻的、革命的世界将他留在了道德高地。然而,作为一名诗人,骚塞忠实于公平正义的力量,因

---

[1] Carol Bolton. *Writing the Empire: Robert Southey and Romantic Colonialism*. London: Pickering & Chatto Publishers Limited, 2007. p. 222.

此作品中克哈马征服地狱后等待他的必然是失败。其根本原因并非湿婆诸神的干涉，而是克哈马自身邪恶的人性。凯雅尔获得永生并非神的恩赐，而是她与生俱来的虔诚所致。道德并非由神圣的守护天使执行，而是源自每个人自身的天性。在《克哈马》中，在反面角色被塑造为主题人物的过程中，正面人物像镜子般随时出现，时刻观照人性的善恶，表明骚塞通过多方位透视人性，得以全面地识别所有的是非曲直，展现人物与道德的关系，促使人们通过直观的形象获得深刻的道德启示。

第三节 克哈马形象的美学意义

"自18世纪以来，恶的文学塑造脱离了形而上的世界观范畴中中世纪、文艺复兴和新时代早期遵循的流行的那些模式。"①在这种创作情形下，对属于恶的范畴的人物的塑造不再以魔鬼的传统形象为基础，想象力的作用显得越来越突出。骚塞把反面人物作为主要描写对象是英国浪漫主义史诗首创之举，不仅为讴歌英雄伟人的史诗提供了一种崭新的人物塑造模式，获得比前期作品《毁灭者撒拉巴》和《麦道克》更高的读者认可度，而且通过对克哈马这一魔鬼式人物的塑造，使史诗主题人物具有浪漫主义的恶的美学特征。克哈马与传统史诗主题人物相比，形象鲜明、独树一帜，其人性的丑恶使人感觉更加真实。克哈马形象表明恶已成为浪漫主义诗人关注的艺术对象，恶以充满张力的艺术魅力"在非道德的、怪癖的、令人恶心的、丑陋的、变态

---

① 阿尔特.恶的美学历程：一种浪漫主义解读.宁瑛，王德峰，钟长盛，译.北京：中央编译出版社，2018：4.

的和病态的空间里,确定迄今为止人们尚不熟悉的(或者可以给予高期望的)美的飞地"①。《克哈马》中跃然纸上的人物形象以及人、神、魔之间微妙的关系更加符合读者的审美意识和阅读趣味。

一、解构传统形象,弱化距离感

在传统的史诗作品中,主题人物多数具有崇高、伟大、卓尔不凡的特点,从他们身上折射出人类普遍认同的价值观念。他们或英勇善战,或足智多谋,或对爱情忠贞不渝,或有坚强的意志,等等。从早期到18世纪末,英国传统的史诗主题人物基本呈现理想化、脸谱化的特征。早期的《贝奥武甫》塑造了一位年轻时斩妖除魔,晚年不畏火龙、除暴安良的民族英雄;文艺复兴时期的《仙后》是关于青年亚瑟王子的事迹,他智勇超群,如日方升,追寻梦中的仙后——光荣女王(伊丽莎白女王的化身)。埃德蒙·斯宾塞将他塑造为恢宏大度、品质高贵的青年英雄形象;资产阶级革命时期的《失乐园》叙述堕落天使撒旦率领众天使反抗上帝,被打入地狱后仍决心重整旗鼓,弥尔顿将其塑造为具有不屈不挠的反抗精神的革命英雄形象等等。总体来说,他们具有惊人的相似之处,如身强力壮、气度非凡、神通广大、疾恶如仇等,往往向读者展示他们高尚的人格、美德与风范,常常使读者直接获得某种崇高的启示,但又望尘莫及。

史诗人物塑造依赖情节、故事性,《克哈马》在此基础上开创了对人物精神存在的关注,从而细致入微地体察人物的心理层面。骚塞通过人物间的对话使读者感受到不同人物之间的心理冲突,而这些人物留给读者最深刻的感受和

---

① 阿尔特.恶的美学历程:一种浪漫主义解读.宁瑛,王德峰,钟长盛,译.北京:中央编译出版社,2018:2.

印象,就在于其活生生的思想。"毫无疑问,过去的读者,无论是古代、中世纪或近代的读者,除了其他方式以外,往往通过人物来理解文本。每当读到人物时,人们往往关注其动机。"①第十八章凯雅尔、克哈马和拉都拉德的对话体现了他们各自内心的状态。当凯雅尔听到克哈马说命运安排她做他的新娘时,她的回应是:

> 哦不,——永远不会,——神啊! 凯雅尔大喊;
> 不是他说的那样,——不会的!
> 我! ——他的新娘!

> Oh never, —never, —Father! Kailyal cried;
> It is not as he saith, —it cannot be!
> I! —I his bride!

凯雅尔的回答分明与克哈马的心愿相悖,于是他把矛头指向拉都拉德:

> 克哈马乌黑的眉毛
> 暴露出他在强压怒火;
> 劝劝你的女儿! 告诉她现在你
> 已摆脱诅咒,他说,命她鞠躬
> 感恩命运仁慈的要求。

> Kehama's darkening brow
> Bewray'd the anger which he yet suppress'd
> Counsel thy daughter! tell her thou art now

---

① 李维屏. 英国小说人物史. 上海:上海外语教育出版社, 2008:28.

> Free from thy Curse, he said, and bid her bow
> In thankfulness to Fate's benign behest.

克哈马让拉都拉德说服女儿服从命运的安排，不要再固执下去，但拉都拉德认为无论发生什么，他们父女二人都会坚持善良，于是他答复：

> 她不需要我劝，他回答，
> 没用，陛下，您以命运为由
> 也没用！即便万物
> 都在星空下，
> 屈从于您的暴行，
> 善良的心和坚定的心依然是自由的。

> She needeth not my counsel, he replied,
> And idly, Rajah, dost thou reason thus
> Of Destiny! for though all other things
> Were subject to the starry influencings,
> And bow'd submissive to thy tyranny,
> The virtuous heart and resolute mind are free. (603)

以上对话是对多个史诗人物存在深层状态的展示，体现出不同人物的意识存在和思想流程，呈现出明显的"复调"特征。通常"在西方古典音乐的复调乐曲中，各个主题互相替代，只给予某个主题以短暂的突出地位。在由此而来的复调音乐中，有协奏和秩序，有一种相互作用，它来自多个主题，而不是作品之外的严格的旋律或形式原则"[①]。

[①] Edward W. Said. *Culture and Imperialism*. New York: Alfred A. Knopf, 1994. p.51.

骚塞运用这一音乐的变奏技巧,令读者准确理解克哈马强权高压状态下被臣服人物的心理和意识。

骚塞的创新手法使读者更贴近人物去体验和发现人物间灵魂深处的冲突和矛盾,比抽象化、概念化的史诗人物更加丰满,贴近现实,缩短了人物和读者之间的距离。"随着启蒙对迷信的批判,魔鬼被从艺术的立足点上驱逐出去,并失去了作为罪过、恶习和违反规则的拟人化的合法地位。在撒旦形象失去魅力之后,自18世纪末起,需要一种新的策略来对恶予以美学上的表述。"①克哈马的恶主要源自他的内心,从这个角度讲这位人间暴君的塑造已脱离魔鬼的生理特征。骚塞终结了魔鬼神话,将恶的描述从魔鬼中解放出来,这是审美幻想的独立活动,也是文学幻想在史诗创作领域进行的试验。骚塞运用想象的力量,以独特的美学思想把握心灵上矛盾、情感上矛盾的人物,拓展了浪漫主义史诗的美学空间,突破了传统史诗主题人物形象的拘囿,开始关注各类人物错综复杂的内心世界的表达,体现了史诗人物塑造艺术的浪漫主义探索。

二、秉承神话模式,强化趣味性

"充满神话形象的世界,通常是以天堂或乐土的观念体现出来的,这个世界是神谕天启的。"②《克哈马》中,神祇无处不在,无论有形还是无形,他们的影响贯串始终。骚塞展开丰富的想象,对超自然的力量进行描绘,创造了一个充满神韵和神谕的异域空间,迎合了大众读者的审美意识和阅

---

① 阿尔特. 恶的美学历程:一种浪漫主义解读. 宁瑛,王德峰,钟长盛,译. 北京:中央编译出版社.2018:3.

② 弗莱. 批评的解剖. 陈慧,袁宪军,吴伟仁,译. 天津:百花文艺出版社,2006:192.

读趣味,这正是浪漫主义所需而以往其他流派所缺的艺术品质。

《克哈马》的神话特征之一是对超自然的人物和环境描写。该诗前言中列出印度三大主神掌管着宇宙中的创造、保护或毁灭力量,他们分别是创造之神"大梵天"、庇护之神"毗湿奴"和毁灭之神"湿婆"。诸神的威力和法力各具特色,有着常人想象不到的智慧。例如,拉都拉德给凯雅尔讲述保护神毗湿奴的故事:人间国王巴利曾像克哈马一样征服了地球和天堂,毗湿奴化身为身材矮小的婆罗门来到国王面前,请求赐予他三步远的地方,国王满足了他的请求,于是毗湿奴第一步跨越了整个地球,第二步衡量了整个天庭。在他跨出第三步之前,巴利终于认出了毗湿奴,拜倒在神的面前乞求原谅。诸神居住的环境也奇异不凡。降服克哈马的毁灭之神湿婆居住的凯拉萨山被描绘成一个美妙空幻的世界。其中有两点超越了世人的生活经验。一是空间之大,无法言表。从山下看,七架银梯围绕着神山,望眼欲穿也看不到梯子的高度,若有人走上一圈,需要的时间不可估量,或许回来后尘世已不复存在。二是事物的存在超越自然法则的约束。在山上看,银铃悬在空中,仿佛有浮力一般,没有系缚在任何其他物体上;银桌子散发的光芒哺育着天堂玫瑰;等等。

诗中充满神韵的场景突破了现实,进入多个维度的空间,给读者带来新奇的阅读体验。例如诗中对阿瓦兰的太空之旅的描写超越了自然空间的束缚,将读者带到一个全新的世界。女巫萝莉尼特在洞穴中安放着一辆战车,这是一辆挽具齐全的魔车,由两条巨龙拉动。骚塞描写阿瓦兰从女巫萝莉尼特手中接过缰绳,两条龙俯首帖耳,从北方的天空开始他们的飞行之旅。阿瓦兰在空中看到了天神因陀罗的宫殿,闪烁着荣耀之光的须弥山的山顶,漂浮着荣耀之云的深蓝色的天空,等等。与天堂的庄严和辉煌不同,地狱充满了熊熊烈火和无尽的折磨。诗中描写整个地狱外围是无边无际的火海,拉都拉德一行三人乘着独轮战车,从窄如刀刃的钢丝上穿过炽热的火海,看到的是一幅幅悲惨的景象,在地牢里应该遭受惩罚的人受到应受的折磨,发出凄惨的叫声。为了防止有人逃跑,地狱的每个拐角都有瞭望塔由卫士常年把守,并且地狱也有严格的纪律,还有巨魔来回巡逻防止有人造反。地狱中随时都能听到鞭打和铁链撞击的声音,诅咒声、呻吟声、尖叫声和呼喊声不绝于耳。

《克哈马》中另一个重要的神话特征是宿命观。作品中多次提到命运的安排,事情在还未发生的时候结果已经注定。克哈马追求的权力极限是掌控命运,但他终究不是神,最终没能逃脱神对人的命运安排。第二十四章叙述克哈马打败阎摩,在他志得意满的时刻注意到眼前有一个金质的御座,下面有三个人物的雕像承载,他感到疑惑为什么只有三个雕像,第四个位置为谁保留。三个雕像回答,他们都是在人间罪大恶极的人,在地狱接受惩罚,很快第四个人就要来分担他们的重负,阎罗的御座马上大功告成。然后他们齐声合唱:"克哈马,来吧!我们等你很久了。"(Kehama, come! we wait for thee too long.[①])被胜利冲昏头脑的克哈马根本不相信,但终归没能逃脱宿命。克哈马的结局显示了神谕的力量,主神湿婆发威,终结了克哈马的权力梦。克哈马魔咒的破灭凸显了神话的效果,带来神奇的审美体验。

通过以上分析可以看出,《克哈马》主题人物客观反映了浪漫主义史诗的审美导向和文化特征,迎合了当时对古

---

① Robert Southey. *The Poetical Works of Robert Southey*. New York: D. Appleton & Co. Press, 1839. p. 614.

典主义规约已产生审美疲劳的读者的需求。富于情感的心灵比善于判断的理智更为重要,正如卡西尔所说,"神话的真正基质不是思维的基质而是情感的基质。神话和原始宗教绝不是完全无理性的,它们并不是没有道理或没有原因的。但是它们的条理性更多地依赖于情感的统一性而不是依赖于逻辑的法则。……神话是情感的产物,它的情感背景使它的所有产品都染上了它自己所特有的色彩"①。英国哲学家戴维·休谟在《人性论》中说:"理智是而且仅仅是情感的奴隶。"另一位哲学家艾赛亚·伯林把浪漫主义的本质总结为"艺术对生活的专横"。"湖畔派"另一代表人物华兹华斯主张:"诗人是人性的最坚强的保卫者,是支持者和维护者,他所到之处都播下人的情谊和爱,但他又不高踞在上,而是在群众中进行人对人谈话的一个普通成员。"②毋庸置疑,骚塞对克哈马这一妖魔化人物的塑造是成功的,这是史诗艺术的创新,其美学意义在于它是时代的产物,符合文学随着社会演变而发展的客观规律。同时应当指出,《克哈马》中其他主要人物的塑造还存在一定的局限性,例如拉都拉德并未表现出应有的反抗精神,其最终获胜原因不在于他的斗争;凯雅尔的思想和行为方式更像一名基督徒。尽管如此,骚塞对史诗人物的塑造体现了很高的艺术水准,成为浪漫主义文学中不可多得的一部分,他的名字同他的史诗一起将永远载入英国文学的光辉史册。

---

① 卡西尔.人论.甘阳,译.上海:上海译文出版社,1985:104.
② 王佐良.英国诗史.南京:译林出版社.2008:146.

第五章
《罗德里克,最后的高斯人》
人物的道德审美研究

有学者认为,道德问题的提出是为了让道德问题从本源的生命价值体系中独立出来,为人类的生活确立价值和立法。通常人们认为道德代表了社会的正面价值取向,用以衡量人们的行为是否正当合理,通常与法律相辅相成,能够共同起到维护社会稳定、促进社会和谐的作用。例如,中国道德学说中,"成圣"是先秦伦理学的一个直接目标。原始儒家认为要成为圣人就必须摆脱欲望,即通过摆脱动物性来实现人的神圣性。西方的道德理论在强调生命自由和生命理性之间寻找理想的道路,因而比较完善地坚持了审美与道德的统一。例如康德将美视作德性的象征。① 学者李咏吟认为作为人类生命活动中两种最本源的精神活动方式,审美活动与道德活动必然有其内在的统一性。二者的本源目的实际上在于生命的自由扩张,即通过审美的方式来体验生命,通过道德的方式来强化生命,二者的和谐统一能够使生命自身向着正价值的方向延伸,从而能够回避生命的阴惨与邪恶。②

本哈特-卡必什说:"在与骚塞的生活和作品有关的地

---

① 李咏吟.审美与道德的本源.上海:上海人民出版社,2006:6.
② 李咏吟.审美与道德的本源.上海:上海人民出版社,2006:1.

第五章 《罗德里克,最后的高斯人》人物的道德审美研究

方中,再没有像伊比利亚半岛那样成为他的专属之地的了。"(Of the places associated with Southey's life and writings, none is so uniquely his own as the Iberian Peninsula.①)骚塞有多部作品与西班牙相关,他曾撰写过与西班牙有关的期刊文章,翻译过多个西班牙民间传奇故事,1808年翻译出版的英译本《熙德之歌》、1822年出版的《半岛战争史》等等都产生了巨大影响。

《罗德里克,最后的高斯人》是骚塞最后的一部史诗,1814年发表,取材于西班牙历史。这首诗源于骚塞想写一首描述西班牙和罗德里戈(Rodrigo)故事的诗。最初该诗题目为《佩拉约,西班牙光复者》(*Pelayo, the Restorer of Spain*),后来被重新命名,这一点反映出骚塞创作焦点的变化。这部作品是骚塞目睹拿破仑在欧洲的军事行动后完成的,描述的是罗德里克为争夺西班牙王权而进行斗争,以及后来如何成功接管政权。与其他当时描述罗德里克故事的诗人一样,骚塞把摩尔人入侵西班牙和拿破仑入侵其他国家联系起来,反映了他反对武装侵略的思想。评论家们对这部作品的评价参差不齐,但多数人认为该诗是骚塞最伟大的作品。与骚塞同时代的杰姆斯·洛什(James Losh)认为这首诗"比骚塞此前所写的任何诗都好"。(The poem was "superior to anything before written by Southey".②)一些批评家指出了作品中的各种缺陷,但大多数人认为该诗的主题选择得当,处理得很好。这首诗很成功,第一版之后多次再版。

---

① Ernest Bernhardt-Kabisch, *Robert Southey*, Boston: G. K. Hall, 1977, p. 128.

② William Spech. *Robert Southey*. New Haven: Yale University Press, 2006, p. 159.

这部史诗是骚塞一生中具有重要意义的作品,因为它的出版是骚塞文学创作的一个里程碑,此后他变得更喜欢写历史故事。这部史诗历经四年创作完成,也是骚塞政治思想的过渡时期,因为"1810 年以后,骚塞从拥护共和制转变为拥护君主制"。(after 1810, Southey began to change from a supporter of Republic to monarchy.①) 具体来说,他把注意力从社会变革转向了保皇主义。他开始坚持英国统治阶级的政策,为当时的社会体制说话。此外,他开始关注人的本性和内在的道德品质,而不是外在的社会现实。1815 年 4 月的《英国评论家》杂志刊登了柯勒律治的评论:"我们第一次有机会给予骚塞先生应有的关注……骚塞先生是一位杰出的道德作家,就本篇所隐含的崇高目标而言,他的诗歌的旋律,明快的风格,他对我们的情感所发挥的荡气回肠的力量,以及他有趣的讲故事的方式,无论对诗歌还是散文,都是有贡献的。"(This is the first time that we have had an opportunity of paying Mr. Southey the attention which he deserves; ... Mr. Southey is eminently a moral writer; to the high purpose implied in this title, the melody of his numbers, the clear rapidity of his style, the pathetic power which he exercises over our feelings, and the interesting manner of telling his story, whether in verse or prose, are all merely contributive.②) 1815 年 11 月的《英国评论家》的一篇评论认为:"该诗的情节自然首先引起我们注意,我们认为骚塞先生在这方面是非常成功的。

---

① Ernest Bernhardt-Kabisch. *Robert Southey*. Boston: G. K. Hall Press, 1977, p. 132.

② Lionel Madden. *Robert Southey: The Critical Heritage*. London: Routledge, 1972, pp. 183 - 184.

它非常戏剧化,为激情和情感的大量发挥提供了空间,尽管后者占主导地位。"(The plot naturally claims our first notice, and we think that in this Mr. Southey has been very successful. It is highly dramatic, and affords scope for much play both of passion and feeling, though the latter predominates.①)本哈德-卡必什认为,该诗中的场景描写独具特色。这是最感人、最成功的一首诗,的确是骚塞自己最喜欢的,尽管它不够完美。这一次,骚塞似乎在面对现实的时候,没有把自己局限在绝对道德主义的背后。②威廉·斯皮克(William Spech)说该诗是"骚塞最后一首长诗,也是最伟大的……这是一个美好的、惊心动魄的故事,讲得热情洋溢"。(This, the last of Southey's long poems, is also the greatest. ... It is a finc, swashbuckling tale, and is told with zest.③)

史诗叙述公元8世纪时西哥特人被摩尔人打败,国王罗德里克逃亡,然后开始隐居。罗德里克深感懊悔,因为他强奸了佛罗琳达(Florinda),佛罗琳达的父亲朱利安伯爵(Count Julian)出于报复,极力地帮助摩尔人反对罗德里克。罗德里克的内心经历了重重折磨,觉得自己给别人带来的只是痛苦。后来遇到修道士罗曼诺(Romano),他备受煎熬的心灵得到抚慰,然而罗曼诺的离世使他重新陷入痛苦和绝望。有一次他梦见母亲身带镣铐遭到监禁,直到佩

---

① Lionel Madden. *Robert Southey: The Critical Heritage*. London: Routledge, 1972, p.190.

② Ernest Bernhardt-Kabisch, *Robert Southey*, Boston: G&K Hall, 1977, pp.135 - 136.

③ William Spech. *Robert Southey: Entire Man of Letters*. New Haven: Yale University Press, 2006, p.159.

拉约(Pelayo)前来相救,母亲才得到解脱。罗德里克把这个梦阐释为上帝命令他来帮助他的母亲和国家。此时的罗德里克在岁月中已悄然变老,但他重整精神去完成自己的使命。他在穿越遭受摩尔人蹂躏的国土时,与阿朵信达(Adosinda)相遇。这名妇女刚刚埋葬了她的家人,她讲述了摩尔人如何杀死了所有人,有个头领留她活下来是为了让她成为他的情妇。她趁那名头领熟睡,杀死他逃了出来,回到家园哀悼死去的家人。她给罗德里克起了教名"马卡比"(Maccabee),希望他能够为死去的人们报仇。

罗德里克长途跋涉来到一个修道院,在那里得知佩拉约被摩尔人俘获,于是他以牧师的身份出发去救佩拉约。在旅途中他听到有关自己的故事,人们认为整个民族遭受不幸的主要原因是摩尔人入侵,而非罗德里克本人。罗德里克和佩拉约在相遇后讨论如何拯救他们的国家。罗德里克希望佩拉约将来能做西班牙国王,因此下跪宣誓效忠。罗德里克后来与佛罗琳达在沙漠中相遇,佛罗琳达未认出他的真实身份,以为眼前的人是牧师马卡比。佛罗琳达向马卡比(罗德里克)表白那次强奸,透露她是真的爱罗德里克的。她承认是自己诱惑了罗德里克并为此感到内疚。罗德里克接受了自己的罪行是来自悲惨的环境,而不是自己的过错的说法。表白之后,二人一起前去联合佩德罗伯爵(Count Pedro)抗击摩尔人。后来佩德罗加入进来,并且消除了与佩拉约之间的宿怨,发誓世世代代抗击摩尔人,直到把侵略者赶尽杀绝。罗德里克的妻子艾吉隆娜(Egilona)嫁给了摩尔国王阿布德阿齐兹(Abdalaziz)。另一个摩尔人头领奥帕斯(Orpas)想让佛罗琳达嫁给自己,并且企图占有朱利安伯爵的土地。奥帕斯想方设法对付朱利安,让摩尔人反对他。他指责朱利安没有尽力。佛罗琳达与牧师马卡比(罗德里克)一起来到摩尔人的军营见到了朱利安。

罗德里克指出朱利安是制造西班牙苦难的罪魁祸首。朱利安反驳,这是因为罗德里克强奸他的女儿。佛罗琳达介入并为罗德里克辩护。

故事的其余部分描述西班牙人收复失地和摩尔人因内讧而失败。阿布德阿齐兹遇刺身亡,引起摩尔人对朱利安的怀疑,于是决定暗杀他。佩拉约的妹妹吉斯拉(Guisla)假装加入摩尔人的行列,说服他们攻打科瓦多加市。西班牙军队在山谷中设下陷阱,包围了摩尔人。这是一场速战速决的斗争,西班牙人终于得以报仇雪恨。与此同时,朱利安被暗杀了。朱利安临死前得知自己被出卖,于是命令忠实的下属加入西班牙队伍。这首诗的结尾是朱利安的手下加入了佩德罗的部队,奥帕斯被罗德里克杀死。罗德里克骑着战马,带领佩拉约和佩德罗的军队对抗摩尔人,此时人们都意识到了罗德里克的前国王的真实身份。当他们开始与摩尔人战斗时,西班牙人高喊"罗德里克高斯人""罗德里克胜利"和"罗德里克复仇"的口号,杀死了眼前所有的摩尔人。战斗结束后,罗德里克重返隐居生活。

从美学发展的角度看,公元前5世纪下半叶,希腊哲学和美学发生了重大转折,从对自然的研究转向对人和社会的研究,揭开了人本主义美学的序幕。其思想基础和理论原则是"人是万物的尺度",认为"美不是自然现象的天然属性,它只有在对主体,对人的关系中才会存在,只有在社会生活中才会存在"①。而道德作为人共同生活及其行为的准则与规范,很自然地被纳入美学研究的范畴。柏拉图的诗歌理论中最重要的内容是对诗的道德评价,他对《荷马史诗》的评价就是这种道德评价的具体表现。他欣赏《荷马史

---

① 凌继尧,徐恒醇.西方美学史:第1卷.北京:中国社会科学出版社,2005:72.

诗》的美,但不满意荷马描写人有悖于道德标尺的有害性。普洛丁在他的《论美》中说:"也有些事是由于它们的本质而美,例如品德。"①康德认为美的基本要素不仅是形式层面的,而且是内容层面的。他的美学思想中也有美是道德观念的象征的论述。可见,在以人为主体的美学范畴中,道德和美是紧密相连的。以老庄美学为主的中国美学更是强调人在美的生成与审美境界构建中的主导作用,有"美因人彰"的理论。本章认为,史诗人物作为情节发展的推动者和行为的执行者,包含一定的价值取向和道德内涵,《罗德里克,最后的高斯人》人物体现人性的美好与邪恶无处不在,具有独特的道德审美价值。本章首先主要从道德审美的角度对《罗德里克,最后的高斯人》的主题人物进行分析,阐释文学形象本身具有的道德审美价值和意义。

第一节　《罗德里克,最后的高斯人》人物形象特征

美学和人的道德是怎样联系在一起的?这一问题的答案从中外美学的发展中可见一斑。从西方来看,古希腊的美学在关注人物的美方面,往往多从形体上看待美。"德谟克利特不满足于各部分对称所产生的美,他对美提出更高的,精神性的要求。……由于他从精神上,从人的内心世界理解美,所以,美和善,美学和伦理学紧密地联系在一起。"②柏拉图在《理想国》中表达了他的美学观点:"真和美

---

① 朱光潜.西方美学史:第2版.北京:人民文学出版社,1979:116.
② 凌继尧,徐恒醇.西方美学史:第1卷.北京:中国社会科学出版社,2005:63-64.

是统一的,善和美也是统一的。善和美是一切存在中最明亮的……因此可以说,美是善的明亮的表现。"①从国内来看,儒家美学思想的奠基者孔子的美学思想的核心是"仁学","仁"也是善的标准。"仁爱"就是"爱人"。在中国古典美学中"仁"既是一个伦理范畴,也是一个美学范畴。可见,中西方美学范畴与人性的道德是联系在一起的。本章认为,在《罗德里克,最后的高斯人》中,骚塞刻画的罗曼诺和佛罗琳达两个人物形象深刻地诠释了这一美学价值和道德感染力。

一、仁爱之美

美的事物都具有内在的吸引力和感染力。罗曼诺这一人物形象体现了人性中善的具体表现:仁爱。他的仁爱是具有民族性的,通过对同胞的仁慈以及对敌人的不妥协反映出来。他的国家被摩尔人侵占后,他愿意用自己的生命捍卫民族的自由。在暮色中,他遇到了罗德里克,此时应该是教堂做晚祷的时间,但是并没有听到钟声,周围的环境十分静谧,只有小溪静静地流淌,鹳轻拍着翅膀准备回巢……诗人很自然地创造了一个流浪者回家的场景,以自然的静态之美衬托人物的动态之美——罗曼诺开始引领罗德里克回归心灵的家园。罗曼诺收留了罗德里克,整夜为他祈祷,祈求上帝使罗德里克脱离邪恶。

诗人利用琐碎的事和细节描写表现人物的内心世界。罗曼诺所表现出的人格品质像一道宁静温暖的光芒驱散了同胞罗德里克内心的阴霾,他身上体现了美和善的明亮的审美意象,正如柏拉图认为的那样,善和美是一切存在中最

---

① 凌继尧,徐恒醇.西方美学史:第1卷.北京:中国社会科学出版社,2005:142.

明亮的,这明亮的光辉是对迷途生命的引领和拯救,是光明和希望。这里体现的道德美学精神,使人的精神品质达到美的境界,令读者从中获得极大的审美愉悦和启示。罗曼诺是仁爱的化身。罗曼诺热爱他的国家,从童年到老年。为了让萍水相逢的罗德里克得到真正的宽慰,罗曼诺经过四周艰辛的朝圣,终于为罗德里克找到一个隐居之地。为了拯救一个素不相识的陌生人,罗曼诺放弃了成为烈士的计划,并且全心全意地致力于拯救他的同胞。他在任何情况下毫不犹豫地关心和爱他人。

  罗曼诺的仁爱在阿布德阿齐兹的凶残衬托下得以凸显。与前者的善举相反,摩尔国王阿布德阿齐兹的残忍在侵略战争中无处不在。他是人性堕落的代表,贪图权力和女人,一切为了满足自己的本能。他把叙利亚、摩尔和鞑靼士兵集结起来,怂恿希腊叛徒一起入侵西班牙。他们用弯刀砍断西班牙人的头颅,除此之外,诗中描写西班牙的堡垒和塔楼被夷为平地,住宅被烈焰吞噬……他虚荣自负,从未想到复仇之火会强烈迸发,很快就把他包围起来。他存在人格缺陷,在战争中缺乏良知和道德来调整自己的行动。尽管朱利安是他在西班牙战争中的帮凶,但他丝毫没有考虑朱利安作为父亲的情感。他疯狂地认为,无论入侵哪里,他都可以对西班牙人施行摩尔人的政策。他带来了奇怪的法律、奇怪的语言、邪恶的风俗。他对付西班牙人民的黑帮逻辑是:要么死,要么做摩尔人。阿布德阿齐兹的力比多驱使他在没有任何道德限制的情况下满足自己的欲望。他把罗德里克的妻子,前西班牙王后艾吉隆娜当作自己的妻子。尽管王后与罗德里克关系不好,但她与摩尔国王的婚姻对整个西班牙民族来说是一种耻辱。俗话说"多行不义必自毙",阿布德阿齐兹最终遭到暗杀,摩尔人战败。暴君的灭亡证明道德的缺失会导致自我毁灭,证明了道德具有不可侵犯的力量。

二、宽恕之美

　　善的另一面展现是宽容和宽恕。诗人把美的这一特征通过佛罗琳达阐释得淋漓尽致。佛罗琳达宽宏大度,充满正义。当民族处于危难之时,她坚定地维护国家的利益,坚持不懈地反击侵略者。诗中两组对立的人物个性彰显了佛罗琳达的美德:佛罗琳达高尚的品格对应罗德里克曾经的罪过;佛罗琳达的宽恕对应朱利安的报复。

　　佛罗琳达的宽恕来源于对民族的责任感。佛罗琳达在自己受到罗德里克伤害的情况下,原谅了罗德里克,告诉他是悲剧的环境使他犯下了过错,以此来挽回罗德里克的名声,这让罗德里克有信心有勇气为国家战斗。诗中描写罗德里克退位和失踪后,她总是责备自己的失败和耻辱,她渴望有朝一日能把自己灵魂的重担卸在牧师的脚下。骚塞在一个戏剧性的场景中安排了她的忏悔——她碰巧向马卡比神父(罗德里克)忏悔,但她没有认出他。她希望上帝能听到她的声音,然后把虔诚的劝告注入她受伤的灵魂。她认为自己是个坏人,因为她爱上了已婚的国王罗德里克:

>　……温柔地、热情地、疯狂地爱着他。
>　把我全部的爱
>　奉献一个人间之子是罪恶的。
>　罗德里克,英雄王子,光荣的高斯人!
>　但我觉得这是唯一的罪行,
>　想象中的激情似乎如此纯净;
>　平静得如一份责任,希望没有恐惧
>　去打扰那份爱的深沉和满足……
>
>　... Tenderly, passionately, madly loved him.

> Sinful it was to love a child of earth
> With such entire devotion as I loved
> Roderick, the heroic Prince, the glorious Goth!
> And yet methought this was its only crime,
> The imaginative passion seem'd so pure;
> Quiet and calm like duty, hope no fear
> Disturb'd the deep contentment of that love … (671)

在佛罗琳达眼中,罗德里克的形象是英勇的(heroic)、光荣的(glorious)。她的自卑提升了国王的魅力,她相信爱上国王是她的罪过。"自卑感和这种由自卑感所致的向上超越的努力,是正常的、内在的,是人格生成与流变的真正动力。"① 她坦率地告诉神父,罗德里克是她灵魂的阳光,她在他的光中像一朵花一样生活和成长。

在佛罗琳达心中,罗德里克是孤独的。他听从了冷酷的、不明智的政客的建议,将自己束缚在一个政治婚姻链条上,与一个和自己不相配的配偶维持婚姻关系。佛罗琳达相信罗德里克是一位高贵英勇的国王,但他高贵的灵魂被不幸的婚姻彻底摧毁了。王后艾吉隆娜漂亮的外表之下,是畸形和空虚的内心世界。她爱虚荣和浮华,招致了罗德里克的绝望和悲伤。她亵渎了婚姻,最终成为侵略者阿布德阿齐兹的妻子们的首领。阿布德阿齐兹是摩尔人的异教徒,是西班牙的暴君和敌人。西班牙人都知道艾吉隆娜,她为国家带来了耻辱,但很少有人知道罗德里克曾经的绝望。诗中描写他们没有孩子,罗德里克内心的爱无以寄托。佛罗琳达认为,罗德里克的行为不同于阿布德阿齐兹,后者是

---

① 李建中,尹玉敏. 爱欲人格——弗洛伊德. 武汉:长江文艺出版社,1996:246.

邪恶本性寻求的滥交欲望,然而,作为一个身体健康的年轻人,罗德里克可能是被某个意外的情形所迫,背弃了自己的美德。

佛罗琳达通过公开事情的原委以减轻罗德里克的原罪。为了保全罗德里克的名声,佛罗琳达在马卡比神父面前坦白自己的情感来为罗德里克的罪行辩解。她说自己一度天真地认为他们之间的感情类似于兄弟姐妹之情。然而逐渐地她内心的感觉变得异常强烈,以至于罗德里克的存在就像她生命中的食物或睡眠一样成为必需。他成了她的一切,所以她知道他内心的不满和家庭的不幸。佛罗琳达对罗德里克的同情和钦佩交织在她心里。她时常产生一种想法:如果佛罗琳达成为罗德里克的王后,那么他便能得到家庭的和平与幸福,他们的爱情也因此完美。(That if Florinda had been Roderick's Queen, /Then might domestic peace and happiness/Have bless'd his home and crown'd our wedded love.①)为了减轻罗德里克的罪行,她撕掉了整个伪装,敞开心扉,希望受到神父谴责。佛罗琳达在心中已经原谅了国王,但她不能原谅自己,因为她相信是她导致了国王的毁灭、耻辱和死亡(罗德里克在战斗中失踪后,人们认为他死了)。她曾经问神父,除了眼泪和祈祷之外,她应该做些什么来为罗德里克受伤的名誉辩护。马卡比神父回答说,罗德里克的坏名声不可消除,这是他应得的惩罚。佛罗琳达决心为罗德里克的灵魂祈祷并认真执行。随着她的人格升华,她减轻了罗德里克的痛苦,她的无私之举也减轻了罗德里克母亲的创伤。

佛罗琳达一直担心她的父亲朱利安。为了把朱利安从

---

① Robert Southey. *The Poetical Works of Robert Southey*. New York: D. Appleton & Co. Press, 1839, p.671.

复仇的深渊中解救出来,她想尽办法消除他对罗德里克的仇恨。虽然父亲为别的民族效力,但她从未想过要抛弃父亲。听到信使说父亲的日子不多了,她和马卡比神父一起去了摩尔人的营地。她希望神父能安抚父亲受伤的灵魂,减轻他无法消除的悲痛。然而,朱利安在牧师面前嘲笑并且曲解基督教的教义。看到父亲仍处于反基督的情绪中,佛罗琳达向上帝祈祷,并说她父亲的轻蔑来自痛苦而不是坚硬、冷酷的内心。骚塞细致入微地描写了佛罗琳达:"她转过头来,泪流满面地看着他。她的眼神、手势,还有那无声的悲哀,软化了她父亲的心。这颗心此刻向爱敞开。"(She turn'd her eyes, beholding him through tears. /The look, the gesture, and that silent woe, /Soften'd her father's heart, which in this hour/Was open to the influence of love.①)佛罗琳达的痛苦源于她父亲朱利安的痛苦,她知道朱利安一直被他对罗德里克的仇恨折磨。她希望上帝的强大力量能够减轻朱利安的痛苦。她坚信,如果朱利安能原谅罗德里克,朱利安将被上帝的爱拯救,摆脱世俗的束缚。她的眼泪证明了她对父亲的真诚关怀。佛罗琳达的大度阻止了父亲朱利安进一步的报复行为,使他承认了自己的罪行。朱利安从叛国者转变为护国者,佛罗琳达起到了重要的作用,宽恕之美拯救了人的灵魂。

  康德在谈"美的理想"时说,真正美的东西,从道德观念看,也是需要完善的,离开了这种道德精神,不能达到理想的美。佛罗琳达是女性美德的典型代表,她纯洁、坚强、宁静、宽容。她所展现出的对生命的宽恕,是对负罪心灵的舒压和拯救。她引导父亲朱利安卸下心头强烈的仇恨,并停

---

① Robert Southey. *The Poetical Works of Robert Southey*. New York: D. Appleton & Co. Press, 1839, p.695.

止继续报复的行为;她把罗德里克从罪恶感的痛苦中解救出来,使他在为国家而战的正义行为中成为一个真正的王。从某种意义上讲,罗德里克和朱利安都是由于这样善意的宽恕而获得重生。

第二节 骚塞在《罗德里克,最后的高斯人》中的审美取向

凭借灵活的诗歌创作技巧,骚塞在该诗中注入了更多的道德元素。在这段长达四年的创作期里,骚塞没有只写政党政治方面的文章,他还写出了"以秩序防御乱象"(about the very defense of order against chaos①)的作品。骚塞认为"英国文学一直是以它道德的纯洁性著称的,这种纯洁性是国民风气改善的结果,反过来也是促进国民风气改善的原因。过去,如果书的扉页或卷头插图上没有明显的徽记表明其内容与妓院有关的话,做父亲的可以放心地把任何新出版的书放到自己的孩子手上,而不用担心孩子看了会学坏。凡是印有一个正派的出版商的名字或者从一家正派的书店买来的书,都不会有任何危险。对我们的诗歌来说,情况尤其是如此"②。骚塞对西班牙历史的掌握使他能够找出该国当前问题的根源。随着他从激进到保守的政治思想的转变,骚塞的文学创作目的也发生了变化。从

---

① Lynda Pratt. *Robert Southey and the Contexts of English Romanticism*. Hampshire:Ashgate Publishing Limited Press,2006,p. 109.

② 勃兰兑斯.十九世纪文学主流:第四分册 英国的自然主义.徐式谷,江枫,张自谋,译.北京:人民文学出版社,1997:117.

1810年代初开始,骚塞就深信政治改革是危险的,"直到民众的社会和教育状况得到改善"。(until the social and educational condition of the masses was improved.①)骚塞认为英国人缺乏真正的"民族精神"(national spirit②),因此他试图通过写作来影响公共意识形态,使读者自己能够判断。

在创作这部史诗的过程中,骚塞的思想受到拿破仑征服欧洲事件的影响,尤其是他对西班牙的侵略。拿破仑在欧洲的行动触发了骚塞保守思想的形成。骚塞不赞成一个国家控制另一个国家。该诗写于1808年,正是半岛战争时期,西班牙和葡萄牙最终都成功地击败了拿破仑的入侵。西班牙和葡萄牙的胜利给英国人带来了巨大的热情,因为西班牙、英国和葡萄牙结成了控制伊比利亚半岛局势的同盟。那时英国人开始对所有与西班牙相关的事物深感兴趣。

骚塞本人熟悉半岛事务,长期以来一直在写关于西班牙的文章。这部史诗叙述的是罗德里克在八世纪成功抵抗摩尔人的故事,在这期间摩尔人被西班牙人打败。牧师和朱利安的谈话强调了道德和忏悔的重要性。朱利安认为人类(所有人)是同一位伟大的父亲的孩子,他是所有人的公正法官,而宗教信仰不同的人就像自然界中的色彩一样,其规模和数量是偶然的、无法估量的。朱利安把不同的信仰

---

① Lynda Pratt. *Robert Southey and the Contexts of English Romanticism*. Hampshire: Ashgate Publishing Limited Press, 2006, p. 107.

② Lynda Pratt. *Robert Southey and the Contexts of English Romanticism*. Hampshire: Ashgate Publishing Limited Press, 2006, p. 107.

理解为:每一个信仰,每一个地域,都有通往天堂的路;/你和我可以在天堂相遇。(from every faith, /As every clime, there is a way to Heaven; /And thou and I may meet in the Paradise.①)牧师当时没有反对朱利安的信仰,但驳斥了他讲话的意图,也就是说,神父认为朱利安在寻求个人报仇的过程中违背了全人类的道德法则,因而受到了良心的谴责。

骚塞在诗中进一步阐释了基督教的教义。神父敦促朱利安原谅伤害他的那只不幸的手(the unhappy hand),因为宽恕别人的人会得到上帝的宽恕。他向朱利安阐明了西班牙的困境:城市被洗劫,西班牙的儿子被摩尔人杀害,西班牙的女儿被伤害……他总结说,国难是侵略者造成的,也是朱利安非理性的复仇造成的。然后,神父继续说,如果朱利安忏悔,那么朱利安所有的罪恶能够被清除。通过神父和佛罗琳达共同努力,朱利安意识到自己的错误,骚塞后来描写他逐渐流露出悲伤而不是愤怒。佛罗琳达知道拯救她受伤和有罪的父亲的时机已成熟。她很清楚,父亲的心依然燃烧着复仇的渴望,于是她告诉他,自己已经原谅了罗德里克并为之祈祷。事实上,她为罗德里克、朱利安和她自己不断地向上帝祷告。与朱利安的充满对罗德里克仇恨的心不同,佛罗琳达的心充满了可以超越个人仇恨的仁慈。她的道德观可以帮助她根据社会需要指导和规范个人的言行。在她的人格中,崇高的意识——超我占据了主导地位。根据弗洛伊德的观点,超我可以限制本我的冲动,反映出"社会所要求的价值观和行为标准"(the values and

---

① Robert Southey. *The Poetical Works of Robert Southey*. New York: D. Appleton & Co. Press, 1839, p. 696.

standards of behavior required by society①)。随着女儿不断的劝导和恳求,朱利安皈依基督教,并要求神父(乔装的罗德里克)祝福他——一个濒临死亡的基督徒。圣礼结束后,罗德里克跪在朱利安面前,请求他原谅"所有罪行的原因"(guilty cause of all thy guilt)。罗德里克的忏悔感动了朱利安,他们终于和解。佛罗琳达卓越的道德和仁慈有助于净化有罪人的灵魂,随着个人道德的提升,民族精神由个人的努力得以发扬光大,西班牙因此获得了足够的力量战胜敌人。

在这部史诗中,西班牙人对摩尔人的厌恶无处不在。骚塞使用特定的言辞来表达两个世界之间的对比。摩尔民族和西班牙民族无论在地理上还是在道德意义上都有显著不同。"地理,或所谓自然边界,无疑在国家划分中起着相当大的作用"。(Geography, or what are known as natural frontiers, undoubtedly plays a considerable part in the division of nations. ②)摩尔人是北非人,他们在欧洲伊比利亚海岸军事登陆,对西班牙实施侵略。在史诗中,骚塞描述摩尔人像一团从荒芜的非洲来的蝗虫一样降落在伊比利亚。叙利亚人、波斯人、希腊叛徒、鞑靼人等联合起来,形成了一个可怕的团伙。在这个乌合之众的军队中,一切乱七八糟的恶习被释放,良知却遭到诅咒;他们挥舞着旗帜,用黄金包裹着盾牌,挥舞着叙利亚弯刀,等等。对欧洲人来说,摩尔人的军队和装备是奇异的,在欧洲人眼中摩尔人是低等民族。他们来自未开化的大陆,是贪婪邪恶的人。萨

---

① David A. Statt. *The Concise Dictionary of Psychology*. London: Routledge Press, 2003, p.129.

② H. K. Bhabha. *Nation and Narration*. London: Routledge Press, 1990, p.18.

义德在他的作品中对西方和东方的辩证对立进行过深入研究。萨义德的《东方学》认为文学作品中通常把东方的思想,或黑暗非洲作为反面特征,以强化欧洲正面和令人向往的特点。在这种辩证对立的文化建构中,欧洲总是被认为是理性的、开明的、自由的、尽责的,而东方或非洲是黑暗的、不理性的、无能的、野蛮的、不可信的。

在这部史诗中,骚塞对摩尔人的侵略和西班牙人的抗争的描写是显而易见的。用"蝗虫"(locusts)、"荒芜的非洲"(wasted Africa)和"可怕的"(dreadful)等词汇,骚塞在史诗中描绘了一个好战的、有缺陷的、充满恶意的摩尔民族。在西班牙,他们的存在与欧洲环境极不协调。西班牙有辽阔的平原,土地丰饶,盛产橄榄,景色富饶祥和,村庄里有可爱的农舍,在摩尔人到来前西班牙村民幸福地在他们的家园生活。骚塞使用对比手法描述了摩尔人与伊比利亚自然环境的种种不协调,能够引起欧洲人民的共鸣。诗人通过使用"齿状山脊"(Sierra)这个词强化西班牙民族的力量。"齿状山脊"是典型的西班牙景观。根据地球科学,此类山脉高低不平,轮廓不规则,有点像锯齿。骚塞使用拟人修辞手法,将齿状山脊形容为"抬起他们的头"(lifting their heads),这是西班牙人不屈不挠的反抗精神的写照。他们可以在困难时期经历任何艰难和险阻,但决不会在任何侵略者面前低头。尽管摩尔人借助朱利安的力量暂时征服了西班牙,但非洲人和东方人永远无法与欧洲环境融合。齿状山脉是摩尔人永远无法融入欧洲土地的象征。总之,骚塞在诗中多次表达了他对摩尔入侵者的厌恶。

骚塞在诗中批判摩尔人卑劣的同时赞美了欧洲人的崇高精神。在美学研究中,"崇高"常常被视为一项审美趣味。崇高的对象通常是指伟大的不平凡的人或物。在西方美学史上,朗吉弩斯把崇高作为审美范畴提出来。"他对崇高的生动描述促使近代欧洲美学迅速承认崇高是一种独立的审美范畴。"①"崇高是一种道德情操……他所举的力量崇高的实例都是有关道德观念,例如他指出无论在野蛮社会还是文明社会,最受人崇敬的都是不畏险阻、百折不挠的战士,这种崇敬就是崇高感,足见康德所理解的力量的崇高主要是指勇敢的精神的崇高。"②从这一美学意义来看,骚塞在史诗中塑造了两个极具崇高感的西班牙典型人物形象:阿朵信达和罗德里克。

一、从平凡到伟大——阿朵信达的自我超越

阿朵信达从平凡到伟大的自我超越展示了美德的崇高。她是一个普普通通的女子,在诗中的第一次出场给人留下深刻印象。骚塞通过人物与周围环境的强烈对比刻画了这一人物鲜明的特征,给人以视觉上的冲击:她一个人从残垣断壁中走来,飞扬的尘土淹没了古老的城墙,烧焦的庙宇惶恐地颤抖着,狼群和乌鸦撕扯着腐尸,空空的街道掩映着她的优雅、美丽、年轻和庄严。在罗德里克的帮助下,她埋葬了家人的尸身。对那个时代的年轻的女人来说,家人就是她的全部,摩尔人毁掉了她的一切。实际上,这一幕有象征意义:她不仅仅埋葬了家人的尸身,还埋葬了自己的软弱。诗人运用了诗歌写作技巧中的首语重复法,连用了五个"all"("所有的")来强调阿朵信达的转变。前四个"all"反映了她的软弱,其中,最后一个"all"突出了其开始转变的"本我"。灾难改变了她,使她战胜了内心的弱点。她布

---

① 凌继尧,徐恒醇. 西方美学史:第 1 卷. 北京:中国社会科学出版社,2005:360.

② 朱光潜. 西方美学史:第 2 版. 北京:人民文学出版社,1979:372.

满侵略者鲜血的双手展现了她的勇气、决心和坚定意志。

阿朵信达的伟大的精神激励了很多人。与《圣女贞德》中的贞德和《麦道克》中的女首领埃里雅布相比,阿朵信达是非凡的,尽管她们都是军事指挥官,是英雄女性的代表。贞德和埃里雅布分别得到了圣父和公民的支持,例如贞德从上帝那里获得了自然的无敌力量,埃里雅布从霍阿门人的支持中获得了不可征服的力量,然而,阿朵信达从她的信仰中获得了不屈的力量,这源于她内在的美德。她的力量源于对家庭和国家的爱。除了阿朵信达的家庭,还有成千上万个家庭被摩尔人毁灭了。事实上,一个国家由无数个家庭组成,因此成千上万个家庭的毁灭是国家解体的反映。阿朵信达杀死敌方首领不仅是对摩尔人的报复,而且是对威胁家庭统一的危险的一种解除。她的精神鼓舞着老年人、胆怯的女孩和年轻的母亲,她的热情和忠诚使西班牙人有力量将侵略者驱逐出西班牙。他们没有屈服,而是在苦难中成长壮大起来。

阿朵信达的信念最初来自对家人的热爱,渐渐发展成对国人的热爱。这份热爱变成坚定的信念,促使她驱逐邪恶,为实现民族的复兴贡献一份力量。在罗德里克的帮助下,她履行了她的家庭职责。她不再把自己关起来忏悔。她心中充满了激情,所有的激情和美德结合在一起:爱、恨、喜、悲、绝望、希望、虔诚的信仰。这些使她甘于奉献,甘于承担神圣和崇高的责任。她的奉献精神是个人和国家责任融合的结果。霍米·巴巴(Homi K. Bhabha)曾说:"民族和城市只是家族的延伸。"(The tribe and the city were then merely extensions of the family.①)她相信是上帝的

---

① Homi K. Bhabha. *Nation and Narration*. London: Routledge Press, 1990, p. 13.

恩典拯救了自己，因此西班牙必须得到她的拯救。她发誓要像上帝所表现的那样为上帝服务。她有责任唤醒西班牙人，去击碎摩尔人设置的令人无法忍受的枷锁。她对国家的责任是从她对家庭的爱中升华而来。她认为生命不应属于她自己，因为她被赋予了一个神圣的使命，她必须把上帝赐予她的生命奉献出来来完成这个使命。她决心把侵略者赶出自己的国家，使人民过上和平幸福的生活。她戴着头盔，身穿铠甲，佩带宝剑，一手拿着盾牌，一手握着缰绳，骑在一匹气宇轩昂的战马上。[①] 她的形象是英勇的。她的剑、盾牌以及她袖子上的鲜血都很显眼，这让读者想起被她杀死的摩尔人。过去，她被逼得无路可走，忍无可忍，她需要为她的家庭和国家伸张正义。多年的斗争塑造了她的性格，使她变得富有战争经验，这不仅保卫了她自己，也捍卫了西班牙人民和正义。对她来说，摩尔人的侵略必须以鲜血来回击。阿朵信达在战斗中表现英勇。她履行了自己的誓言，完成了国家和家庭交给她的任务。

　　人物不能脱离环境和情节而独立存在。阿朵信达是诗人杜撰的，从中可以看出这一人物形象寄予了诗人对人性美的欣赏和理解。阿朵信达作为一个平凡的女子，有她自身的弱点，诗人通过对环境的描写和情节的推进，让读者看到了一个不断变化和成长的阿朵信达，看到了她从恐惧到勇敢，从平凡到神圣的转变。她从一个人的觉醒到使命感的复苏，从为家人的复仇到为民族的正义而战的过程，从一个平凡的女子成为伟大的民族英雄的过程，是一个不断超越自我和升华的过程。诗人单独用了一卷篇幅（第三卷）对阿朵信达进行叙事描写，可见诗人赋予了这一人物独有的

---

① Robert Southey. *The Poetical Works of Robert Southey*. New York: D. Appleton & Co. Press, 1839, p. 680.

审美情趣和精神内涵。在领略这一节优美的创作形式的同时，读者也能真正品出这种人性不断升华的崇高感，体会出优美形式与崇高内容的完美统一。从某种程度上说，骚塞的史诗创作实践和理论构建自觉或不自觉地遵循了美学家所提出的形式美和内容美的相结合，诗人力求尽善尽美，在运用高超的艺术形式表达精深的道德内容的同时，向读者展示了不同层面的审美体验。

二、从凡俗到神圣——罗德里克的人性升华

罗德里克是一个具有震撼感的审美对象。他从国王到隐士，又从隐士到国王，最终放弃王位回到修道院的过程，也是人性升华的典型例证。这个主题人物清晰地表现出诗人的审美趣味和价值取向。如果说，骚塞刻画阿朵信达这一人物的目的是阐释一个平凡的人通过自我超越可以成为伟大的英雄，那么对罗德里克的浓墨重彩的描绘就是为了说明一个有过失的人可以通过人性的升华成为超凡的圣者，也就是"由俗到圣"。

在这部史诗中，罗德里克的人性发展经历了三个阶段：本我、自我和超我。年轻时的他不能控制自己的欲望，根据弗洛伊德的理论，人类这种不可抗拒的欲望是由本能的冲动支配驱使的。这种本能的冲动刺激他做了许多错事，为了给父亲报仇，他弄瞎了威蒂萨的眼睛。骚塞在诗中描写了罗德里克婚姻的不和谐，没有后嗣，在婚姻生活中找不到内心的快乐和宁静。当他遇到佛罗琳达时，他痛苦的内心变得愉快。诗人运用对比的手法突显了佛罗琳达的高贵和温柔及其与罗德里克内心和谐的关系。罗德里克难以压抑自己的情感。这一阶段他所做的任何事情都是一种生命的本能，也就是弗洛伊德所说的"本我"。

然而，面对佛罗琳达的痛苦和朱利安的报复，罗德里克

的自我意识开始苏醒。他开始把自己的行为和现实联系起来,意识到西班牙的灾难是自己的过失引起的。他的自我谴责表明他开始了他人性的第二个阶段:自我。"自我"是受理性控制的,是对"本我"实施改造的积极意识。他的隐士生活看似巧合,然而是出于审慎的抉择。在隐居期间,他的内心受到煎熬,整日整夜在上帝的面前静静地忏悔。骚塞在诗中多次描写他忏悔的眼泪,以示他情感和内心的变化。随着时间的推移,他的内心慢慢燃起了对自己的过错承担应有责任的渴望,而且,这份渴望日渐强烈。同时,他的梦也表达了他对父母及国家的责任感。这种对父母对国家的爱和责任交织在一起,给了他战胜各种困难的力量。他认为不该再等待了,是时候了,他应该行动起来拯救他的国家了。他成长了,改变了。他改名为马卡比,这个名字后来成了民族革命英雄的代名词,也象征了罗德里克的"超我"和重生。

在诗中骚塞把罗德里克看成是引领民众回归的一种力量。他从一个隐士转变为一个军事领袖。对罗德里克而言,战争是神圣的,他在保卫他的国家和人民,驱逐邪恶。一个人的道德品质,尤其一个领导人的道德品质,不仅决定了他个人的命运,而且决定了一个国家的命运。根据弗洛伊德的精神分析理论,"超我"是人性中"本我""自我""超我"这三个方面中的一个方面。它是一种内化的自我约束,通常反映了社会对价值观和行为标准的要求。罗德里克的道德上升到了一个新的层面,个人的愿望受到了社会需求的支配。不管他是做国王还是做隐士,"超我"已经成为他人性中的主导。这一点类似于中国道家美学经典命题中的"涤除玄鉴","涤除"就是抛弃了尘世的那些欲念和偏见,使心灵空明,这样就能感悟到更为深刻的真谛,也就是可以看到深邃的东西("玄鉴")。诗人似乎把罗德里克的形象推向了更为壮美的境界,放弃了世人追求的权力、名誉、幸福和荣耀,在战争取得了胜利后,悄然回到了修道院。

不管用中国古典美学还是西方美学的审美趣味来审视和欣赏罗德里克这个人物,他都体现了一种人生和审美的崇高境界——"绚烂之极归为平淡"——之美。"平淡"在中国古典美学中是一个极高的境界。"平淡"作为一个美学范畴,其思想基础来源于道家学说,体现人从各种欲念和功利中摆脱出来,是一种特殊的审美趣味和审美风格。从道德层面来分析,那就是达到了圣者的境界。

第三节 《罗德里克,最后的高斯人》人物形象的美学意义

骚塞的这部史诗犹如一幅波澜壮阔的历史画作,人物栩栩如生,美与丑,正义与邪恶,道德与恶习,色彩纷呈。穿插与融合的创作手法,纵横交错,荡气回肠。温克尔曼说:"宁静是美的最典型的特征……而崇高的对象往往是充满内在冲突和张力,具有不断运动激荡的特征。"[①]无论罗曼诺和佛罗琳达所表现出的那种内心宁静折射出的善的光芒——一种静态之美,还是阿朵信达和罗德里克激荡的那种百折不挠的动态之美,读者都可以从中领悟出人格的美丽和崇高。它总是与人的道德行为联系在一起,这种能表现道德精神的人体美才真正是康德所要求的"美的理想"。"人是一个整体,一个多方面的内在联系着的能力(认识和实践两方面的——引者注)的统一体。艺术作品必须向人

---

① 周宪.美学是什么.北京:北京大学出版社,2008:67.

的整体说话,必须适应人的这种丰富的统一整体,这种单一的杂多。"①

一、欣赏的过程是心灵同化的过程

朱光潜在《谈美》一书中说:"懂得像什么样的经验才是美感的,然后再以美感的态度推到人生世相方面去。"②由此可见,审美体验和人生世相是分不开的。美学的思考对人自身的塑造和社会和谐的构建有着不可或缺的重要性。

骚塞在史诗开篇第一节展示故事背景。朱利安由于女儿被强奸,出于报复而背叛了国家,引来了摩尔人的入侵。摩尔人连同其他几个民族,像漫天的蝗虫一样占领了西班牙的土地,血腥、罪恶和混乱充斥在西班牙的土地上。国王罗德里克战败,失去了自己的国家,逃亡了八天八夜遇到了罗曼诺。当时罗曼诺正站在门口等待着摩尔人的到来,准备以身殉道。为了帮助罗德里克,他放弃了自己的计划。罗曼诺安慰绝望的罗德里克,慈悲地给他希望,激励他走向新的生活,使罗德里克从痛苦的深渊中一步一步走出来,重新带领国人取得了战争的胜利。"在平淡、乏味、沉沦、虚假的'在世'活动的深处,个体自然在'操心'、在'领悟'、在'决断'。"③这是罗曼诺改造社会的潜能的发掘过程。

佛罗琳达同样是一个在内外交织的混乱中拯救他人和归正乱象的鲜明形象。她面对的周遭是:自己被伤害,国家的破碎,父亲的仇恨心理和背叛国家的行为,罗德里克战败失踪。在乱象中,她没有抱怨和仇恨,而是虔诚地忏悔;宽

---

① 朱光潜.西方美学史.南京:江苏人民出版社,2015:616.
② 朱光潜.谈美.北京:中国青年出版社,2012:8.
③ 马尔库塞.审美之维.李小兵,译.北京:生活·读书·新知三联书店,1989:5.

恕罗德里克对自己的伤害,以减轻他的负罪感;制止父亲进一步的报复行为,冒险进入摩尔人的营帐说服父亲放下仇恨回归自己的国家;她坚持抗击入侵者,拒绝敖和巴的威逼利诱。她高尚的道德行为完全遵从国家的需要,完全超越了私利。

这两个人物都是在纷乱的环境和苦痛中,无私地关爱他人,给予他人温暖,他们这种善的具体道德表现是黑暗中的光明。孟子认为,人的深层心理结构中都有"仁"的道德美学精神,艺术作品中的道德审美体验可以引起审美主体内心的共鸣,使其道德觉醒,提升其生命的价值。

二、欣赏的过程是精神升华的历程

美学上认为审美观照(欣赏)是个复杂的过程。审美主体(读者)在面对审美对象时,会与当前的审美对象产生共鸣,获得"美感体验"。优美与崇高的审美对象会吸引主体,在欣赏的过程中主体与客体渐趋同一,最终达到主客交融,进而唤起主体自身的理性观念,超越对象到达新的精神境界。"对崇高的日趋重视主要由于浪漫主义运动的兴起带来了审美趣味的转变。"[①]骚塞把他对美的认识和对人性的理解融合在一起,借助诗中人物间相互的关联和冲突,折射出人性的美和善,勇敢和崇高的审美意象,给阅读主体带来情感的体验和精神的升华。

诗中,在罗德里克的帮助下,阿朵信达埋葬了家人:

> 就在这个墓穴
> 深深地埋葬着我所有的希望和恐惧,
> 埋葬着我所有人性的情爱和天性的慈善;——

[①] 朱光潜.西方美学史.南京:江苏人民出版社,2015:319.

所有女性的温柔,所有温婉的思想,
所有女性的弱点,埋葬于此,
是的,我先前所有的性情。

In this sepulcher
Lie buried all my earthward hope and fears,
All human loves and natural charities;—
All womanly tenderness, all gentle thoughts,
All female weakness too, I bury here,
Yea, all my former nature. (656)

主体在审美体验过程中随着客体经历了去除恐惧、克服弱点、超越自我的心路历程。罗德里克在本我冲动的驱使下强奸了佛罗琳达,招致了朱利安的报复,使其引来入侵者。在战败逃亡中,罗德里克经历了痛苦、忏悔、重生,重新带领他的国民驱逐了邪恶的摩尔人,取得了民族正义战争的胜利。最后他对母亲说:

时光流逝,
所有的伤痛已成为过去;
所有的妄念已如过眼云烟,
所有的怨悔已荡平于胸中;心如止水,
灵魂历劫,渴望重生。
祝福我吧,我的母亲!当死期来临时,
让我们静静地离去。

Time passes on,
The healing work of sorrow is complete;
All vain desires have long been weeded out,
All vain regrets subdued; the heart is dead,
The soul is ripe and eager for her birth.

> Bless me, my Mother! and come when it will
> The inevitable hour, we die in peace. (691)

主体随着客体经历生命的悲欢离合后,"涤除玄鉴"超然脱俗。许多崇高壮美的故事过去了,推动故事跌宕起伏的人物的精神内涵却是不朽的。欣赏者在品味审美意蕴的同时,对人生、历史、世界等宏大事物的关切由此产生。这是一种超越体验,是审美欣赏中最神秘的部分,是一个由表及里、由浅入深的精神升华的历程。

这部浪漫主义史诗的出版表明,骚塞从关注社会变革转向了关注人的内在特性和道德层面。正如骚塞所言,他希望他的作品能起到维护社会秩序,抵制社会乱象的作用。通过一系列典型人物的塑造,骚塞传递出道德即美好,人性中的仁爱和宽恕是善和美的高尚境界的观念,引发读者思考。骚塞推崇文学的道德引领作用,缺乏道德属性的作品在他看来是严重的罪恶。他认为:"出版淫秽书籍是可能对社会福祉做出的最严重的危害之一。这是一种其影响范围无法估量的罪恶,而作者事后的任何忏悔也无法把这种影响加以抵消。当他临终的时刻到来的时候(这种时刻是必定要到来的),不论他会怎样受到良心的谴责,都将无济于事。"[1]史诗人物从"本我"到"超我"形象的转变表明内化的自我约束的重要性,也是实现道德提升的内在途径。人性的道德之美具有普遍的实践价值,因此,今天对骚塞作品中的人物进行研究依然具有现实意义。柏拉图在对"美的本质"的认识上说"美是永恒的,无始无终,不生不灭",它不是

---

[1] 勃兰兑斯.十九世纪文学主流:第四分册 英国的自然主义.徐式谷,江枫,张自谋,译.北京:人民文学出版社,1997:118.

"在此时美,在另一时不美"①。所以,骚塞在史诗中呈现的这些人物的道德之美,不管是在历史的画卷中,还是在当今的现实中,都因为其本身的美成为永恒。

---

① 凌继尧,徐恒醇.西方美学史:第1卷.北京:中国社会科学出版社,2005:107.

结　语

骚塞的史诗规模庞大、气势恢宏,也是一幅描绘人物形象的长篇画卷。骚塞以满怀激情的笔墨描绘了壮丽辉煌的主题人物形象群:肩负正义和独立使命的贞德、身经百难替父报仇的撒拉巴、兄弟阋墙而远赴美洲的麦道克、恶有恶报的克哈马、江山社稷与儿女情长纠结在心的罗德里克。其中也有各具特色的小人物:为收复国土征战沙场的老人、携子逃命孤苦无依的寡母、外表野蛮内心善良的土著等等。他们无论男女、老幼、地位高低、美丑、喜悲,都被骚塞赋予了独特的美学意义。

骚塞取材中世纪异域人物或神话传奇,对整个民族有主旨性和典范作用。五部史诗涉及国家、身份、宗教、战争、民俗、自然等多重主题,空间复杂,涉及宫廷与乡村、战场及家庭、自然和超自然等领域。其史诗的多重人物社会形象融合想象与现实,加上独具特色的意象、修辞、音韵与格律,凸显诗人的褒贬,实现了形式和内容的协调。形形色色的人物传递着骚塞的革命理想、对现实的失望、对国家前途的担忧,以及对心灵归属的寻觅,思想性和艺术性高度契合。骚塞人物创作的审美情趣和价值取向具有典型的浪漫主义风格。

骚塞史诗千姿百态的人物客观反映了浪漫主义史诗的审美导向和文化特征,迎合了当时已对古典主义产生审美疲劳的读者的需求。其史诗人物源自法国、印度、阿拉伯、威尔士和西班牙的素材。骚塞的史诗在继承传统史诗人物崇高精神的同时,开创了浪漫主义史诗异国情调、殖民色彩和心理描写的先河。骚塞史诗人物在真实和虚幻、高贵和平凡之间摆动,符合刚从理性束缚中解放出来的读者的审美意识和阅读品味。无论人还是神,都摆脱脸谱化的特征,将自己的言谈举止、喜怒哀乐甚至微妙的心理呈现在读者面前,缩短了和读者的距离,使得读者伴随着壮美的旋律,产生强烈的感受,获得思想启示。骚塞史诗人物体现了浪漫主义史诗的创新和发展。

本书审视了骚塞史诗人物的美学形象,阐释了人物承载的思想价值和美学内涵,以及他们在史诗中的价值。这些人物的不同境遇和命运、荣辱和沉浮对世人具有启示作用。由此可探索骚塞的人物观以及史诗人物产生的背景。这些人物体现了骚塞对法国大革命由力挺、彷徨、反对到沉思的思想历程,展现在多种观念碰撞、各种势力交锋的时代背景下他的思想价值取向和意识形态的变化。在五部史诗中,诗人以独特的题材和美学思维方式形成了史诗人物体系,极大丰富了浪漫主义史诗的文本内涵。骚塞通过塑造人物实现了文本进化,传承和发展了史诗艺术,使自己的史诗作品呈现极高的思想性和艺术性。骚塞史诗作为一种诗歌艺术范式,是特定历史时代的产物,是民族精神的结晶,包含骚塞对浪漫主义英国社会和人民生存状况的真实书写。本书理论指导和文本分析实践紧密结合,具备理论性和科学性,美学理论使研究骚塞人物形象的社会价值具备实践力和指导力。

总之,本书不仅关注了单纯的人物美学特征问题,而且关注了人物美学形象和诗歌文本、诗人思想发展之间的内在联系,以及重大社会历史事件的影响问题。在骚塞的五部史诗中,文学批评理论在政治、文化和道德方面应用的侧重点不同。本书根据诗人创作意图,探讨了不同的文本内涵。另外，骚塞对浪漫主义史诗的传承与发展所产生的影响也是本书关注的重点之一。本书解读了骚塞史诗人物所表达的艺术和思想概念，评价了其文学和文化价值，以及在特定的文化语境下的接受效果。

附录:
The Original Prefaces of the Five Epics

The Preface of *Joan of Arc* ①

At the age of sixty-three I have undertaken to collect and edit my *Poetical Works*, with the last corrections that I can expect to bestow upon them. They have obtained a reputation equal to my wishes; and I have this ground for hoping it may not be deemed hereafter more than commensurate with their deserts, that it has been gained without ever accommodating myself to the taste or fashion of the times. Thus to collect and revise them is a duty which I owe to that part of the Public by whom they have been auspiciously received, and to those who will take a lively concern in my good name when I shall have departed.

The arrangement was the first thing to be considered. In this the order wherein the respective poems were written has been observed, so far as was compatible with a convenient classification. Such order is useful to those who read critically, and desire to trace the progress of an author's mind in his writings; and by affixing dates to the minor pieces, under whatever head they are disposed, the object is sufficiently attained.

Next came the question of correction. There was no difficulty with those poems which were composed after the author had acquired

---

① Robert Southey. *The Poetical Works of Robert Southey*. New York: D. Appleton & Co. Press, 1839. pp. 7 - 13.

his art, (so far as he has acquired it,) and after his opinions were matured. It was only necessary to bear in mind the risk there must ever be of injuring a poem by verbal alterations made long after it was written; inasmuch as it must be impossible to recall the precise train of thought in which any passage was conceived, and the considerations upon which not the single verse alone, but the whole sentence, or paragraph, had been constructed; but with regard to more important changes, there could be no danger of introducing any discrepancy in style. With juvenile pieces the case is different. From these the faults of diction have been weeded, wherever it could be done without more trouble than the composition originally cost, and than the piece itself was worth. But inherent faults of conception and structure are incurable; and it would have been mere waste of time to recompose what it was impossible otherwise to amend.

If these poems had been now for the first time to be made public, there are some among them which, instead of being committed to the press, would have been consigned to the flames; not for any disgrace which could be reflected upon me by the crude compositions of my youth, nor for any harm which they could possibly do to the reader, but merely that they might not cumber the collection. But "nescit vox missa reverti". Pirated editions would hold out as a recommendation, that they contained what I had chosen to suppress, and thus it becomes prudent, and therefore proper, that such pieces should be retained.

It has ever been a rule with me when I have imitated a passage, or borrowed an expression, to acknowledge the specific obligation. Upon the present occasion it behoves me to state the more general and therefore more important obligations which I am conscious of owing either to my predecessors or my contemporaries.

My first attempts in verse were much too early to be imitative; but I was fortunate enough to find my way, when very young, into the right path. I read the "Jerusalem Delivered" and the "Orlando Furioso", again and again, in Hoole's translations; it was for the sake of their stories that I perused and re-perused these poems with ever-new delight; and by bringing them thus within my reach in boyhood, the translator rendered me a service which, when I look back upon my intellectual life, I cannot estimate too highly. I owe him much also for his notes, not only for the information concerning other Italian romances which they imparted, but also for introducing me to Spenser; —how early, and incident which I well remember may show. Going with a relation into Bull's circulating library at Bath, (an excellent one for those days,) and asking whether they had the "The Faerie Queene," the person who managed the shop said, "Yes, they had it, but it was the obsolete language, and the young gentleman would not understand it." But I, who had learned all I then knew of the history of England from Shakespeare, and who had moreover read Beaumont and Fletcher, found no difficulty in Spenser's English, and felt in the beauty of his versification a charm in poetry of which I had never been fully sensible before. From that time I took Spenser for my master. I drank also betimes of Chaucer's well. The taste which had been acquired in that school was confirmed by Percy's "Reliques" and Warton's "History of English Poetry;" and a little later by Homer and the Bible. It was not likely to be corrupted afterwards.

My school-boy verses savored of Gray, Mason, and my predecessor Warton; and in the best of my juvenile pieces it may be seen how much the writer's mind had been imbued by Akenside. I am conscious also of having derived much benefit at one time for Cowper, and more from Bowles; for which, and for the delight which his poems gave me at an age when we are most susceptible of such delight, my good friend at Bremhill, to whom I was then and long afterwards personally unknown, will allow me to make this grateful and cordial acknowledgement.

My obligation to Dr. Sayers is of a different kind. Every one who has an ear for metre and a heart for poetry, must have felt how perfectly the metre of Collins's "Ode to Evening" is in accordance with the imagery and the feeling. None of the experiments which were made of other unrhymed stanzas proved successful. They were either in strongly-marked and well-known measures, which unavoidably led the reader to expect rhyme, and consequently balked him when he looked for it; or they were in stanzas as cumbrous as they were ill constructed. Dr. Sayers went upon a different principle, and succeeded admirably. I read his "Dramatic Sketches of Northern Mythology" when they were first published, and convinced myself, when I had acquired some skill in versification, that the kind of verse in which his choruses were composed was not less applicable to narration than to lyrical poetry. Soon after I had begun the Arabian romance, for which this measure seemed the most appropriate vehicle, "Gebir" fell into my hands; and my verse was greatly improved by it, both in vividness and strength. Several years elapsed before I knew that Walter Landor was the author, and more before I had the good fortune to meet the person to whom I felt myself thus beholden. The days which I have passed with him in the Vale of Ewias, at Como, and lastly in the neighborhood of Bristol, are some of those which have left with me "a joy for memory".

I have thus acknowledged all the specific obligations to my elders or contemporaries in the art; of which I am distinctly conscious. The advantages arising from intimate intercourse with those who were engaged in similar pursuits cannot be in like manner specified, because in their nature they are imperceptible; but of such advantages no man has ever possessed more or greater, than at different times it has been my lot to enjoy. Personal attachment first, and family circumstances afterwards, connect me long and closely with Mr. Coleridge; and three-and-thirty years have ratified a friendship with Mr. Wordsworth, which we believe will not terminate with this life, and which it is a pleasure for us to know will be continued and cherished as an heir-loom by those who are dearest to us both.

When I add, what has been the greatest of all advantages, that I have passed more than half my life in retirement, conversing with books rather than men, constantly and unweariably engaged in literary pursuits, communing with my own heart, and taking that course which, upon mature consideration, seemed best to myself, I have said every thing necessary to account for the characteristics of my poetry, whatever they may be.

It was in a mood resembling in no slight degree that wherewith a person in sound health, both of body and mind, makes his will and sets his worldly affairs in order, that I entered upon the serious task of arranging and revising the whole of my poetical works. What, indeed, was it but to bring in review before me the dreams and aspirations of my youth, and the feelings whereto I had given that free utterance which by the usages of this world is permitted to us in poetry, and in poetry alone? Of the smaller pieces I this collection there is scarcely one concerning which I cannot vividly call to mind when and where it was composed. I have perfect recollection of the spots where many, not of the scenes only, but of the images which I have described from nature, were observed and noted. And how would it be possible for me to forget the interest taken in these poems, especially the longer and more ambitious works, by those persons nearest and dearest to me then, who witnessed their growth and completion? Well may it be called a serious task thus to resuscitate the past! But serious though it be, it is not painful to one who knows that the end of his journey cannot be far distant, and, by the blessing of God, looks on to its termination with sure and certain hope.

Keswick, 10th May, 1857

Preface to *Joan of Arc*

Early in July, 1793, I happened to fall in conversation, at Oxford, with an old schoolfellow upon the story of Joan of Arc; and it then struck me as being singularly well adapted for a poem. The long vacation commenced immediately afterwards. As soon as I reached home I formed the outline of a plan, and wrote about three hundred lines. The remainder of the month was passed in travelling; and I was too much engaged in new scenes and circumstances to proceed, even in thought, with what had been broken off. In August I went to visit my old schoolfellow, Mr. Grosvenor Bedford, who, at

附录: The Original Prefaces of the Five Epics

that time, resided with his parents at Brixton Causeway, about four miles on the Surrey side of the metropolis. There, the day after completing my nineteenth year, I resumed the undertaking, and there, in six weeks from that day, finished what I called an Epic Poem in twelve books.

My progress would not have been so rapid had it not been for the opportunity of retirement which I enjoyed there, and the encouragement that I received. In those days London had not extended in that direction farther than Kennington, beyond which place the scene changed suddenly, and there was an air and appearance of country which might now be sought in vain at a far greater distance from town. There was nothing indeed to remind one that London was so near, except the smoke which overhung it. Mr. Bedford's residence was situated upon the edge of a common, on which shady lanes opened leading to neighboring villages (for such they were then) of Camberwell, Dulwich, and Clapham, and to Norwood. The view in front was bounded by the Surrey hills. Its size and structure showed it to be one of those good houses built in the early part of the last century by persons who, having realized a respectable fortune in trade, were wise enough to be contented with it, and retire to pass the evening of their lives in the enjoyment of leisure and tranquility. Tranquil indeed the place was; for the neighborhood did not extend beyond half a dozen families, and the London styles and habits of visiting had not obtained among them. Uncle Toby himself might have enjoyed his rood and a half of ground there, and not have had it known. A forecourt separated the house from the foot-path and the road in front; behind, there was a large and well-stocked garden, with other spacious premises, in which utility and ornament were in some degree combined. At the extremity of the garden, and under the shade of four lofty linden trees, was a summer-house looking on an ornamented grassplot, and fitted up as a conveniently habitable room. That summer-house was allotted to me, and there my mornings were passed at the desk. Whether it exists now or not, I am ignorant. The property has long since passed into other hands. The common is enclosed and divided by rectangular hedges and palings; rows of brick houses have supplanted the shade of oaks and elms; the brows of the Surrey hills bear a parapet of modern villas, and the face of the whole district is changed.

I was not a little proud of my performance. Young poets are, or at least used to be, as ambitious of producing an epic poem, as stage-stricken youths of figuring in Romeo or Hamlet. It had been the earliest of my day-dreams. I had begun many such; but this was the first which had been completed, and I was too young and too ardent to perceive or suspect that the execution was as crude as the design. In the course of the autumn I transcribed it fairly from the first draught, making no other alterations or corrections of any kind than such as suggested themselves in the act of transcription. Upon showing it to the friend in conversation with whom the design had originated, he said, "I am glad you have written this; it will serve as a store where you will find good passages for better poems." His opinion of it was more judicious than mine; but what there was good in it or promising, would not have been transplantable.

Toward the close of 1794, it was announced as to be published by subscription in a quarto volume, price one guinea. Shortly afterwards I became acquainted with my fellow-townsman, Mr. Joseph Cottle, who had recently commenced business as a bookseller in our native city of Bristol. One evening I read to him part of the poem, without any thought of making a proposal concerning it, of expectation of receiving one. He, however, offered me fifty guineas for the copyright, and fifty copies for my subscribers, which was more than the list amounted to; and the offer was accepted as promptly as it was made. It can rarely happen that a young author should meet with a bookseller as inexperienced and as ardent as himself, and it would be still more extraordinary if such mutual indiscretion did not bring with it cause for regret to both. But this transaction was the commencement of an intimacy which has continued, without the slightest shade of displeasure at any time, on either side, to the present day.

At that time, few books were printed in the country, and it was seldom indeed that a quarto volume issued from a provincial press. A font of new types was ordered for what was intended to be the handsomest book that Bristol had ever yet sent forth; and when the paper arrived, and the printer was ready to commence his operations, nothing had been done toward preparing the poem for the press, except that a few verbal alterations had been made. I was not, however, without misgiving, and when the first proof-sheet was brought me, the more glaring faults of the composition stared me in the face. But the sight of a well-printed page, which was to be set off with all the advantages that fine wove paper and hot-pressing could impart, put me in spirits, and I went to work with good-will. About half the first book was left in its original state; the rest of the poem was re-cast and re-composed while the printing went on. This occupied six months. I corrected the concluding sheet of the poem, left the Preface in the publisher's hands, and departed for Lisbon by way of Coruna and Madrid.

The Preface was written with as little discretion as had been shown in publishing the work itself. It stated how rapidly the poem had been produced and that it had been almost re-composed during its progress through the press. This was not saidas taking merit for haste and temerity, nor to excuse its faults,—only to account for them. But here I was liable to be misapprehended, and likely to be misrepresented. The public indeed care neither for explanations nor excuses; and such particulars might not unfitly be deemed unbecoming in a young man, though they may be excused, and even expected, from an old author, who, at the close of a long career, looks upon himself as belonging to the past. Omitting these passages, and the specification of what Mr. Coleridge had written in the second book, (which was withdrawn in the next edition,) the remainder of the preface is here subjoined. It states the little which I had been able to collect concerning the subject of the poem, gives what was then my own view of Joan of Arc's character and history, and expresses with overweening confidence the opinions which the writer entertained concerning those poets whom it was his ambition not to imitate, but to follow. —It cannot be necessary to say, that some of those opinions have been modified, and others completely changed, as he grew older.

ORIGINAL PREFACE

The history of Joan of Arc is as mysterious as it is remarkable. That she believed herself inspired, few will deny; that she was inspired, no one will venture to assert; and it is difficult to believe that she was herself imposed upon by Charles and Dunois. That she discovered the King when he disguised himself among the courtiers to deceive her, and that, as a proof of her mission, she demanded a sword from a tomb in the church of St. Catharine, are facts in which all historians agree. If this had been done by collusion, the Maid must have known herself an imposter, and with that knowledge could not have performed the enterprise she undertook. Enthusiasm, and that of no common kind, was necessary, to enable a young maiden at once to assume the profession of arms, to lead her troops to battle, to fight among the foremost, and to subdue with an inferior force and enemy then believed invincible. It is not possible that one, who felt herself the puppet of a party, could have performed these things. The artifices of a court could not have persuaded her that she discovered Charles in disguise; nor could they have prompted her to demand the sword which they might have hidden, without discovering the deceit. The Maid then was not knowingly an impostor; nor could she have been the instrument of the court; and to say that she believed herself inspired, will neither account for her singling out the King, or prophetically claiming the sword. After crowing Charles, she declared that her mission was accomplished, and demanded leave to retire. Enthusiasm would not have ceased here; and if they who imposed on her could persuade her still to go with their armies, they could still have continued her delusion.

This mysteriousness renders the story of Joan of Arc peculiarly fit for poetry. The aid of angels and devils is not necessary to raise her above mankind; she has no gods to lackey her, and inspire her with courage, and heal her wounds; the Maid of Orleans acts wholly from the workings of her own mind, from the deep feeling of inspiration. The palpable agency of superior powers would destroy the obscurity of her character, and sink her to the mere heroine of a fairy tale.

The alterations which I have made in the history are few and trifling. The death of Salisbury is placed later, and of the Talbots earlier than they occurred. As the battle of Patay is the concluding action of the Poem, I have given it all the previous solemnity of a settled engagement. Whatever appears miraculous is asserted in history, and my authorities will be found in the notes.

It is the common fault of Epic Poems, that we feel little interest for the heroes they celebrate. The national vanity of a Greek or a Roman might have been gratified by the renown of Acxhilles or Aeneas; but to engage the unprejudiced, there must be more of human feelings than is generally to be found in the character of a warrior. From this objection, the Odyssey alone may be excepted. Lyanes appears as the father and the husband, and the affections are enlisted on his side. The judgment must applaud the well-digested plan and splendid execution of the Iliad, but the heart always bears testimony to the merit of the odyssey; it is the poem of nature, and its personages inspire love rather than command admiration. The good herdsman Eumæus is worth a thousand heroes. Homer is, indeed, the best of poets, for his is at once dignified and simple; but Pope has disguised him in fop-finery, and Cowper as stripped him naked.

There are few readers who do not prefer Turnusto Aeneas—a fugitive, suspected of treason, who diligently left his wife, seduced Dido, deserted her, and then forcibly took Lavinia from her be-brothered husband. What avails a man's piety to the gods, if in all his dealings with men he proves himself a villain? If we represent Deity as commanding a bad action, this is not exculpating the man, but criminating the God.

The ill-chosen subjects of Lucan and Statius have prevented them from acquiring the popularity they would otherwise have merited; yet in detached parts, the former of these is perhaps unequalled, certainly unexcelled. I do not scruple to prefer Statius to Virgil; with inferior taste, he appears to me to possess a richer and more powerful imagination; his images are strongly conceived, and clearly painted, and the force of his language, while it makes the reader feel, proves that the author felt himself.

The power of story is strikingly exemplified in the Italian heroic poets. They please universally, even in translations, when little but the story remains. In proportioning his characters, Tasso has erred; Godfrey is the hero of the poem, Rinaldo of the poets, and Tancred of the reader. Secondary characters should not be introduced, like Gyas and Cloanthus, merely to fill a procession; neither should they be so prominent as to throw the principal into shade.

The lawless magic of Aristotle, and the singular theme as well as the singular excellence of Milton, render it impossible to deduce any rules of epic poetry from these authors. So likewise with Spenser, the favorite of my childhood, from whose frequent perusal I have always found increased delight.

Against the machinery of Camoens, a heavier charge must be brought than that of profaneness or incongruity. His floating island is but a floating brothel, and no beauty can make atonement for licentionsness. From this accusation, none but a translator would attempt to justify him; but Camoens had the most able of translators. The Lusiad, though excellent in parts, is uninteresting as a whole; it is read with little emotion, and remembered with little pleasure. But it was composed in the anguish of disappointed hopes, in the fatigues of war, and in a country far from all he loved; and we should not forget, that as the Poet of Portugal was among the most unfortunate of men, so he should be ranked among the most respectable. Neither his own country nor Spain has yet produced his equal; his heart was broken by calamity, but the spirit of integrity and independence never forsook Camoens.

附录: The Original Prefaces of the Five Epics

　　I have endeavored to avoid what appears to me the common fault of epic poems, and to render the Maid of Orleans interesting. With this intent I have given her, not the passion of love, but the remembrance of subdued affection, a lingering of human feelings not inconsistent with the enthusiasm and holiness of her character.

　　The multitude of obscure epic writers copy with the most gross servility their ancient models. If a tempest occurs, some envious spirit procures it from the God of the winds or the God of the sea. Is there a town besieged? The eyes of the hero are opened, and he beholds the powers of Heaven assisting in the attack; an angel is at hand to heal his wounds, and the leader of the enemy in his last combat is seized with the sudden cowardice of Hector. Even Tasso is too often an imitator. But notwithstanding the censure of a satirist, the name of Tasso will still be ranked among the best heroic poets. Perhaps Boileau only condemned him for the sake of an antithesis; it is with such writers, as with those who affect point in their conversation—they will always sacrifice truth to the gratification of their vanity.

　　I have avoided what seems useless and wearying in other poems, and my readers will find no descriptions of armor, no muster-rolls, no geographical catalogues, lion, tiger, bull, bear, and boar similes, Phoebuses or Auroras. And where in battle I have particularized the death of an individual, it is not, I hope, like the common lists of killed and wounded.

　　It has been established as a necessary rule for the epic, that the subject should be national. To this rule I have acted in direct opposition, and chosen for the subject of my poem the defeat of the English. If there be any readers who can wish success to an unjust cause, because their country was engaged in it, I desire not their approbation.

　　In Millin's National Antiquities of France, I find that M. Laverdy was, in 1791, occupied in collecting whatever has been written concerning the Maid of Orleans. I have anxiously looked for his work, but it is probable, considering the tumults of the intervening period, that it has not been accomplished. Of the various productions to the memory of Joan of Arc, I have only collected a few titles, and, if report may be trusted, need not fear a heavier condemnation than to be deemed equally bad. A regular canon of St. Euverte has written what is said to be a very bad poem, entitled the Modern Amazon. There is a prose tragedy called La Pucells d'Orleans, variously attributed to Benserade, to Boyer, and to Menardiere. The abbé Daubignac published a prose tragedy with the same title in 1642. There is one under the name of Jean Baruel of 1581, and another printed anonymously at Rouen, 1606. Among the manuscripts of the queen of Sweden in the Vatican, is a dramatic piece in verse called Le Mystere du siegs d'Orleans. In these modern times, says Millin, all Paris has run to the theatre of Nicolet to see a pantomime entitled Le Fameux Sieges de la Puvrlld d'Orleans. I may add, that, after the publication of this poem, a pantomime upon the same subject was brought forward at Covent-Garden Theatre, in which the heroine, like Don Juan, was carried off by devils and precipitated alive into hell. I mention it, because the feelings of the audience revolted at such a catastrophe, and, after a few nights, an angel was introduced to rescue her.

But among the number of worthless poems upon this subject, there are two which are unfortunately notorious,—the Pucelles of Chapelain and Voltaire. I have had patience to peruse the first, and never have been guilty of looking into the second; it is well said by George Herbert,

> Make not thy sport abuses, for the fly
> That feeds on dung, is colored thereby.

On the eighth of May, the anniversary of its deliverance, an annual fête is held at Orleans; and monuments have been erected there and at Rouen to the memory of the Maid. Her family was ennobled by Charles; but it should not be forgotten in the history of this monarch, that in the hour of misfortune he abandoned to her fate the woman who had saved his kingdom.

BRISTOL. November, 1795.

The poem, thus crudely conceived, rashly prefaced, and prematurely hurried into the world, was nevertheless favorably received, owing chiefly to adventitious circumstances. A work of the same class, with as much power and fewer faults, if it were published now, would attract little or no attention. One thing which contributed to bring it into immediate notice was, that no poem of equal pretension had appeared for many years, except Glover's Athenaid, which, notwithstanding the reputation of his Leonidas, had been utterly neglected. But the chief cause of its favorable reception was, that it was written in a republican spirit, such as may easily be accounted for in a youth whose notions of liberty were taken from the Greek and Roman writers, and who was ignorant enough of history and of human nature to believe, that a happier order of things had commenced with the independence of the United States, and would be accelerated by the French Revolution. Such opinions were then as unpopular in England as they deserved to be; but they were cherished by most of the critical journals, and conciliated for me the good-will of some of the most influential writers who were at that time engaged in periodical literature, though I was personally unknown to them. They bestowed upon the poem abundant praise, passed over most of its manifold faults, and noticed others with indulgence. Miss Seward wrote some verses upon it in a strain of the highest eulogy and the bitterest invective; they were sent to the Morning Chronicle, and the editor (Mr. Perry) accompanied their insertion with a vindication of the opinions which she had so vehemently denounced. Miss Seward was then in high reputation; the sincerity of her praise was proved by the severity of her censure; and nothing could have been more serviceable to a young author than her notice, thus indignantly, but also thus generously, bestowed. The approbation of the reviewers served as a passport for the poem to America, and it was reprinted there while I was revising it for a second edition.

A work, in which the author and the bookseller had engaged with equal imprudence, thus proved beneficial to both. It made me so advantageously known as a poet, that no subsequent hostility on the part of the reviews could pull down the reputation which had been raised by their good offices. Before that hostility took its determined character, the charge of being a hasty and careless writer was frequently brought against me. Yet to have been six months correcting what was written in six weeks, was some indication of patient industry; and of this the second edition gave further evidence. Taking for a second motto the words of Erasmus, *ut hominess ita libros, indies seipsis meliores fieri oport*, I spared no pains to render the poem less faulty both in its construction and composition; I wrote a new beginning, threw out much of what had remained of the original drought, altered no more, and endeavored, from all the materials which I had means of consulting, to make myself better acquainted with the manners and circumstances of the fifteenth century. Thus the second edition differed almost as much from the first, as that from the copy which was originally intended for publication. Less extensive alterations were made in two subsequent editions; the fifth was only a reprint of the fourth; by that time I had become fully sensible of its great and numerous faults, and requested the reader to remember, as the only apology which could be offered for them, that the poem was written at the age of nineteen, and published at one-and-twenty. My intention then was, to take no further pains in correcting a work of which the inherent defects were incorrigible; and I did not look into it again for many years.

But now, when about to perform what at my age may almost be called the testamentary task of revising, in all likelihood for the last time, those works by which it was my youthful ambition "to be forever know," and part whereof I dare believe has been "so written after times as they should not willingly let it die," it appeared proper that this poem, through which the author had been first made known to the public, two-and-forty years ago, should lead the sway; and the thought that it was once more to pass through h the press under my own inspection, induced a feeling in some respects resembling that with which it had been first delivered to the printer—and yet how different! For not in hope and ardor, nor with the impossible intention of rendering it what it might have been had it been planned and executed in middle life, did I resolve to correct it once more throughout; but for the purpose of making it more consistent with itself in diction, and less inconsistent in other things with the well-weighed opinions of my maturer years. The faults of effort, which may generally be regarded as hopeful indications in a juvenile writer, have been mostly left as they were. The faults of language which remained form the first edition have been removed, so that in this respect the whole is sufficiently in keeping. And for those which expressed the political prejudices of a young man who had too little knowledge to suspect his own ignorance, they have either been expunged, or altered, or such substitutions have been made for them as harmonize with the pervading spirit of the poem, and are nevertheless in accord with those opinions which the author has maintained for forty years, through good and evil report, in the maturity of his judgment as well as in the sincerity of his heart.

KESWICK, August 30, 1857.

The Preface of *Thalaba the Destroyer* [1]

It was said, in the original Preface to Joan of Arc, that the Author would not be in England to witness its reception, but that he would attend to liberal criticism, and hoped to profit by it in the composition of a poem upon the discovery of America by the Welsh prince Madoc.

That subject I had fixed upon when a school-boy, and had often

---

[1] Robert Southey. *The Poetical Works of Robert Southey*. New York: D. Appleton & Co. Press, 1839. pp. 224-225.

conversed upon the probabilities of the story with the school-fellow to whom, sixteen years afterwards, I had the satisfaction of inscribing the poem. It was commenced at Bath in the autumn of 1794; but, upon putting Joan of Arc to the press, its progress was necessarily suspended, and it was not resumed till the second edition of that work had been completed. Then it became my chief occupation during twelve months that I resided in the village of Westbury, near Bristol. This was one of the happiest portions of my life. I never before or since produced so much poetry in the same space of time. The smaller pieces were communicated by letter to Charles Lamb, and had the advantage of his animadversions. I was then also in habits of the most frequent and intimate intercourse with Davy, then in the flower and freshness of his youth. We were within an easy walk of each other, over some of the most beautiful ground in that beautiful part of England. When I went to the Pneumatic Institution, he had to tell me of some new experiment or discovery, and of the views which it opened for him; and when he came to Westbury there was a fresh portion of Madoc for his hearing. Davy encouraged me with his hearty approbation during its progress; and the bag of nitrous oxyde, with which he generally regaled me upon my visits to him, was not required for raising my spirits to the degree of settled fair, and keeping them at that elevation.

In November 1836, I walked to that village with my son, wishing to show him a house endeared to me by so many recollections; but not a vestige of it remained, and local alterations rendered it impossible even to ascertain its site—which is now included within the grounds of a Nunnery! The bosom friends with whom I associated there have all departed before me; and of the domestic circle in which my happiness was then centred, I am the sole survivor.

When we removed from Westbury at Midsummer, 1799, I had reached the penultimate book of Madoc. That poem was finished on the 12th of July following, at Kingsdown, Bristol, in the house of an old lady, whose portrait hangs, with that of my own mother, in the room wherein I am now writing. The son who lived with her was one of my dearest friends, and one of the best men I ever knew or heard of. In those days I was an early riser; the time so gained was usually employed in carrying on the poem which I had in hand; and when Charles Danvers came down to breakfast on the morning after Madoc was completed, I had the first hundred lines of Thalaba to show him, fresh from the mint.

But this poem was neither crudely conceived nor hastily undertaken. I had fixed upon the ground, four years before, for a Mahommedan tale; and in the course of that time the plan had been formed, and the materials collected. It was pursued with unabating ardor at Exeter, in the village of Burton, near Christ Church, and afterwards at Kingsdown, till the ensuing spring, when Dr. Beddoes advised me to go to the south of Europe, on account of my health. For Lisbon, therefore, we set off; and, hastening to Falmouth, found the packet in which we wished to sail detained in harbor by westerly winds. "Six days we watched the weathercock, and sighed for north-easters. I walked on the beach, caught soldier-crabs, admired the sea-anemones in their ever-varying shapes of beauty, read Gebir, and wrote half a book of "Thalaba." This sentence is from a letter written on our arrival at Lisbon; and it is here inserted because the sea-anemones (which I have never had any other opportunity of observing) were introduced in Thalaba soon afterwards; and because, as already stated, I am sensible of having derived great improvement from the frequent pe-rusal of Gebir at that time.

Change of circumstances and of climate affected an immediate cure of what proved to be not an organic disease. A week after our landing at Lisbon I resumed my favorite work, and I completed it at Cintra, a year and six days after the day of its commencement.

A fair transcript was sent to England. Mr. Rickman, with whom I had fallen in at Christ Church in 1797, and whose friendship from that time I have ever accounted among the singular advantages and happinesses of my life, negotiated for its publication with

Messrs. Longman and Rees. It was printed at Bristol by Biggs and Cottle, and the task of correcting the press was undertaken for me by Davy and our common friend Danvers, under whose roof it had been begun.

The copy which was made from the original draught, regularly as the poem proceeded, is still in my possession. The first corrections were made as they occurred in the process of transcribing, at which time the verses were tried upon my own ear, and had the advantage of being seen in a fair and remarkably legible hand-writing. In this transcript the dates of time and place were noted, and things which would otherwise have been forgotten have thus been brought to my recollection. Herein also the alterations were inserted which the poem underwent before it was printed. They were very numerous. Much was pruned off, and more was ingrafted. I was not satisfied with the first part of the concluding book; it was therefore crossed out, and something substituted altogether different in design; but this substitution was so far from being fortunate, that it neither pleased my friends in England nor myself. I then made a third attempt, which succeeded to my own satisfaction and to theirs.

I was in Portagal when Thalaba was published. Its reception was very different from that with which Joan of Arc had been welcomed: in proportion as the poem deserved better, it was treated worse. Upon this occasion my name was first coupled with Mr. Wordsworth's. We were then, and for some time afterwards, all but strangers to each other; and certainly there were no two poets in whose productions, the difference not being that between good and bad, less resemblance could be found. But I happened to be residing at Keswick when Mr. Wordsworth and I began to be acquainted; Mr. Coleridge, also had resided there; and this was reason enough for classing us together as a school of poets. Accordingly, for more than twenty years from that time, every tyro in criticism who could smatter and sneer, tried his "prentice hand" upon the Lake Poets; and every young sportsman, who carried a popgun in the field of satire, considered them as fair game.

附录: The Original Prefaces of the Five Epics

Keswick, Nov. 8, 1837.

PREFACE TO THE FOURTH EDITION.

In the continuation of the Arabian Tales, the Domdaniel is mentioned—a seminary for evil magicians, under the roots of the sea. From this seed the present romance has grown. Let me not be supposed to prefer the rhythm in which it is written, abstractedly considered, to the regular blank verse—the noblest measure, in my judgment, of which our admirable language is capable. For the following Poem I have preferred it, because it suits the varied subject: it is the *Arabesque* ornament of an Arabian tale.

The dramatic sketches of Dr. Sayers, a volume which no lover of poetry will recollect without pleasure, induced me, when a young versifier, to practice in this rhythm. I felt that while it gave the poet a wider range of expression, it satisfied the ear of the reader. It were easy to make a parade of learning, by enumerating the various feet which it admits: it is only needful to observe that no two lines are employed in sequence which can be read into one. Two six-syllable lines, it will perhaps be answered, compose an Alexandrine: the truth is, that the Alexandrine, when harmonious, is composed of two six-syllable lines.

One advantage this metre assuredly possesses—the dullest reader cannot distort it into discord: he may read it prosaically, but its flow and fall will still be perceptible. Verse is not enough favored by the English reader: perhaps this is owing to the obtrusiveness, the regular Jew's-harp twing-twang, of what has been foolishly called heroic measure. I do not wish the improvisatorè tune;—but something that denotes the sense of harmony, something like the accent of feeling,—like the tone which every poet necessarily gives to poetry.

Cintra, October, 1800.

The Preface of *Madoc*[1]

Madoc

"OMNE SOLUN FORTI PATRLA."
TO CHARLES WATKIN WILLIAMS WYNN,
THIS POEM
WAS ORIGINALLY INSCRIBED, IN 1805,
AS A TOKEN OF SIXTEEN YEARS OF
UNINTERROPTED FRIRNDSHIP;
AND IS NOW RE-INSCRIBED,
WITH THL SAME FEELING,
AFTER AN INTERVAL OF THIRTY-TWO.

PREFACE.

WHEN Madoc was brought to a close, in the summer of 1795, Mr. Coleridge advised me to publish it at once, and to defer making any material alterations, if any should suggest themselves, till a second edition. But four years had passed over my head since Joan of Arc was sent to the press, and l was not disposed to commit a second imprudence. If the reputation obtained by that poem had confirmed the confidence which I felt in myself, it had also the effect of making me perceive my own deficiencies, and endeavor, with all diligence, to supply them. I pleased myself with the hope that it would one day be likened to Tasso's Rinaldo, and that, as the Jerusalem had fulfilled the promise of better things, whereof that poem was the pledge, so might Madoc be regarded in relation to the juvenile work which had preceded it. Thinking that this would probably be the greatest poem I should ever produce, my intention was to bestow upon it all possible care, as indeed I had determined never again to undertake

---

[1] Robert Southey. *The Poetical Works of Robert Southey*. New York: D. Appleton &. Co. Press, 1839. pp. 325-327.

any subject without due preparation. With this view it was my wish, before Madoc could be considered as completed, to see more of Wales than I had yet seen. This I had some opportunity of doing in the autumn of 1801, with my old friends and schoolfellows, Charles Wynn and l'eter Elmsley. And so much was I bent upon making myself better acquainted with Welsh scenery, manners, and traditions, than could be done by books alone, that if l had succeeded in obtaining a house in the Vale of Neath, for which I was in treaty the year following, it would never have been my fortune to | be classed among the Lake Poets.

Little had been done in revising the poem till the first year of my abode at Keswick; there, in the latter end of 1803, it was resumed, and twelve months were diligently employed in reconstructing it. The alterations were more material than those which had been made in Joan of Arc, and much more extensive. In its original form, the poem consisted of fifteen books, containing about six thousand lines. It was now divided into two parts, and enlarged in the proportion of a full third. Shorter divisions than the usual one of books, or cantos, were found more convenient; the six books, therefore, which the first part comprised, were distributed in seventeen sections, and the other nine in twenty-seven. These changes in the form of the work were neither capriciously made, nor for the sake of novelty. The story consisted of two parts, almost as distinct as the Iliad and Odyssey; and the subdivisions were in like manner indicated by the subject. The alterations in the conduct of the piece occasioned its increase of length.

When Matthew Lewis published the Castle Specter, he gave as his reason for introducing negro guards in a drama which was laid in feudal times, that he thought their appearance would produce a good effect; and if the effect would have been better by making them blue instead of black, blue, said he, they should have been. He was not more bent upon pleasing the public by stage effect, (which no dramatist ever studied more successfully,) than I was upon following my own sense of propriety, and thereby obtaining the approbation of that fit audience, which, being contented that it should be few, I was sure to find. Mr. Sotheby, whose Saul was published about the same time as Madoc, said to me a year or two afterwards, "You and I, Sir, find that blank verse will not do in these days; we must stand upon another tack." Mr. Sotheby considered the decision of the Pie-Poudre Court as final. But my suit was in that Court of Record, which, sooner or later, pronounces unerringly upon the merits of the case.

Madoc was immediately reprinted in America in numbers, making two octavo volumes. About nine years afterwards, there appeared a paper in the Quarterly Review, which gave great offence to the Americans; if I am not mistaken in my recollections, it was the first in that journal which had any such tendency. An American author, whose name I heard, but had no wish to remember, supposed it to have been written by me; and upon this gratuitous supposition, (in which, moreover, he happened to be totally mistaken,) he attacked me in a pamphlet, which he had the courtesy to send me, and which I have preserved among my Curiosities of Literature. It is noticed in this place, because, among other vituperative accusations, the pamphleteer denounced the author of Madoc as having "meditated a most serious injury against the reputation of the New World, by attributing its discovery and colonization to a little vagabond Welsh Prince." This, he said, "being a most insidious attempt against the honor of America and the reputation of Columbus." ①

This poem was the means of making me personally acquainted with Miss Seward. Her encomiastic opinion of it was communicated to me through Charles Lloyd, in a way which required some courteous acknowledgment; this led to an interchange of letters, and

---

① This title of this notable pamphlet is, "The United States and England; being a Reply to the Criticism on Inchiquin's Letters, contained in the Quarterly Review for January, 1814. New York: published by A. H. Inskeep; and Inskeep, Philadelphia. Van Winkle and Wiley, Pristers, 1815."

an invitation to Litchfield, where, accordingly, I paid her a visit, when next on my way to London, in 1807. She resided in the Bishop's palace. I was ushered up the broad brown staircase by her cousin, the Reverend Henry White, then one of the minor canons of that cathedral, a remarkable person, who introduced me into the presence with jubilant but appalling solemnity. Miss Seward was seated at | her desk. She had just finished some verses, to be "Inscribed on the blank leaves of the Poem Madoc," and the first greeting was no sooner past, than she requested that I would permit her to read them to me. It was a mercy that she did not ask me to read them aloud. But she read admirably herself. The situation, however, in which I found myself, was so ridiculous, and I was so apprehensive of catching the eye of one person in the room, who was equally afraid of meeting mine, that I never felt it more difficult to control my emotions, than while listening, or seeming to listen, to my own praise and glory. But, bending my head, as if in a posture of attentiveness, and screening my face with my hand, and occasionally using some force to compress the risible muscles, I got through the scene without any misbehavior, and expressed my thanks, if not in terms of such glowing admiration as she was accustomed to receive from others, and had bestowed upon my unworthy self, yet as well as I could. I passed two days under her roof, and corresponded with her from that time till her death.

Miss Seward had been crippled by having repeatedly injured one of her knee-pans. Time had taken away her bloom and her beauty; but her fine countenance retained its animation, and her eyes could not have been brighter nor more expressive in her youth. Sir Walter Scott says of them "they were auburn, of the precise shade and blue of her hair. In reciting, or in speaking with animation, they appeared to become darker, and as it were to flash fire. I should have hesitated," he adds, "to state the impression which this peculiarity made upon me at the time, had not my observation been confirmed by that of the first actress on this or any other stage, with whom I lately happened to converse on our deceased friend's expressive powers of countenance." Sir Walter has not observed that this peculiarity was hereditary. Describing, in one of her earlier letters, a scene with her mother, she says, "I grew so saucy to her, that she looked grave, and took her pinch of snuff, first at one nostril, and then at the other, with swift and angry energy, and her eyes began to grow dark and to flash."Tis an odd peculiarity; but the balls of my mother's eyes change from brown into black, when she feels either indignation or bodily pain."

Miss Seward was not so much overrated at one time, as she has since been unduly depreciated. She was so considerable a person when her reputation was at its height, that Washington said no circumstance in his life had been so mortifying to him as that of having been made the subject of her invective in her Monody on Major André. After peace had been concluded between Great Britain and the United States, he commissioned an American officer, who was about to sail for England, to call upon her at Lichfield, and explain to her, that, instead of having caused André's death, he had endeavored to save him; and she was requested to peruse the papers in proof of this, which he sent for her perusal. "They filled me with contrition," says Miss Seward, "for the rash injustice of my censure."

An officer of her name served as lieutenant in the garrison at Gibraltar during the siege. To his great surprise, —for he had no introduction which could lead him to expect the honor of such notice, —he received an invitation to dine with General Elliot. The General asked him if he were related to the author of the Monody on Major André. The Lieutenant replied that he had the honor of being very distantly related to her, but he had not the happiness of her acquaintance. "It is sufficient, Mr. Seward," said the General, "that you bear her name, and a fair reputation, to entitle you to the notice of every soldier who has it in his power to serve and oblige a military brother. You will always find a cover for you at my table, and a sincere welcome; and whenever it may be in my power to serve you essentially shall not want the inclination."

These anecdotes show the estimation in which she was, not undeservedly, held. Her epistolary style was distorted and disfigured by her admiration of Johnson; and in her poetry she set, rather than followed, the brocade fashion of Dr. Darwin. Still there are unquestionable proofs of extraordinary talents and great ability, both in her letters and her poems. She was an exemplary daughter, a most affectionate and faithful friend. Sir Walter has estimated, with characteristic skill, her power of criticism, and her strong prepossessions upon literary points. And believing that the more she was known, the more she would have been esteemed and admired, I bear a willing testimony to her accomplishments and her genius, to her generous disposition, her frankness, and her sincerity and warmth of heart.

KESWICK, Feb. 19, 1838.

PREFACE TO THE FIRST EDITION.

THE historical facts on which this Poem is founded may be related in a few words. On the death of Owen Gwyneth, king of North Wales, A. D. 1169, his children disputed the succession. Yorwerth, the elder, was set aside without a struggle, as being incapacitated by a blemish in his face. Hoel, though illegitimate, and born of an Irish mother, obtained possession of the throne for a while, till he was defeated and slain by David, the eldest son of the late king by a second wife. The conqueror, who then succeeded without opposition, slew Yorwerth, imprisoned Rodri, and hunted others of his brethren into exile. But Madoc, meantime, abandoned his barbarous country, and sailed away to the West in search of some better resting-place. The land which he discovered pleased him: he left there part of his people, and went back to Wales for a fresh supply of adventurers, with whom he again set sail, and was heard of no more. Strong evidence has been adduced that he reached America, and that his posterity exist there to this day, on the southern branches of the Missouri,① retaining their complexion, their language, and, in some degree, their arts.

About the same time, the Aztecas, an American tribe, in consequence of certain calamities, and of a particular omen, forsook Aztlan, Their own country, under the guidance of Yuhidthiton. They became a mighty people, and founded the Mexican empire, taking the name of Mexicans, in honor of Mexitli, their tutelary god. Their emigration is here connected with the adventures of Madoc, and their superstition is represented as the same which their descendants practiced, when discovered by the Spaniards. The manners of the Poem, in both its parts, will be found historically true. It assumes not the degraded title of Epic: and the question, therefore, is not whether the story is formed upon the rules of Aristotle, but whether it be adapted to the purposes of poetry.
KESWICK, 1805.

The Preface of *The Curse of Kehama*②

The *Curse of Kehama*
Preface

Several years ago, in the Introduction of my "Letter to Mr. Charles Butler, vindicating the Book of the Church," I had occasion to state that, while a school-boy at Westminster, I had formed an intention of exhibiting the most remarkable forms of Mythology which have at any time obtained among mankind, by making each the groundwork of a narrative poem. The performance, as might be expected, fell far short of the design, and yet it proved something

---

① This country has now been fully explored, and wherever Madoc may have settled, it is now certain that no Welsh Indians are to be found upon any branches of the Missouri. —1815.

② Robert Southey. *The Poetical Works of Robert Southey*. New York: D. Appleton &. Co. Press, 1839. pp. 565-567.

more than a dream of juvenile ambition.

 I began with the Mahommedan religion, as being that with which I was then best acquainted myself, and of which every one who had read the Arabian Nights' Entertainments possessed all the knowledge necessary for readily understanding and entering into the intent and spirit of the poem. Mr. Wilberforce thought that I had conveyed in it a very false impression of that religion, and that the moral sublimity which he admired in it was owing to this flattering misrepresentation. But Thalaba the Destroyer was professedly an Arabian Tale. The design required that I should bring into view the best features of that system of belief and worship which had been developed under the Covenant with Ishmael, placing in the most favorable light the morality of the Koran, and what the least corrupted of the Mahommedans retain of the patriarchal faith. It would have been altogether incongruous to have touched upon the abominations engrafted upon it; first by the false Prophet himself, who appears to have been far more remarkable for audacious profligacy than for any intellectual endowments, and afterwards by the spirit of Oriental despotism which accompanied Mahommedanism wherever it was established.

 Heathen Mythologies have generally been represented by Christian poets as the work of the Devil and his Angels; and the machinery derived from them was thus rendered credible, according to what was during many ages a received opinion. The plan upon which I proceeded in Madoc was to produce the effect of machinery as far as was consistent with the character of the poem, by representing the most remarkable religion of the New World such as it was, a system of atrocious priest-craft. It was not here, as in Thalaba, the foundation of the poem, but, as usual in what are called epic poems, only incidentally connected with it.

 When I took up, for my next subject, that mythology which Sir William Jones had been the first to introduce into English poetry, I soon perceived that the best mode of treating it would be to construct a story altogether mythological. In what form to compose it was then to be determined. No such question had arisen concerning any of my former poems. I should never for a moment have thought of any other measure than blank verse for Joan of Arc, and for Madoc, and afterwards for Roderick. The reason why the irregular, rhymeless lyrics of Dr. Sayers were preferred for Thalaba was, that the freedom and variety of such verse were suited to the story. Indeed, of all the laudatory criticisms with which I have been favored during a long literary life, none ever gratified me more than that of Henry Kirke White upon this occasion, when he observed, that if any other known measure had been adopted, the poem would have been deprived of half its beauty, and all its propriety. And when he added, that the author never seemed to inquire how other men would treat a subject, or what might be the fashion of the times, but took that course which his own sense of fitness pointed out, I could not have desired more appropriate commendation.

The same sense of fitness which made me choose for an Arabian tale the simplest and easiest form of verse, induced me to take a different course in and Indian poem. It appeared to me, that here neither the tone of morals, nor the strain of poetry, could be pitched too high; that nothing but moral sublimity could compensate for the extravagance of the fictions, and that all the skill I might possess in the art of poetry was required to counterbalance the disadvantage of a mythology with which few readers were likely to be well acquainted, and which would appear monstrous if its deformities were not kept out of sight. I endeavored, therefore, to combine the utmost richness of versification with the greatest freedom. The spirit of the poem was Indian, but there was nothing Oriental in the style. I had learnt the language of poetry from our own great masters and the great poets of antiquity.

No poem could have been more deliberately planned, nor more carefully composed. It was commenced Lisbon on the first of May, 1801, and recommenced in the summer of the same year at Kingsdown, in the same house (endeared to me once by many delightful but now mournful recollections) in which Madoc had been finished, and Thalaba begun. A little was added during the winter of that year in London. It was resumed at Kingsdown in the summer of 1802, and then laid aside till 1806, during which interval Madoc was reconstructed and published. Resuming it then once more, all that had been written was recast at Keswick: there I proceeded with it leisurely, and finished it on the 25th of November, 1809. It is the only one of my long poems of which detached parts were written to be afterwards inserted in their proper places. Were I to name the persons to whom it was communicated during its progress, it would be admitted now that I might well be encouraged by their approbation; and, indeed, when it was published, I must have been very unreasonable if I had not been satisfied with its reception.

It was not till the present edition of these Poems was in the press, that, eight-and-twenty years after Kehama had been published, I first saw the article upon it in the Monthly Review, parts of which cannot be more appropriately preserved any where than here; it shows the determination with which the Reviewer entered upon his task, and the importance which he attached to it.

"Throughout our literary career we cannot recollect a more favorable opportunity than the present for a full discharge of our critical duty. We are indeed bound now to make a firm stand for the purity of our poetic taste against this last and most desperate assault, conducted as it is by a writer of considerable reputation, and unquestionably of considerable abilities. If this poem were to be tolerated, all things after it may demand impunity, and it will be in vain to contend hereafter for any one established rule of poetry as to design and subject, as to character and incident, as to language and versification. We may return at once to the rude hymn in honor of Bacchus, and indite strains adapted to the recitation of rustics in the season of the vintage:—

Quecancrent agerentque peruncti facibus ora.

It shall be our plan to establish these points, we hope, beyond reasonable controversy, by a complete analysis of the twenty-four sections (as they may truly be called) of the portentous work, and by ample quotations interspersed with remarks, in which we shall endeavor to withhold no praise that can fairly be claimed, and no censure that is obviously deserved."

The reviewer fulfilled his promises, however much he failed in his object. He was not more liberal of censure than of praise, and he was not sparing of quotations. The analysis was sufficiently complete for the purposes of criticism, except that the critic did not always give himself the trouble to understand what he was determined to ridicule. "It is necessary for us," he said, "according to our purpose of deterring future writers from the choice of such a story, or for such a management of that story, to detail the gross follies of the work in question; and, tedious as the operation may be, we trust that, in the judgment of all those lovers of literature who duly value the preservation of sound principles of composition among us, the end will excuse the means." The means were ridicule and reprobation, and the end at which he aimed was thus stated in the Reviewer's peroration.

"We know not that Mr. Southey's most devoted admirers can complain of our having omitted a single incident essential to the display of his character or the development of his plot. To other readers we should apologize for our prolixity, were we not desirous, as we hinted before, of giving a death-blow to the gross extravagances of the author's school of poetry, if we cannot hope to reform so great an offender as himself. In general, all that nature and all that art has lavished on him is rendered useless by his obstinate adherence to his own system of fancied originality, in which every thing that is good is old, and every thing that is new is good for nothing. Convinced as we are that many of the author's faults proceed from mere idleness, deserving even less indulgence than the erroneous principles of his poetical system, we shall conclude by a general exhortation to all critics to condemn, and to all writers to avoid, the example of combined carelessness and perversity which is here afforded by Mr. Southey; and we shall mark this last and worst eccentricity of his Muse with the following character:—Here is the composition of a pot not more distinguished by his genius and knowledge, than by his contempt for public opinion and the utter depravity of his taste—a depravity which is incorrigible, and, we are sorry to add, most unblushingly rejoicing in its own hopelessness of amendment."

The Monthly Review has, I believe, been for some years defunct. I never knew to whom I was beholden for the good service rendered me in that Journal, when such assistance was of most value; nor by whom I was subsequently, during several years, favored in the same Journal with such flagrant civilities as those of which the reader has here seen a sample.

Krswick, 19th May, 1838.

Original Preface

In the religion of the Hindoos, which of all false religions is the most monstrous in its fables, and the most fatal in its effects, there is one remarkable peculiarity. Prayers, penances, and sacrifices, are supposed to possess and inherent and actual value, in no degree depending upon the disposition or motive of the person who performs them. They are drafts upon Heaven, for which the Gods cannot refuse payment. The worst men, bent upon the worst designs, have in this manner obtained power which has made them formidable to the Supreme Deities themselves, and rendered an Avatar, or Incarnation of Veeshnoo the Preserver, necessary. This belief is the foundation of the following Poem. The story is original; but, in all its parts, consistent with the superstition upon which it is built; and however startling the fictions may appear, they might almost be called credible when compared with the genuine tales of Hindoo mythology.

No figures can be imagined more anti-picturesque, and less poetical, than the mythological personages of the Bramins. This deformity was easily kept out of sight:—their hundred hands are but a clumsy personification of power; their numerous heads only a gross image of divinity, "whose countenance," as the Bhagvat-Geeta expresses it, "is turned on every side." To the other obvious objection, that the religion of Hindostan is not generally known enough to supply fit machinery for an English poem, I can only answer, that, if every allusion to it throughout the work is not sufficiently self-explained to render the passage intelligible, there is a want of skill in the poet. Even those readers who should be wholly unacquainted with the writings of our learned Orientalists, will find all the preliminary knowledge that can be needful, in the brief explanation of mythological names prefixed to the Poem.

The Preface of *Roderick*, *the Last of the Goths*[①]

Roderick, the Last of the Goths;
A TRAGIC POEM.

As the ample Moon,
In the deep stillness of a summer even
Rising behind a thick and lofty Grove,
Burns like an unconsuming fire of light
In the green trees; and kindling on all sides
Their leafy umbrage, turns the dusky veil
Into a substance glorious as her own,
Yes, with her own incorporated, by power
Capacious and serene;—like power abides
In Man's celestial Spirit; Virtue thus
Sets forth and magnifies herself; thus feeds
A calm, a beautiful and silent fire,
From the encumbrances of mortal life,

---

① Robert Southey. *The Poetical Works of Robert Southey*. New York: D. Appleton & Co. Press, 1839. pp. 646 - 649.

附录：The Original Prefaces of the Five Epics

> From error, disappointment,—nay, from guilt;
> And sometimes, so relenting Justice wills,
> From palpable oppressions of Despair.
>
> WORDSWORTH.

Preface

    This poem was commenced at Keswick, Dec. 2, 1809, and finished there July 14, 1814.

    A French translation, by M. B. de S., in three volumes 12mo., was published in 1820, and another by M. le Chevalier, in one volume 8vo., 1821. Both are in prose.

    When the latest of these versions was nearly ready for publication, the publisher, who was also the printer, insisted upon having a life of the author prefixed. The French public, he said, knew nothing of M. Southey, and in order to make the book sell, it must be managed to interest them for the writer. The Chevalier represented as a conclusive reason for not attempting any thing of the kind, that he was not acquainted with M. Southey's private history. "Would you believe it?" says a friend of the translator's, from whose letter I transcribe what follows; "this was his answer *verbatim*: '*Nimporte; écrivez toujours; brodez, brodezla un peu; que ce soit vrai ou non ce no fait rien; qui prendra la peine de s'informer?*'" Accordingly a *Notice sur M. Southey* was composed, not exactly in conformity with the publisher's notions of biography, but from such materials as could be collected from magazines and other equally unauthentic sources.

    In one of these versions a notable mistake occurs, occasioned by the French pronunciation of an English word. The whole passage indeed, in both versions, may be regarded as curiously exemplifying the difference between French and English poetry.

> The lamps and tapers now grew pale,
> And through the eastern windows slanting fell
> The roseate ray of morn. Within those walls

Returning day restored no cheerful sounds
Or joyous motions of awakening life;
But in the stream of light the speckled motes
As if in mimicry of insect play,
Floated with mazy movement. Sloping down
Over the altar pass'd the pillar'd beam,
And rested on the sinful woman's grave
As if it enter'd there, a light from Heaven.
So be it! cried Pelayo, even so!
As ina momentary interval,
When thought expelling thought, had left his mind
Open and passive to the influxes
Of outward sense, his vacant eye was there,—
So be it, Heavenly Father, even so!
Thus may thy vivifying goodness shed
Forgiveness there; for let not thou the groans
Of dying penitence, nor my bitter prayers
Before thy mercy-seat, be heard in vain!
And thou, poor soul, who from the dolorous house
Of weeping and of pain, dost look to me
To shorten and assuage thy penal term,
Pardon me that these hours in other thoughts
And other duties than this garb, this night
Enjoin, should thus have past! Our mother-land
Exacted of my heart the sacrifice;
And many a vigil must thy son perform
Henceforth in woods and mountain fastnesses,
And tented fields, outwatching for her sake
The starry host, and ready for the work
Of day, before the sun begins his course."

In the other translation the *motes* are not converted into moths, —but the image is omitted.

A very good translation, in Dutch verse, was published in two volumes, 8vo, 1823-4, with this title:—"Rodrigo de Goth, Koning van Spanje. Naar het Engelsch van Southey gevolgd, door Vrouwe Katharina Wilhelmina Bilderdijk. Te's Gravenhage." It was sent to me from her husband, Mr. Willem Bilderdijk.

I went to Leyden in 1825, for the purpose of seeing the writer of this epistle and the lady who had translated my poem and addressed it to me in some very affecting stanzas. It so happened, that on my arrival in that city, I was laid up under a surgeon's care; they took me into their house, and made the days of my confinement as pleasurable as they were memorable. I have never been acquainted with a man of higher intellectual power, nor of greater learning, nor of more various and extensive knowledge than Bilderdijk, confessedly the most distinguished man of letters in his own country. His wife was worthy of him. I paid them another visit the following year. They are now both gone to their rest, and I shall not look upon their like again.

Soon after the publication of Roderick, I received the following curious letter from the Ettrick Shepherd, (who had passed a few days with me in the preceding autumn,) giving me an account of his endeavors to procure a favorable notice of the poem in the Edinburgh Review.

"Edinburgh, Dec. 15, 1814.

"MY DEAR SIR,

"I was very happy at seeing the post-mark of Keswick, and quite proud of the pleasure you make me believe my "Wake" has given to the beauteous and happy group at Greta Hall. Indeed, few things could give me more pleasure, for I left my heart a sojourner among them. I have had a higher opinion of matrimony since that period than ever I had before; and I desire that you will posi-tively give my kindest respects to each of them individually.

"The Pilgrim of the Sun is published, as you will see by the Papers, and if I may believe some communications that I have got, the public opinion of it is high; but these communications to an author are not to be depended on.

"I have read Roderick over and over again, and am the more and more convinced that it is the noblest epic poem of the age. I have had some correspondence and a good deal of conversation with Mr. Jeffrey about it, though he does not agree with me in every particular. He says it is too long, and wants *elasticity*, and will not, be fears, be generally read, though much may be said in its favor. I had even teased him lo let me review it for him, on account, as I said, that he could not appreciate its merits. I copy one sentence out of the letter be sent in answer to mine:—

"'For Southey I have, as well as you, great respect, and when he will let me, great admiration; but he is a most provoking fellow, and at least as conceited as his neighbor Wordsworth. I cannot just trust you with his Roderick; but I shall be extremely happy to talk over that and other kindred subjects with you; for I am every way disposed to give Southey a lavish allowance of praise; and few things would give me greater pleasure than to find he had afforded me a fair opportunity. But I must do my duty according to my own apprehensions of it.'

"I supped with him last night, but there was so many people that I got but little conversation with him; but what we had was solely about you and Wordsworth. I suppose you have heard what a crushing review he has given the latter. I still found him persisting in his first asseveration, that it was heavy; but what was my pleasure to find that he had only got to the seventeenth division! I assured him he had the marrow of the thing to come at as yet, and in that I was joined by Mr. Alison. There was at the same time a Lady M—joined us at the instant; short as her remark was, it seemed to make more impression on Jeffrey than all our arguments:—'Oh, I do love Southey!' that was all.

"I have no room to tell you more. But I beg that you will not do any thing, nor publish any thing that will nettle Jeffrey for the present, knowing, as you do, how omnipotent he is with the fashionable world, and seemingly so well disposed toward you.

"I am ever yours most truly,
"JAMES HOGG.
"I wish the Notes may be safe enough. I never looked at them. I wish these large quartoes were all in hell burning."

The reader will be as much amused as I was with poor Hogg's earnest desire that I would not say any thing which might tend to frustrate his friendly intentions.

But what success the Shepherd met,
Is to the world a secret yet.

There can be no reason, however, for withholding what was said in my reply of the *crushing* review which had been given to Mr. Wordsworth's poem:—"*He* crush the Excursion!! Tell him he might as easily crush Skiddaw!"

KESWICK, 15 June, 1838.

ORIGINAL PREFACE.

The history of the Wisi-Goths for some years before their overthrow is very imperfectly known. It is, however, apparent that the enmity between the royal families of Chindasuintho and Wambs was one main cause of the destruction of the kingdom, the latter party having assisted in betraying their country to the Moors for the gratification of their own revenge. Theodofred and Favila were younger sons of King Chindasuintho; King Witiza, who was of Wamba's family, put out the eyes of Theodofred, and murdered Favila, at the instigation of that Chieftain's wife, with whom he lived in adultery. Pelayo, the son of Favila, and afterwards the founder of the Spanish monarchy, was driven into exile. Roderick, the son of Theodofred, recovered the throne, and put out Witiza's eyes in vengeance for his father; but he spared Orpas, the brother of the tyrant, as being a Priest, and Ebba and Sisibert, the two sons of Witiza, by Pelayo's mother. It may be convenient thus briefly to premise these circumstances of an obscure portion of history, with which few readers can be supposed to be familiar; and a list of the principal persons who are introduced, or spoken of, may as properly be prefixed to a Poem as to a Play.

参考文献

Bernhardt-Kabisch, Ernest. *Robert Southey* [M]. Boston: G. K. Hall, 1977.

Beshero-Bondar, Elisa E. British Conquistadors and Aztec Priests: The Horror of Southey's Madoc[J]. *Philological Quarterly*, 2003(4).

Bhabha, H. K. *Nation and Narration* [M]. London: Routledge Press, 1990.

Boehmer, Elleke. *Colonial and Postcolonial Literature* [M]. New York: Oxford University Press, 2005.

Bolton, Carol. *Writing the Empire: Robert Southey and Romantic Colonialism* [M]. London: Pickering & Chatto Publishers Limited, 2007.

Church, Alfred J. *Stories of the Magicians* [M]. New York: Scribner, Welford & CO. 1886.

Dowden, Edward. *Southey: English Men of Letters* [M]. London: Macmillan and Co. Limited, 1909.

Franklin, Michael J. "Who is Kailyal, what is she?" Subcontinental and Metropolitan Reader Responses to The Curse of Kehama and its Heroine[J]. *European Romantic Review*, 2014, 25(4).

Freud, Sigmund. *The Interpretation of Dreams* [M]. Translated and edited by James Strachey. New York: Basic Books Inc, 2010.

Guérard, Albert. *France: A Modern History* [M]. Ann Arbor: The University of Michigan Press, 1969.

Lévi-Strauss, Claude. *The Savage Mind* [M]. London: George Weidenfeld and Nicolson Ltd Press, 1966.

Madden, Lionel (ed.). *Robert Southey: The Critical Heritage* [C]. London: Routledge & Kegan Paul, 1972.

Mars, Roy. The Poetry and Prose of Robert Southey: A Study in Literary Mediocrity. University of Cincinnati, 1937.

Pratt, Lynda (ed.). *Robert Southey and the Contexts of English Romanticism (The Nineteenth Century Series)* [M]. London: Routledge Press, 2006.

Prickett, Stephen. *The Context of English Literature* [M]. London: Methuen &. Co Ltd Press, 1981.

Rapport, Nigel and Joanna Overing's. *Social and Cultural Anthropology: the Key Concepts* [M]. London: Routledge Press, 2000.

Said, Edward W. *Culture and Imperialism* [M]. New York: Alfred A. Knopf, 1994.

Seigneuret, Jean-Charles. *Dictionary of Literary Themes and Motifs L-Z* [Z]. New York: Greenwood Press, 1988, p. 1045.

Simmons, Jack. *Robert Southey* [M]. London: Collins Press. 1945.

Southey, Robert. *The Poetical Works of Robert Southey*. New York: D. Appleton &. Co. Press, 1839.

Spech, William. *Robert Southey: Entire Man of Letters* [M]. New Haven: Yale University Press, 2006.

Statt, David A. *The Concise Dictionary of Psychology* [Z]. London: Routledge Press, 2003, p. 129.

Warren, Andrew Benjamin. Populous Solitudes: The Orient and the Young Romantics [D]. California University, 2009.

Wilson, Chad A. B. Resisting Alterity: Hybridity and Allegory in Nineteenth-Century British Literature [D]. University of Houston, 2004.

伯克. 关于我们崇高与美观念之根源的哲学探讨[M]. 郭飞,译. 郑州:大象出版社,2010.

萨义德. 东方学[M]. 王宇根,译. 北京:生活·读书·新知三联书店, 1999.

萨义德. 文化与帝国主义[M]. 李琨,译. 北京:生活·读书·新知三联书店,2003.

巴赫金. 巴赫金全集:第1卷[M]. 晓河,等译. 石家庄:河北教育出版社,1998.

参考文献

阿尔特.恶的美学历程:一种浪漫主义解读[M].宁瑛,王德峰,钟长盛,译.北京:中央编译出版社,2018.

勃兰兑斯.十九世纪文学主流:第四分册　英国的自然主义[M].徐式谷,江枫,张自谋,译.北京:人民文学出版社,1997.

杜平.英国文学的异国情调和东方形象研究[D].成都:四川大学,2005.

端木美,周以光,张丽.法国现代化进程中的社会问题[M].北京:中国社会科学出版社,2001.

弗洛姆.爱的艺术[M].李健鸣,译,上海:上海译文出版社,2008.

弗洛伊德.性学三论:爱情心理学[M].林克明,译.西安:太白文艺出版社,2004.

高毅.法兰西风格——大革命的政治文化[M].杭州:浙江人民出版社,1991.

高永年,何永康.百年中国文学与政治审美因素[J].文学评论,2008(4).

歌德.浮士德[M].绿原,译.北京:人民学出版社,1994.

马尔库塞.审美之维[M].李小兵,译.北京:生活·读书·新知三联书店,1989.

荷马.伊利亚特[M].罗念生,王焕生,译.北京:人民文学出版社,1994.

金克木.《蛙氏奥义书》的神秘主义试析[J].哲学研究,1981(6).

金克木.印度文化论集[M].北京:中国社会科学出版社,1983.

雅斯贝尔斯.悲剧的超越[M].亦春,译.北京:工人出版社,1988.

卡西尔.人论[M].甘阳,译.上海:上海译文出版社,1985.

柯汉琳.丑的哲学思考[J].文艺研究,1994(3).

克罗齐.美学原理[M].朱光潜,译.北京:商务印书馆,2017.

列维-斯特劳斯.嫉妒的制陶女[M].刘汉全,译.北京:中国人民大学出版社,2006.

孔凡娟.恶与美的交锋——波德莱尔的诗歌美学观念及其在创作中的体现[J].安徽文学(下半月),2008(8).

李建中,尹玉敏.爱欲人格——弗洛伊德[M].武汉:长江文艺出版社,1996.

李天道.老子美学思想的当代意义[M].北京:中国社会科学出版社,2008.

李维屏. 英国小说人物史[M]. 上海:上海外语教育出版社,2008.
李咏吟. 审美与道德的本源[M]. 上海:上海人民出版社,2006.
凌继尧,徐恒醇. 西方美学史:第1卷[M]. 北京:中国社会科学出版社,2005.
卢衍鹏. 文学研究的政治审美因素——兼论20世纪中国文学理论的政治维度[J]. 社会科学,2011(7).
骆冬青,二十世纪中国政治美学与文艺美学[D]. 南京:南京师范大学,2002.
骆冬青. 论政治美学[J]. 南京师大学报(社会科学版),2003年第3期.
马克思,恩格斯. 马克思恩格斯选集:第1卷[M]. 中共中央马克思恩格斯列宁斯大林著作编译局,编译. 北京:人民出版社,1972.
马克思,恩格斯. 马克思恩格斯选集:第2卷[M]. 中共中央马克思恩格斯列宁斯大林著作编译局,编译. 北京:人民出版社,1995.
马克思,恩格斯. 马克思恩格斯选集:第3卷[M]. 中共中央马克思恩格斯列宁斯大林著作编译局,编译. 北京:人民出版社,1995年.
马克思,恩格斯. 马克思恩格斯全集:第42卷[M]. 中共中央马克思恩格斯列宁斯大林著作编译局,编译. 北京:人民出版社,1979.
梅列金斯基. 神话的诗学[M]. 魏庆征,译. 北京:商务印书馆,2009.
尼采. 悲剧的诞生[M]. 周国平,译. 北京:生活·读书·新知三联书店,1986.
弗莱. 批评的解剖[M]. 陈慧,袁宪军,吴伟仁,译. 天津:百花文艺出版社,2006.
彭自成. 诗意化的政治隐喻[J]. 理论月刊,2006年第10期.
奥威尔. 奥威尔经典文集[M]. 黄磊,译. 北京:中国华侨出版社,2000.
仇春. 欧洲文学版图的更新[D]. 苏州:苏州大学,2010.
任军锋. 帝国的兴衰[M]. 北京:生活·读书·新知三联书店,2017.
任晓晋,侯铁军. 两性审美和欲望的焦点——论18世纪英国诗歌中的中国瓷器[J]. 外国文学研究,2013(6).
萨特. 词语[M]. 潘培庆,译. 北京:生活·读书·新知三联书店,1989.
王佐良,英国浪漫主义诗歌史[M]. 北京:人民文学出版社,1991.
王佐良. 英国诗史[M]. 南京:译林出版社,2008.
艾恩斯. 印度神话[M]. 孙世海,王铺,译. 北京:经济日报出版社,2001.

波伏娃. 第二性:第 2 版[M]. 陶铁柱,译. 北京:中国书籍出版社,2004.

波德莱尔. 恶之花[M]. 郭宏安,译. 桂林:广西师范大学出版社,2002.

徐曙海. 试论文艺与政治的审美和谐[J]. 江苏社会科学,2008(3).

蒲伯. 秀发遭劫记[M]. 黄杲炘,译. 武汉:湖北教育出版社,2007.

亚里士多德. 诗学[M]. 陈中梅,译. 北京:商务印书馆,1996.

闫德亮. 中国古代神话的文化观照[M]. 北京:人民出版社,2008.

颜翔林. 神话的美学探询——西方神话美学札记[J]. 湖南师范大学社会科学学报,2009(1).

叶朗. 中国美学史大纲[M]. 上海:上海人民出版社,1985.

伯林. 浪漫主义的根源[M]. 吕梁,洪丽娟,孙易,译. 南京:译林出版社,2008.

蒂里亚德,等. 弥尔顿评论集[C]. 上海:上海译文出版社,1992.

弥尔顿. 失乐园[M]. 朱维之,选译,北京:人民文学出版社,1998.

雨果. 雨果论文学[M]. 柳鸣九,译. 上海:上海译文出版社,1980.

约斯特. 比较文学导论[M]. 廖鸿君,译. 长沙:湖南文艺出版社,1988.

张岚. 神谕的不可逆转——希腊神话传说特征探析之二[J]. 西安联合大学学报,2002(1).

张旭春. 政治的审美化与审美的政治化[M]. 北京:人民出版社,2004.

赵丽娟. 罗伯特·骚塞史诗中的二元对立[D]. 上海:上海外国语大学,2012.

钟浩. 神话·世界神话·东方神话[J]. 求索,1993(5).

周来祥. 论美是和谐[M]. 贵阳:贵州人民出版社,1984.

周宪. 美学是什么[M]. 北京:北京大学出版社,2008.

朱光潜. 西方美学史:第 2 版[M]. 北京:人民文学出版社,1979.

朱光潜. 朱光潜全集:第 5 卷[M]. 合肥:安徽教育出版社,1989.

朱光潜. 谈美[M]. 北京:中国青年出版社,2012.

朱光潜. 西方美学史[M]. 南京:江苏人民出版社,2015.

朱光潜. 悲剧心理学[M]. 张隆溪,译. 北京:人民文学出版社,1983.

卡西尔. 人论[M]. 甘阳,译. 上海:上海译文出版社,2004.

后　记

　　本书是在 2017 年河北省社科基金研究项目(项目批准号为:HB17WW002)的基础上,同年经教育部组织专家评审,被正式批准为教育部人文社会科学研究 2017 年度规划研究项目(项目批准号:17YJA752022)。本书从构思到定稿历时三年。其间,多项阶段性成果以论文形式在《英美文学研究论丛》《邯郸学院学报》等刊物上发表。课题研究过程中,作者得到上海外国语大学李维屏教授、南京航空航天大学石云龙教授、大连外国语大学吕春媚教授和河北师范大学郭群英教授的指导和帮助,谨在此表示衷心感谢。本书是对骚塞史诗人物研究的一种尝试。由于骚塞史诗人物研究在国内很难找到可资借鉴的样板和经验,因此,本书如能起到抛砖引玉的作用,作者将感到无比的欣慰。

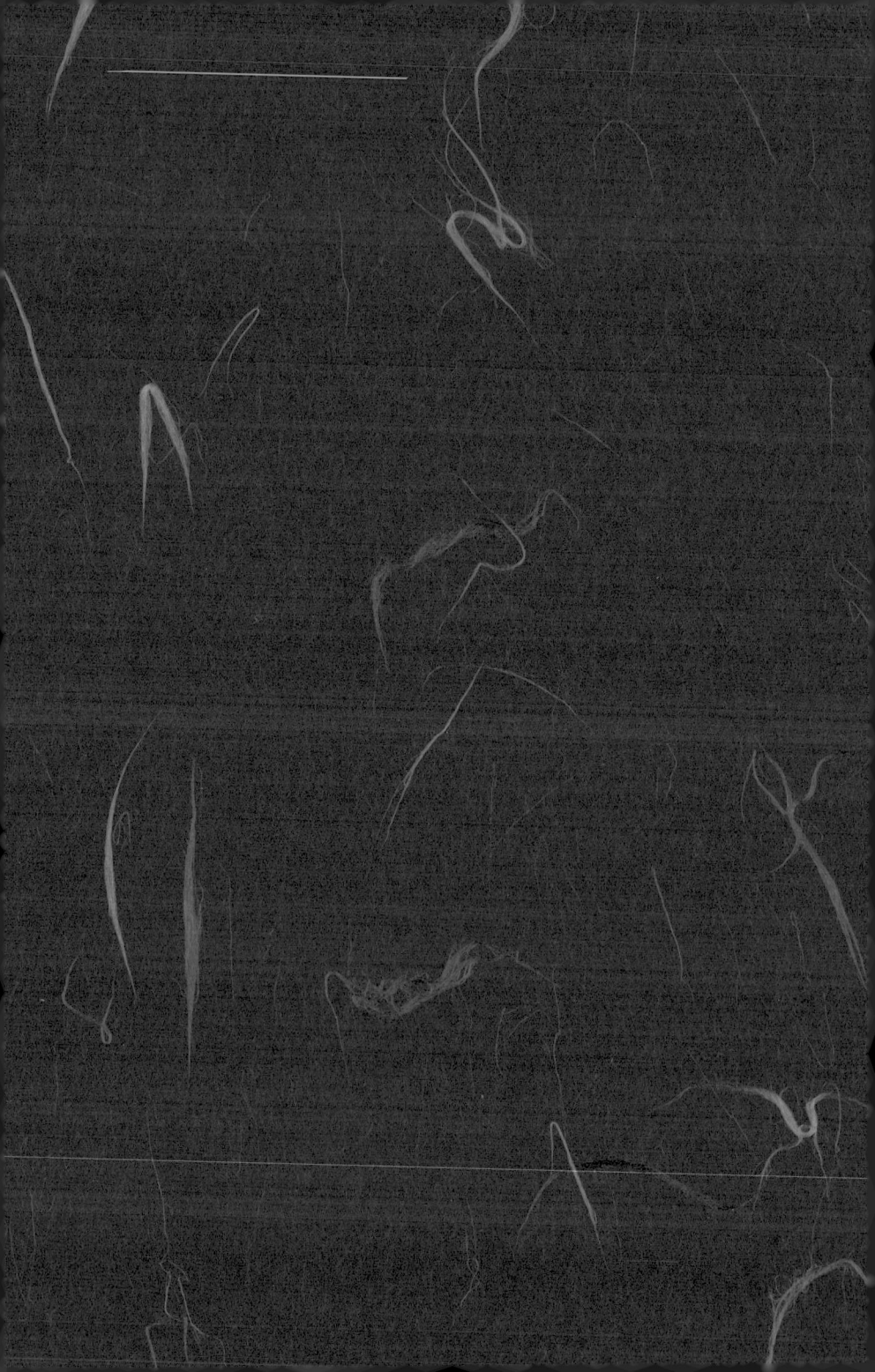